过一把秦腔瘾

王贵如 著

青海出版传媒集团

青海人民出版社

图书在版编目（CIP）数据

过一把秦腔瘾 / 王贵如著. -- 西宁：青海人民出
版社，2025. 6. -- ISBN 978-7-225-06857-2

Ⅰ. I267

中国国家版本馆CIP数据核字第2025SY3524号

过一把秦腔瘾

王贵如　著

出 版 人　樊原成

出版发行　青海人民出版社有限责任公司

西宁市五四西路71号　邮政编码：810023　电话：（0971）6143426（总编室）

发行热线　（0971）6143516/6137730

网　　址　http://www.qhrmcbs.com

印　　刷　青海雅丰彩色印刷有限责任公司

经　　销　新华书店

开　　本　710mm×1020mm　1/16

印　　张　17.5

字　　数　150千

版　　次　2025年6月第1版　2025年6月第1次印刷

书　　号　ISBN 978-7-225-06857-2

定　　价　62.00元

序

贵如的乡音

刘 郎

一

　　青海是五风杂处之地，自打 20 世纪 50 年代起，外来人口就越来越多。籍贯不同，口音当然就不同，然而，时代使然，不管你来自哪个省，只要是社会交流，人们都说普通话。

　　贵如则不然，无论在哪里，都是一口字正腔圆的关中话，即便是上台发个言、讲个话，仍然一以贯之，乡音不改。

　　青海有许多陕西人，我也是在青海长大的，自小便听惯了关中话。关中话的特点，是高低起伏很委婉，很有音韵感，入声字往往很瓷实，句尾的落音，很有强调性。又因为我所交往的友人中，很有几位都说关中话，他们的为人，也大都很真率，很淳朴，所以，我一直觉得，关中话很受听。

　　我有个习惯，阅读文章，总惦着作者的籍贯。读着读着，作者的乡音，便会萦心绕耳，当然，只在心里念，不会念出声。贵如的语调，我是非常熟悉的，及待一字不落地读下去，心里面也就隐隐地，由远及近地出现了贵如的乡音，同时，昨天的光影，也像视频的画面一样，叠化出友人的情意，叠化出岁月的迁流。

二

这本文集，总共分怀人、纪事与文艺随笔三部分，虽然题材不同，文字独立成章，但合拢起来，却是一个整体，是贵如的人生经历的真实记录。不过，为了整理阅读感受，我还是将不同的文章作了打通的归纳——归纳为亲情、友情与乡情这三类。

——先来说亲情，因为一个人秉性与品格的形成，和亲情太有关系了。

贵如的父亲，是关中大地上一位本分诚实、慎言检迹的农民，但他又是一位上过两年私塾，并能拉得一手板胡、唱得一口秦腔的农民。这，就为贵如的出身，打下了耕读传家的底子。

先来看一段父子情深的描写吧——

那些年，学校里没有学生食堂，我又住校，父亲总是往学校给我送馍馍。到我上高中的时候，正赶上蔓延全国的三年困难时期，家里就没有粮食做馍馍了，只能以搅合着少量面粉的菜团和糠窝窝代替。再后来就连菜团和窝窝头也做不出来了，只能每天一下课就回家，和家人一起喝稀粥与菜汤。营养不良，人就消瘦，乏力乃至浮肿。从学校到家有十多里路，以往不知不觉就走完了，这时却变得那么漫长，不歇一歇，是走不到的。这样一来，一些同学便不再上学了。

"文革"期间，父亲见了我总要问：青海对你咋样？他们不会把你开除回来吧？然而我却很少问过他：你过得咋样？他们在批斗会上怎么对待你的？

望着父亲已经闭上的眼睛，我心里升起一股极大的苍凉和哀伤，我知道在这个世界上，我已经永远失去了那个赋予我生命的最亲的人，我感到一种空前的无助和孤独，连院子里的阳光也都变得暗淡了。听妹妹说，父亲临终前，还一直在喃喃呼唤我的名字，泪水便抑制不住地从心底涌出，一任在脸颊恣意流淌。这时，只有在这时，我才猛然意识到，我对不住父亲。工作是永远干不完的，而父亲却不会一直等着我。

——《我的父亲是农民》

贵如的乡音

读了这本文字，我才知道，贵如也是吃过大苦的人。

贵如大学毕业后，是先到兴海县黄河岸边的学兵连锻炼一年。那年月，所谓"锻炼"，其实是十分繁重的劳动——

后来，我们又搬到了黄河岸边，住进了自己动手搭建的地窝子，一个地窝子，住进一个班。

所谓地窝子，就是从平地向下挖一个深二米、长七八米、宽三四米的土坑，上面用粗一点儿的树枝做檩条，细一点的树杆做椽子，铺上树条和麦草，盖上一层碎土，然后糊上一层草泥，正中间开一个天窗，坑的一边留一个低矮的出口做门。夏天、秋天住着倒还凑合，八九个人在通铺上挨个躺下，活重，一天劳累下来，睡得很踏实。春天风多，床铺上落了一层厚厚的尘土。一到冬天，呼啸的寒风掀开帆布门帘灌进来，地窝子里就冷得够呛。

那些天都是在河滩里捡石头、抱石头，往汽车里装石头，鞋和裤子划出许多口子，衣服前襟被石头磨得稀巴烂，扣子掉了又掉。开始，还有心补缀补缀，后来，我们索性不补了，只往腰间系一根布条或自己搓成的草绳，省事又遮风。还记得，学兵连接受再教育结束之后，我回故乡探亲，母亲拿起我到处是"窟窿眼睛"的上衣，眼泪扑簌簌地滚落下来："看把我娃恓惶的！"

——《一滩有意伴流水》

之所以大段引用贵如的原文，我是自有用意的。以我的纪录片创作经验，有的环节，直接让受访人出镜来讲述，远比导演的旁白有力量，切得太碎，细节不连贯，文气也就很难贯通了。而且，这样的内容，若再以第二人称来转述，你就是写得镂金错彩，相比于主人公讲述亲身的经历，也都会无比苍白，弄得不好，还有辱没的嫌疑。我唯一要说的是，能够在如此艰苦的环境，还踏踏实实地服役，勤勤恳恳地尽职，体现在贵如的身上，正带有来自上一代亲人吃苦耐劳的基因。

犹记得点读《颜氏家训》时，我曾眉注过这样一段话："对上一代的秉性，弃其劣而不伤其心，继其优而能广其长，这才是亲情的最大化。"当然，这只是广义的感慨，并无具体的指向，但如今回看，后面这一句，竟应在贵如的这篇怀念父亲的文章上。

三

自古以来，悼念友人的文字，往往能见出作者的品性，尤其是重情重义的那一面。贵如的这本文集里，这样的文章，很有好几篇，捧读之下，令人动容。

读过《高澍，我的好兄弟》之后，我做了一点查对，发现这篇文章写作的时间，距高澍去世的时间，相差将近三十年。高澍其人我并不认识，但通过贵如饱含真情的叙述，高澍的形象，也深深地感染了我。三十年过去了，在贵如这里，一声兄弟仍然叫得好凄惶，这无法不让我心生敬意。有人说，"时间是最有效的淡忘剂"，也没错——但是，也要看对谁。

世俗社会里，"朋友"一词，早已庸俗化，很多场合，不

贵如的乡音

过是"熟人"的代称。朋友交往,常常有这种情况:刚开始一见如故,就差歃血为盟,一旦过了"蜜月期",就渐渐失去了热度。人情深浅,世事高低,并不为怪。真正的朋友则不然,越是交往,越是契合,因为志趣相投,三观一致,即便是清茶一杯,仓促一面,只在抵掌之间,也会是十分愉悦的精神畅游。既无荣利之图,也无得失之算,这才称得上君子之交。好端端一位契友突然过世,的确是难以承受的事,"明月不知人事改,还上楼门",忆及与他共同在"场"的往事,只要是一位长情的人,任谁都会生出许多的隐隐哀愁。

文集里还有两篇,分别怀念林锡纯和王怀信。这二位,在青海的友人中,也恰好是我最为熟悉的。

我年轻的时候,和锡纯的关系,可谓亲密无间。好几次,他来我的宿舍,聊天聊到很晚,回不去了,只能夜不归宿,与我在单人床上"打通腿"。但是,即便是已经头对脚,脚对头,话题还是收不住。后来我离开青海了,仍会时常想念他,因为他是影响了我一生的人。

怀信大哥是我在青海电视台的老同事。怀信以高原探险而驰名业界,退休之后,我还请他参加过我带的剧组,一起拍摄《苏州水》。犹记得就是在同里古镇,我为他的探险实录《青藏屐痕》,写了一篇序文——《匹马孤征于惊沙大漠之间》。结尾写道:"王怀信不是一个高尚的人,不是一个纯粹的人,不是一个脱离了低级趣味的人,但是,他却是以数十年光阴,匹马孤征于中国西部的惊沙大漠的人。"

如今，读了贵如的文章，感动之余，我想到，我真应该再补上一句话："他也是一位有情有义的人。"

　　非常感谢贵如，唤起了我的记忆，让我在江南的冬日，对青海的往事，对故人的形象，对真挚的情义，作了一次系统的重温。

　　交到几位好朋友，都是人生的福报，让我们好好珍惜吧。

四

　　从贵如的生活足迹来看，他是有三个故乡的——自幼生长的富平，就读母校的兰州，与长期生活的青海，而且，他在多篇文字里，都十分细致而深情地写到了对那里的热爱，一如艾青"常含泪水"的名句。我想，既然他的乡情已经覆盖得如此宏阔，那么，便完全可以将其称之为"放大的乡情"。

　　我把它称为放大的乡情，还有另一层意思。如前文所述，打从 20 世纪 50 年代起，青海的外来人口就越来越多，而贵如工作多年的柴达木，尤其是"五湖四海"。这里的自然条件，大家都是耳熟能详的，但是，就是在这种环境里，一批又一批满怀热忱的年轻人，为了开发建设的大业，作出了难以道尽的奉献与牺牲，并在长期的岁月里，与这片恢宏的土地，产生了死生契阔的乡情。由此可以说，在这里，作为一位柴达木人，贵如笔下关于乡情的记录，便不仅仅是一位作家的敏感，而是代表着一代人甚至几代人的故乡情结。文章的广

贵如的乡音

度与深度，正在这里。

贵如有一篇文章，大家读了，都说感动，只是这部文集没有收进去，有点儿可惜，因为它正好和我上面的感想相印证——

四十年前我进海西的时候，天上淅淅沥沥地下着小雨。望着雨雾迷蒙中空旷的草原，寥落的帐房，我的心不禁悲凉起来：我能在这里安下身又安下心来吗？

那时，青海在很多内地人的心目中，还是一个很遥远、很落后、很荒凉的地方。一听说我毕业分到了青海，家人、亲戚、朋友，还有同学都深感遗憾："怎么就分到青海去了呢。"

除了高寒、缺氧等青藏高原共有的特征外，海西当时留给我的突出印象是干旱而且多风。这里一年四季很少下雨，不少地方是荒漠、半荒漠类型的草原和大漠戈壁，蒸发量远远大于降雨量，干燥得仿佛划一根火柴，空气立时就能着起来似的。春节过后到五月上旬，差不多天天刮风，风一刮起来，往往是又大又猛，从中午一直刮到夜里，飞沙走石，昏天黑地。

20世纪70年代在州县工作，下乡是经常的事。海西有32万平方公里的面积，大概相当于三个浙江省。当时，不少地方又不通班车，行路便成为"行路难"。时隔多年，在我的脑海里还常常浮现出这样的画面：在费尽九牛二虎之力仍然买不上班车票的情况下，只好坐在公路边儿上，眼巴巴地等待过往的货车，希望师傅能顺路捎带自己一程。一见有汽车过来，就连忙站起来招手。可车上的司机就像没看见你似的，一往无前地绝尘而去，一辆车过去了，又一辆车过去了，留给你的，只是一股滚滚尘烟和难以言喻的失落。

二十年前我离开海西的时候，又是一个雨天。看着车窗外熟悉的山山水水、动人的一草一木，一种温暖的情愫和离别的惆怅萦绕在我的心头。一桩桩往事，一个个身影，轻烟一般从眼前掠过：在天峻草原上第一次骑马，不仅没有享受到"骑着马儿过草原，清清的河水蓝蓝的天"的那种浪漫和惬意，反而腰酸腿痛，不堪其苦；因贪走捷径而迷失了道路，我和几位记者乘坐的北京吉普，在浩瀚的察尔汗盐湖上转来转去，硬是转不出盐湖。路在何方？那股无边的孤独和无助，如同一张无形的大网，一点一点地吞噬着我们走出盐湖的希望；1985年唐古拉山乡遭遇特大雪灾之后，为组织灾民向山下的西大滩转移，我们一连几天在没膝深的大雪中艰难跋涉；还有，那风雪交加的夜晚，怕帐房里太冷，几次起来为我掖被子的藏族大嫂；那深更半夜用架子车拉着我去县医院看病的房东……这一切都是那么真切，那么清晰，如同高清摄像机拍摄的画面。是的，一块有过刻骨铭心经历的土地，就是一个人一辈子永远也"过"不完的电影，翻不完的画册……

那一天，车到大水桥的海西边界处，我从车上下来，面对海西深深地鞠了一躬。这一躬，既是向多年来关心、帮助、培养过我的领导、同志、朋友和父老乡亲致敬，也是与埋藏在这里的珍贵岁月惜别……

——《刻骨铭心的土地》

　　王阳明在《瘗旅文》里所说的"古者重去其乡"，乃是对"安土重迁"这一传统观念的一言以蔽之。的确，最初的故乡，都会给人以铭心刻骨的记忆，但是，由于不同的原因，有些人，甚至多数人，总会"远去其乡"的。然而，他们离开了最初的故乡，又找到了新的故乡，并在那里安身立命，只不过，他们乡音不改，乡根长在，一直坚守着最初的出身与本色，这是最为难能可"贵"的。

　　我在电视片《乡关何处——关于王阳明》的结尾处，写过这样一段话："人生有许多的驿站，也往往会在驿站的位置，作家乡回望——那，不过是——在寻找出发的地方。"

　　这段话用在这里，或可以作为贵如的写照。

五

　　只要是联想到文章的作者，便自然会迎面遇到"文如其人"的话题。按照古人的"修辞立其诚"的理念来看，贵如的人品，恰恰和他的文风相一致。

　　贵如的与人为善、待人谦和，一向是有口皆碑的，他的形象，始终给人以宽仁温厚之感。即便他后来做了海西蒙古族藏族自治州州委领导、青海省文联主席和广电厅厅长，都丝毫没有"官"架子,同事们、朋友们,也都没有把他当作"官"来看。即便他不做领导了，大家也很怀念他，敬重他，其中的一个原因，正是他主政期间，也带着"仁政"的色彩。这样的敬重，才是最深的敬重。

我一直相信，天下的文章，大多是边念边写，或是边写边念写成的，特别是锤炼的环节，由此便想到了语调和文字的关系。贵如讲话，很稳当，很从容，至少我没有听到过他哪一次讲话很凌厉。或许也正是他的性格使然，他不尚铅华的文字，就形成了精准而结实、简洁而朴厚的语象，与他的为人行事浑然一体。

贵如的文字，还有一个鲜明的特质，就是纯朴自然，让人读着很舒畅，丝毫没有为写而写的痕迹。我曾经对青海的朋友说过，朱乃正和林锡纯最好的字，是顺手写的那些字，我称为"随手字"，一封书信，之所以远好于特别用心的一幅创作，就是因为，越是自然，越耐看。文章同样如此，总是自然的好，只有这样，对于所写的人，所写的事，才会是最好的还原。

早年所见一些所谓的文化大散文，很是风靡一时，但是，时过境迁，如今再看，大而无当，内容浮华，就像是一位发着高烧的病人，明明是在说胡话，还作哲人长叹状。实际上，它是另外一种假大空，而唯有饱含着真情实意而发乎衷怀的文字，才会"文章岁久而弥光"。这也是为文的法则。

贵如的笔下，虽多属纪实的文字，却不乏抒情的段落，不过，这抒情也是自然而然的，与他纪实的叙事，融合得十分妥帖——

　　连队每天夜里派人站岗，每人两小时，依次轮换。虽然睡梦中被人唤醒，不是什么愉快的事，但一个人面对灿烂的星空和不远处黑黝黝的山峦，听着夜鸟们偶尔发出的一声两声凄然的长啼，也觉得蛮有诗意的。至今，仍然记忆深刻的是那满天亮亮汪汪的大星星。它们大而清亮。那亮，不是一般的亮，是鲜艳，是丰腴，是不管不顾，是无拘无束。犹如千朵万朵神奇的白百合，放肆地开满了大米滩的上空。

　　此前，无论是在我的家乡陕西，还是在我上学的兰州，我都没有见过这样漂亮的、茂盛的大星星，这样水晶一般的大星星。

　　　　　　　　　　　　　　　　——《一滩有意伴流水》

　　这段文字，很有代入感，再读一遍，我们也像站在西部的土地上，仰望着辽远的星空。

六

　　贵如发来文稿的同时，还附来微信，说文集的名字还没有最后定，让我也帮着想一想。这倒让我想起了一件事。

　　陆文夫老师谢世后，留下了一部遗稿，写的是陆氏家族的兴衰史,格局的构想,很是恢宏,可惜的是,他也只是开了个头,仅有六万字。女儿陆绮的文笔相当好,经过多年的酝酿,反复的磨砺,她竟然终于将这部遗稿续成了。完稿之初,陆绮也曾让我帮她起书名。陆老师虽称"陆苏州",但他的老家,却是长江北岸的泰州,"文革"时,全家又回到了江北,在农村一苦好多年,落实政策之后,这才又举家南迁。富于千篇,穷于一字,书名是很不好起的。根据书稿的内容,我觉得这书稿名叫《长江笔记》好。也许是出于谦虚,这个名字过于大,陆绮最后没有用,径直地叫了个《江南与江北》。当然,这名字也贴题。不过,把中间的"与"字删了去,会更好。

贵如看得起,我当不辱使命,经过反复地比较,我觉得,这部文集的名字,最好就叫《过一把秦腔瘾》。因为这就是一篇能够统驭全部文稿的好文章。

大西北地区是一片壮美与苍凉并存的土地,也是古代的中原文化与北方民族文化的交汇之地。这片土地上承载过数不胜数的故事,兴衰荣辱、忠孝节义、悲欢离合、酸甜苦辣等世间百态在这里轮番上演。这里的历史和人民群众的生活本身,就带有"苍凉悲慨"的韵味。秦腔也好,"花儿"也罢,不过是这"苍凉悲慨"的一种外化,是在大西北这样的生活环境中,人们的思维方式、情感方式、伦理方式的一种艺术化的呈现罢了。

——《过一把秦腔瘾》

贵如的乡音

通读贵如的全部文稿，我们知道，他无论是在兴海县学兵连的日子里，还是在海西州的日常生活中，秦腔的韵味儿，不仅从来都是和他声影相随的，而且也从另一个生活侧面，形成了贵如的人生印记。这，不正是放大的乡情吗？

自建都陕西的西周开始，关中方言便称为雅言，并作为国语使用，除了王朝一统天下的必然需要，其语调发音还有高雅、文雅、风雅、优雅等大雅脱俗之义，娓娓道来，圆润清丽、美妙悦耳。另外，陕西关中方言会有拖长音的现象，讲起来酣畅淋漓，十分痛快。由于陕西曾经是周秦汉唐四大朝代的国都，陕西方言曾经是官方语言，因此，《史记》与唐诗等文化遗产，都需要以关中方言来读，才能读出当时的味道来。

关中方言的分布范围，集中在陕西关中一线，西起甘肃天水一带，横贯关中平原，东到河南灵宝，北接黄土高原，南伸秦岭北麓，辐射到甘肃、宁夏、青海、河南周边省区，也是秦腔的标准唱音。

以上这段文字，不是我写的，而是原文录自百度词条。

待贵如的这本新书出版之后，作为读书的札记，我一定要把这则词条抄成工整的小楷，贴在扉页上，当然，还要用一张印有汉代瓦当图案的洒金笺。

2024 年 12 月 30 日，辞旧迎新之际，撰竣于江南小豆棚。

目 录
CONTENTS

目录

第一辑

从《青海人》到《青海情》

　　歌曲《青海人》是 1992 年刘郎在青海电视台工作时与更嘎才旦合写的作品（刘郎作词，更嘎才旦作曲），它获得了全国精神文明建设"五个一工程"入选作品奖。一首歌曲，能与电影、戏剧、长篇小说在同一颁奖台上并驾齐驱，足以说明它的思想和艺术价值。

　　这首歌采用铿锵有力、热情奔放的现代音乐节奏，杂以青海民歌高亢激越的旋律，充分表现了青海高原的雄浑壮阔，热情讴歌了青海各民族人民不畏困难、踔厉奋发、艰苦奋斗、一往无前的精神和风采。

　　音乐作品在创作过程中，情感的表达是最为直接也是最令人心潮澎湃的。因此，真挚的情感自然成为评价音乐作品的重要标准。《青海人》正是以情感的炽热、乡愁的浓烈而见长。它有一种直抵心扉、催人泪下的力量，有一种豪放、旷达中的苍凉。作者将对青海的满腔挚爱和深刻的人生体验渗透在写作过程中，将内在的音乐旋律转化为外在的情感迸发，从而引发了众多青海人的情感共鸣。这应该是《青海人》富有生命力的主要原因。当许多青海题材的歌曲都已湮没在岁月长河之中的时候，《青海人》却依旧被广为传唱。无论是在鼓乐喧阗的节日庆典上，还是在家人、朋友、同学的聚会上，我们都常常能够听到《青海人》的优美旋律。每每听到这样的歌词："不是我不知道风沙的苦，走遍了天下还是青海亲。因为因为因为，我在这里洒下过泪；因为因为因为，我在这里掏出过心"，我们的内心深处总是不免涟漪波动。可以毫不夸张地说，《青海人》是一首在当代青海音乐发展史上占有重要位置，产生过很大影响的音乐作品。

清歌一曲三十载，"前度刘郎今又来"。今年，应青海省文化和旅游厅厅长张宁之邀，刘郎又创作了新歌《青海情》。一首歌曲能不重复过往作品而又令人击节赞赏，难度是很大的。为此，我曾有过担心，刘郎写过《青海人》，如今再写青海，会不会有难脱旧作窠臼，在艺术风格和艺术形式上雷同的问题？事实证明，我的担心是多余的。老到的刘郎不仅注意到了推陈出新，而且以其巧妙的构思，为作品融入了时代发展的新因素。他将寓意生态文明的青色，寓意开发奉献的银色和寓意理想、明天的金色这三种色调作为青海意象的基调，生动地描绘了一幅青海高原的壮美画卷，深刻地解读了青海这个"海"字的内涵。同时，作者又使用了一些象征手法来更好地凸显主题。如用鸟儿来隐喻自20世纪50年代就不断来到青海的建设者，以盐湖来隐喻先辈们的艰苦创业，等等。尺幅万里，言简意深，短短的几句歌词中，涵纳了丰富的内容。尤为难得的是，作者采取拟人化的修辞手法，将青海高原的一山一水、一草一木都视为人的化身，进而满怀深情地唱出了"我和这一草一木，都是高原的儿女；我和这一山一水，都是大地的后代"这样感人肺腑，能在人心中引起某种颤栗的歌句。通过对人与山水的审美观照，不仅恰到好处地阐明了青海人和雪域高原血脉相连、生死与共的关系，而且赋予作品以强烈的时代感和现实感。毫无疑问，融合了自然与人、融合了鲜明意象和时代特征的《青海情》，表现出来的音乐旋律必然是明快、愉悦和充满生机的。

如前所述，《青海情》是在青海省文化和旅游厅的策划和动议之下创作的。这从一定意义上讲，可以称之为"命题作文"。《青海情》的创作实践表明，只要题出好了，人找对了，"命题作文"同样可以做出好文章。定向的主题未必都会束缚乃至抑制创作者的自由思考与创造精神，进而泯灭作品的个性特色。我们从《青海情》中高兴地看到了刘郎音乐作品中一以贯之的文学精神、哲学思考和诗性表达，也看到了与观众、听众心灵相通、真实可信、毫无僵硬概念的艺术内容。

主旋律作品的表达是一个民族和群体精神、品格、秉性、气质中主要部分的集中凝练和概括。但我们一些同志对主旋律的理解往往是单一的、片面的，他们动辄将主旋律与说教的、概念化的、标语口号式的作品相联系。这不能不说是对主旋律

从《青海人》到《青海情》

的一种曲解和误读。在我看来，歌曲《青海人》和《青海情》才是真正意义上的主旋律作品。

刘郎年轻的时候是个诗人、作家，写过不少文学作品。除了文学外，对于绘画、音乐、摄影、书法等，刘郎都有广泛的涉猎和研究。在《青海情》中，他能集作词、作曲于一身，实非偶然。

20世纪80年代后期和90年代，青海电视台出了一批令人瞩目的优秀电视纪录片。这些作品以其内蕴的深厚，艺术的精湛和地域、民族特色的鲜明而得到广大观众和电视同仁的交口称赞。刘郎和王怀信就是青海电视纪录片创作引领风骚的代表性人物。我那时是他们的一个热心观众，从刘郎编导的《梦界》到《西藏的诱惑》，再到《天驹》，他的片子播一部看一部，实在是受益匪浅。在《上下五千年》的创作过程中，更有幸和担任该片编导的刘郎做过几次比较深入的讨论。印象中的刘郎知识渊博，视野开阔，思想深刻，作品的立意和构想，从他胸有成竹的讲述中汩汩而出。

这里，还应补赘一笔的是，那段时间，青海台的广播电视节目还没有上星播出。刘郎的上述作品，连同王怀信编导的电视纪录片《格拉丹东儿女》《青海湖之波》等在中央电视台的相继播出和在全国性的电视大奖评选中的屡屡获奖，不仅为青海电视赢得了巨大的荣誉，也对宣传青海，增进外界对青海的了解和认识，产生了不可小觑的作用。

去了江南之后，刘郎又编导了《江南》《苏园六记》《西湖》《苏州水》等电视片，并且都取得了极大的成功。业界同仁这样评价他的作品："婉约，婉约得深沉；豪放，豪放得蕴籍。在画面清丽、文字优美、音乐和谐、节奏明快的背后是飞扬的神思——艺术想象。"刘郎将中国人的情怀通过电视来表现，形成了一种气势恢宏、张扬写意、注重情采且具有浓厚文化格调的创作风格，也造就了别具一格的"作家电视""文人电视"。我很认同这些看法。我觉得，刘郎的歌词创作，很大程度上得益于他的电视解说词的创作实践。用刘郎自己的话来说，就是他在有意识地尝试和追求一种"古今熔铸、文采鲜活"的表述方式和语言风格。他的这种追求和努力，收到了非常良好的效果。句式结构的严整，行文的对仗，词语的凝练，韵味的典雅，平仄的和谐，等等，都使得刘郎的歌词创作达到了一般人很难企及的高度，显示出一种挥洒自如、卓尔不群的气象，从而与时下许多流行歌曲的粗制滥造、无病呻吟、矫揉造作拉开了距离。诸如"芸芸众生芸芸心，人人心中有真神。不是真神不显圣，只怕是半心半意的人。"（《西藏的诱惑》中的插曲《朝圣的路》）"只要是真信仰，心儿便是殿堂；只要是热心肠，一碗水也胜琼浆。山泉的奔突，在大山下更有力量；冰峰的位置，比大海更接近太阳。"（《西藏的诱惑》中的插曲《西部》）"手背上是昆仑，手心里有江河的浪，还有一条就是那长城的墙。走遍了天涯，你总会想家乡，手掌就是一张相思网。"（《上下五千年》中的插曲《手掌》）"想留名的总也留不下名，没想留下名的却万古流芳。"（《鬼斧》中的插曲《凿山》）等，既明白晓畅，朗朗上口，又抒情写意，富有哲思，渗透着作者的真知灼见或情感经历，让人一听就久久难忘。

我和刘郎共事多年，深知他的才气纵横、满腹经纶。但我特别想说的是，刘郎之所以会有今天的成就，不仅仅是因为他有倚马千言的才华，也不仅仅是因为他有过人的学养，更因为他下了常人下不了的功夫，付出了比常人多出几倍的心血和汗水。他的每一部作品，大到洋洋数万言的大型电视片解说词，小到百来字的歌词，都经历了较长时间的琢磨，下了足够的气力。一部《西藏的诱惑》从策划到拍摄、制作，花费了三年时间。高原极地上三年的风餐露宿，奔波劳碌，换来的是一部意境深邃、画面优美、文辞奔放、极具观赏价值的纪录片。深入发掘意象之美，摄尽西湖方方面面的十集大型电视艺术片《西湖》的拍摄，则整整用了五年时间。

拍摄如此，投拍之前的功课也都做得十分充足。刘郎告诉我，为了拍摄《苏州水》，他在深入采访的同时，下苦读了三百多本相关的典籍和史料，并且借鉴和吸收了专家、学者在这一领域已有的研究成果，写下了厚厚的几大本笔记；电视片《王阳明》只有 30 分钟的时长，但刘郎为拍这个片子，在一个多月的时间里，居然阅读了 200 多部有关王阳明的著作。其中的甘苦，似乎只有用舞台艺术中常说的一句话才能加以形容：台上一分钟，台下十年功。我翻阅过刘郎读过的一些书，书上满是用彩色铅笔画的记号，许多地方写有评语。仅此一端就足以看出，刘郎在学习上是多么投入多么刻苦！

刘郎创作的音乐作品不是太多，但每有所作，都会给人带来惊喜。它们都是作者花了较长时间和较多心思，苦苦琢磨、再三推敲的结果。反观现在的一些词曲作者，一天写一两首歌是常事，一年写几百首也不乏其人。速成的结果，当然只能是速朽，遑论优秀和经典。

"每当回忆起生于斯、长于斯、忧于斯、喜于斯的青海大地，我便百感交集。"刘郎如是说。

刘郎在青海待了半辈子，他对青海有着很深很深的感情。他说他现在做梦经常梦到青海，他常常以电话和微信的方式表达对青海的关切，他企望能有机会为青海的父老乡亲做点什么。写歌，使他的愿望终于变成现实。他非常珍惜这一机缘，因而写得十分用心。他把《青海情》的创作看作是"向青海大地的鞠躬和向青海亲人的告白"。

从《青海人》到《青海情》，刘郎走过了一段漫长的放歌青海之路。他以自己的作品为青海乐坛乃至青海文化增添了光荣和骄傲，也为我们带来了美好的音乐享受。

这篇文章快要写完的时候，我收到了刘郎发来的一条微信。微信中的画面显示，西藏人也在唱《青海情》。读之不禁莞尔，我遂回复刘郎："好歌不胫而走。"

南八仙：一个有根的传说

20世纪70年代初，我到海西蒙古族藏族自治州州委宣传部工作不久，便跟着部里的姜知宝同志去了一趟冷湖。汽车行至南八仙，我看到了以往从来没有看到过的景象。这里是一眼望不到边的无人区，这里有着令人难以想象的荒凉和寂寞，天上无飞鸟，地上不长草，有的，只是从身边掠过的呼呼风声，只是辽阔苍茫的戈壁和矗立在戈壁滩上的一个个灰黄色或赭红色的沙丘。沙丘面目各异、千姿百态，有的像历经沧桑的城堡，有的像扬帆远航的船舶，有的像凝神沉思的老人，有的像亭亭玉立的少女，有的像凌空翱翔的雄鹰，有的像奋蹄扬鬃的骏马……它们大小不同，高低不一，高者约有二三十米，低者不过四五米。在如此遥远、偏僻的地方，居然会有这样一个怪异奇伟的世界，不能不让人叹服大自然的鬼斧神工。尽管来这里以前，我对雅丹地貌的神奇壮观已经有所耳闻，但眼前的景象，仍然让我感到惊讶、感到震撼。通过姜知宝的介绍，我才知道，这里就是中国规模最大的雅丹地貌景观。

雅丹地貌，也称风蚀残丘。它的形成，固然是受风蚀、沟蚀、重力崩塌等多种因素的影响，但其中最主要的还是风蚀作用。风蚀二字，倒是相当准确地表达了雅丹地貌的成因。强风从上下左右多角度地切割和剥蚀，就将大地雕琢成这样波澜壮阔、气象万千的艺术品。当然，不是在一朝一夕，也不是在三年五载，而是在漫长的地质岁月。

因为气候干燥，地形奇特，狂风飘忽不定，且风声怪异，让人听了毛骨悚然，加上当地的岩石富含铁质，地磁强大，常使罗盘失灵，导致人们难以辨别方向，因而这里又被称为"魔鬼城"。令我不解的是，既为"魔鬼城"，何以又拥有"南八仙"这样一个柔美、动听、与妖魔鬼怪大相径庭的名字？原来，这里还有一段凄美动人的故事呢：20世纪50年代，一支地质勘探队进入柴达木。队伍中有8位来自南方的女子，她们怀着为祖国寻找石油的满腔热情，走进了南八仙这一片魔幻的世界。谁能想到，作业途中，出发时的丽日晴空突然变成了铺天盖地的风暴。大风一连刮了几天几夜，在风沙中迷失了道路的女子也不辨东西南北地走了几天几夜。随身携带的干粮吃完了，水也喝光了，她们的意志再也支撑不住她们的身体，于是一个接一个地倒下了。勘探队派人四处寻找，却始终未能发现她们的踪影。直到几个月之后，人们才找到了其中3位女子的遗骸。其他5位姑娘，则悄然消逝于柴达木的风蚀残丘之中。8个年轻的女地质队员于此香消玉殒，8 个鲜活的生命于此画上了句号。从此，这里便有了"南八仙"这个名字。

姜知宝绘声绘色的讲述，将"南八仙"这个名字斧凿刀刻般地印在了我的脑海。我不由得对这 8 名地质队员产生了浓厚的兴趣，她们都叫什么名字？她们来自哪里？她们有没有照片、日记之类的遗物？她们有男朋友吗？她们的衣兜里，是否装着一封用钢笔写在纸上的情书？在冷湖工作的日子里，我把脑子里盘旋着的这些问题，一股脑地端给了在这里新结识的朋友徐志宏和梁泽祥，他们听了，都不约而同地淡淡一笑，说："没法回答你的问题，因为，那只是个传说。"

啊，传说？我一下子泄了气儿。既然只是传说，那么，我的问题当然就不可能有答案。随着在柴达木生活日久，对柴达木的了解日渐加深，回头再琢磨"南八仙"这个地名，我的认识遂得以升华。"南八仙"的得名，固然来自传说，但这个传说，并不是空穴来风，它的背后，其实有着荡气回肠的真实印记和时代精神，有着充分的事实依据和环境依据。换句话说，"南八仙"的传说，是一个有根的传说，是一个从柴达木的茫茫瀚海中生长出来的传说。

从 1950 年 6 月开始，地质勘探队便纷纷进入柴达木盆地，盆地大规模的油气勘探，则开始于 1954 年。到 1956 年，活跃于柴达木的地质队已增加到 41 个，其中有三四个女子地质队，他们分别是"女子水准测量队""女子地形测量队""女子细测队"。这是新中国成立后最早组建的女子野外地质队。20 世纪

50年代的《人民画报》上，就曾刊登过一组柴达木女子地质队的工作照片。这支地质队的任务，是在方圆1400平方公里的赛什腾山区检查矿点并寻找新的矿点。位于柴达木盆地西北边缘的赛什腾山区海拔在3400~3500米之间，山坡低缓，山脊多不连贯。勇敢的女子地质队员就这样终日穿行于崇山峻岭之间，她们克服了常人难以想象的各种困难，终于完成了检查和寻找矿点的任务。

据一些在柴达木做过普查测量工作的老柴达木人回忆，1956年前后，确有一支女子测量队在南八仙一带寻矿找矿。其成员绝大多数是来自上海、浙江、广东、青岛的女知识青年。她们通过普查、细测，发现了南八仙的石油构造。所有这些，都无可争辩地证明了，在柴达木开发初期，女子地质队是确实存在的，女子地质队员也不乏其人。她们在极端艰苦的条件下，用她们的青春、汗水和热血，为寻找国家当时迫切需要的石油，作出了可歌可泣的奉献和牺牲。这，应该就是南八仙这一地名产生的事实依据。

我在柴达木工作了20年之久，对于柴达木盆地自然环境之严酷，可以说是深有体会。这里干旱少雨，每年有8个月以上的季风，8级以上的大风，一年可以刮25~75天，小风差不多天天都有。民谣中说的"一年一场风，从春刮到冬"可能有点夸张，但从春节到5月底，几乎天天刮风，则是确凿无疑的。一位当年在地质队工作的朋友告诉我，有一年，他们在柴达木野外作业时遇到了大风。大风不屈不挠地刮了24个小时，许

南八仙：一个有根的传说

多帐篷被吹到了天上，成了随风飘摇的"风筝"，木桶和饭碗里全灌满了沙子、牛粪。在这昏天黑地的一天一夜中，他们只能无可奈何地在茫茫荒原上"啼饥号寒"。

　　我亲身经历过的一场沙尘暴，比朋友说的还要可怕。那是1979年5月的一天，大风毫无征兆地袭击了昆仑山下的格尔木。狂风气势汹汹，不可一世。有的房顶眨眼之间被风揭掉，一些树木如同遭到电击雷劈似的被拦腰斩断。风大得像是有几双手当胸推来似的，任你是个钢浇铁铸的铁人，在它面前，也只能甘拜下风。街上的行人根本来不及躲避，有的惊恐地趴在地上，有的紧紧地抱着电线杆不敢松手，有人甚至因喘不过气来而发生窒息。20世纪70年代末期的狂风尚且粗暴强悍若此，20世纪50年代柴达木的气候状况更是可想而知。当年的沙尘暴等灾害性天气频仍，被风吹走帐篷，风沙中走失骆驼，断水断粮，迷失道路甚至喝尿解渴的事，无论是在李若冰先生的《柴达木手记》，还是在老一代柴达木人的回忆文章或口头讲述中，都是屡见不鲜的。在那样的自然环境之下，产生地质队员被风沙吞没的惨剧，不但是顺理成章的，而且是实有其事的。以上所述，就是南八仙这一地名产生的环境依据。

　　如果说，油砂山、英雄岭、油泉子、油墩子、跃进一号、跃进二号等柴达木石油前辈所起的地名，是对石油勘探结果的一种写实，那么，南八仙则无疑是对一段历史、一种精神诗意的概括。它既源于真实的地质勘探生活，又因其充满奇思妙想和诗情画意而高于生活。

饶有趣味的是，一个并非很有诗意的地方，却取了一个最有诗意的名字；一伙历尽艰辛、饱尝困厄，谈不上"诗意的栖居"的老石油人，却偏偏为南八仙起了一个意境悠远、富有文艺气质、很像是古典诗词中曲牌、词牌的名字。这说明，他们是以审美的态度，看待着这个他们注定要为之挥洒青春、贡献力量的地方。

八仙，只是千千万万柴达木开发者的代表，也是颇具典范意义的柴达木精神的浓缩。南八仙标记的，是中国人的石油梦被激情点燃的一段岁月，也是一个亘古不灭的英雄传奇。

现在的南八仙，已经成了火爆网络的热门景点。这里通了高等级公路，汽车跑起来很轻松，来这里越野自驾的游客和摄影迷越来越多。一支又一支的造访队伍远道而来，为的是一睹南八仙雄浑苍凉的自然之美，但因此而能领略一番埋藏在这片土地之中的文化传承和精神力量，何尝不也是美事一桩。一旦他们深究"南八仙"这个名字的由来，心灵一定会受到强烈的触动。

南八仙的传说从问世到今天，半个多世纪过去了，但这个传说并没有因为时间的推移而被人们淡忘或遗忘。在众口不歇的转述和附会中，它成了青海人一个遥远而盛大的记忆，也成了石油人永远难以割舍的怀恋与惦念。20世纪90年代，就产生过一批以南八仙的故事为题材的文艺作品，如舞剧《西部的太阳》等。近年来，更是出现了南八仙题材的创作热，小说《南八仙》、京剧《生如夏花》、散文《迷失在雅丹群中的八位姑娘》

南八仙：一个有根的传说

等等，就是明证。这说明，南八仙的传说，不仅是一个有根的传说，而且是一个有着强大生命力的传说，一个永远不老的传说。

几十年来，我已经无数次地到过南八仙。每临此地，心底总会油然升起一种莫名的感动。旷野中一座座挺然屹立的风蚀残丘，仿佛是8位地质队员不朽的雕塑，她们似乎在以见证者的身份，向我诉说着柴达木往日的喧腾与荣光：数以十万计的建设者，从祖国的四面八方来到柴达木。他们与当地的蒙古族、藏族、哈萨克族等各民族人民携手奋进，共同书写了足以彪炳千秋的伟大业绩。他们在人迹罕至的戈壁荒漠找到了石油，发现了矿山，办起了工厂，建起了城镇，修筑了道路，开辟了绿洲，种植了树木……历史会记住他们的劳作和奉献，历史也会记住他们有过的艰难和坚忍。

"从来就没有什么岁月静好，不过是有人替你负重前行。"是的，没有当年大规模的地质普查，没有以石油勘探为开端的柴达木开发，哪有今日千万吨级高原油气田的规模？没有先行者、拓荒者的筚路蓝缕、舍生忘死、勇往直前，哪有今日柴达木的发展进步、欣欣向荣？

参考资料：

《"南八仙故事"由来的真实与传说》，作者杨海平，刊载于《海西文史资料》第21辑。

过一把秦腔瘾

2023 年的七八月之交，西安三意社来青海演出。演出地点是西宁市中心广场的百姓大舞台。每天早晚各一场戏，一共演了十场戏。十场戏场场满座。每次，戏还没有开场，台下就已坐得满满的。座位的后边，还有很多站着的观众，一场戏短则两个小时，长则三个多小时，从头到尾地站着，足见看戏者的真心诚意。那些日子，青海的戏迷们喜形于色，奔走相告，呼朋唤友，眼里看的，嘴上说的，全都是戏。我用"秦腔盛典、戏迷节日"八个字来概括其盛况，想来并不为过。

我在抖音上看过几场戏，又去演出现场看了侯红琴主演的《火焰驹》和杨升娟主演的《周仁回府》。侯红琴是西安三意社的台柱子。她的声音有天分也有训练，达到了一个纯熟而又自如的境界。她的演唱委婉缠绵，韵味悠长，颇具大家风范。她的念白字正腔圆，抑扬有度，表演规范而又洒脱，总能恰当地表达出剧中人的感情。杨升娟深得秦腔大家李爱琴的真传，是秦腔生角的后起之秀。她的唱腔流畅妥帖，感情爆发时，声如裂帛，高亢入云；需要低回婉转的地方，又能把声音压下来，唱得缠绵入骨，声声关情。特别是在"悔路"和"哭墓"等几个核心唱段中，杨升娟的演唱可谓揪心裂肠，从心所欲，一字一句，就像喷出来似的，把个有情有义、一诺千金的周仁刻画得入木三分。

台下的观众，以他们神态各异的表达，回应着台上的演出：有的伸长脖子，一眼不眨地盯着舞台；有的摇头晃脑地跟着演员唱；有的发自衷心地啧啧赞叹："好把式是哩"；有的则高叫："好！好！""绝了！绝了！"来的人中，中老年观众固然居多，但年轻人我看也不少。他们中间，有陪着家中老人来看戏的，也有出于喜爱而来过戏瘾的。

中国有数百种戏曲，秦腔的曝光率和存在感算不上最高，但若论感染力和铁杆拥趸数，却少有出其右者。无论是在陕西还是甘肃，我都见识过，一场演出，台下观众有数万人之多，人山人海，乌泱泱一片。四边的人往里挤，里边的人往外扛，后边的人为避开视线的遮挡，有的站在拖拉机上，有的把孩子架在脖子上，有的爬到树上，一个树杈一个人。那种欢欣、热烈、盛大的场面，实在让人震撼，让人难忘。有时，戏正演着，忽然下起了大雨，但台下的观众却纹丝不动。看那样子，只要不是天上下刀子，他们是不会轻易撤离的。

说起一些西北人对秦腔的痴迷，也着实叫人错愕。我大学毕业以后，被分配到青海省海南藏族自治州兴海县的一个部队农场接受解放军的再教育。封闭的环境，繁重的体力劳动，使人不由得产生一种自我宣泄的欲望。而宣泄的方式之一，就是吼秦腔。恰好，学兵连里有一个陕西财经学院毕业的同学会拉板胡。在他的带动下，我们几个来自不同高校的西北籍学生，得空就会在地窝子旁边的小操场上吼一阵秦腔。一天，一个同学正兴致勃勃地唱着《辕门斩子》中杨延景的唱段，另一位来自南方的同学却不以为然地说了一句："歇斯底里！"唱戏的同学闻之大怒，他冲到那位江南秀士面前，怒目圆睁地说："什么歇斯底里！这叫响遏行云！这叫振聋发聩！你知道不知道，鲁迅先生还专门到西安易俗社去看秦腔呢！"那天，要不是众人合力劝解，这位容不得别人抹黑秦腔的关中楞娃，说不定就会拔拳相向呢。这是西北人酷爱秦腔的例证之一。还有一例：我在海西蒙古族藏族自治州工作的时候，曾经遇到过一位堪称秦腔迷的副州长。20世纪80年代初，我跟随这位领导到州属各县开展调查研究。那个年月时兴有线广播，一到早晨、中午和晚上的广播时间，覆盖县城的大喇叭就响了。除了播新闻，还会播些音乐和京剧、秦腔、豫剧等戏曲唱段。调研期间，有那么几个中午，我们已经坐在县招待所的食堂吃饭了，街上的大喇叭骤然唱起了秦腔。一听到那激越、苍凉的唱腔，副州长便放下饭碗，跑到房子外面听戏去了。我们让他先吃饭，他却连连摆手说："陈仁义的《下河东》，来劲！你们先吃，让我把这段戏听完。"陈仁义先生哪里知道有人因欣赏他的演唱而忘了吃饭,还在广播中没完没了地唱着。副州长怕耽误大家吃饭,就走回来给碗里撅了点菜,拿了个馒头又出去了。他圪蹴在房檐底下边吃边听,俨然一副关中老农的做派。

我的秦腔癖也许还达不到这位领导的高度和深度,但自感秦腔已经化作基因,融进了我的血液。我出生在一个有着浓厚秦腔氛围的农民家庭,父亲是村上秦腔自乐班的骨干成员,戏唱得好,板胡也拉得好。别看他只上过两年学,识字不多,但却能把诸如《三滴血》《游西湖》《五典坡》《铡美案》《法门寺》《玉堂春》等秦腔剧本一本一本地背诵下来,尽管这些剧本常常是之乎者也的字眼。每逢在离家不远的地方唱戏(陕西人把这种不登台表演的唱戏称为"喧荒"),父亲就会带上我。他和他的伙伴们投入地、忘情地唱着,我待在一边静静地、痴痴地听着。至今,我仍然怀念那些在丝竹管弦之声中度过的日子,那其实就是我最早接受的文化熏陶和文学启蒙。我特别喜欢自乐班那种不择场地、不上舞台、不收取报酬也不求取悦他人的自我表演,喜欢那种随心所欲、无拘无束的自我流露和自我释放。而正是在这种绝少功利目的的极度放松的心态之中,关中农民那种质朴、那种真诚、那种简单、那种知足常乐的生命状态,才被表现得淋漓尽致。

耳濡既久,我也便在不知不觉中学会了几个唱段。虽然唱得不怎么好,但熟悉板路,知道胡琴拉到什么地方该唱,什么地方该停。如果某个唱家不在,临时顶岗唱几句,也还不至于十分蹩脚。我上小学五年级的时候,遇到一个特别喜欢秦腔且又爱拉板胡的班主任老师，他正发愁没人与自己合作，一听说我能唱秦腔，自然喜不自胜。他找到我说，每天吃过晚饭以后，只要你没别的事儿，就到我的宿舍来唱一阵儿，然后回去自习。我没有理由拒绝他。于是，在上初中以前的两年时间里（星期天和假期除外），我于课业学习之外，又给自己附加了一个"天天唱"的课目。上大学以后，我所在的兰州大学工会牵头组建了一个秦腔业余剧团，排演了马建翎先生创作的秦腔现代剧《血泪仇》，我饰演剧中人物王东才。除在学校演出外，我们还在兰州市的一些企事业单位做过巡演。此后很长一段时间，我们班乃至我们系的同学，见了面就叫我王东才。

人的兴趣爱好是很难改变的。我到青海以后，依然故我地爱着秦腔。粉丝这个词，好像是近十来年才出现的新词，但粉丝现象却早已有之。对老一辈的秦腔大家和这些年涌现的众多秦腔名角来说，我从来都是他们的粉丝，对他们一向怀有"生不愿封万户侯，但愿一识韩荆州"的崇拜心理。但凡西宁有秦腔演出，我一般都不会错过，就连互助、大通等地农民演出的秦腔剧，我也兴致盎然地去看过几场。我积有30多盘秦腔磁带和CD光盘，其中，有些是自己买的，有些是别人帮我翻录、选录的。闲暇之时，泡一杯热茶，放一段秦腔，那种惬意，那种自得，那种幸福，真是难以用语言形容！

有时候，连我自己都觉得奇怪，时代已经进入21世纪，影视综艺、网络游戏、流行歌曲、广场舞、抖音、快手等文化休闲方式沸反盈天，随处可见。鲁迅先生称之为"古调"的秦腔，

过一把秦腔瘾

不仅还能"独弹",而且还拥有如此蓬勃的活力,还能得到这么多人的喜爱。个中原因,实在值得深思和研究。作家贾平凹在他的散文名作《秦腔》一文中,对这个问题作了如下的回答:"秦川的地理构造与秦腔的旋律惟妙惟肖,秦腔又与西凤白酒、长线辣子、大叶卷烟、羊肉泡馍共为秦川人的五大生命要素,故而秦腔是秦川的天籁、地籁、人籁。"贾平凹的说法不无道理,但还不能完全服人,因为,喜欢秦腔、高唱秦腔的,并非秦川一地。许多青海人、甘肃人、宁夏人、新疆人对秦腔的痴迷程度,一点儿也不比陕西人逊色。三意社在西宁的演出尚未结束,下一站要去的甘肃甘谷、秦安、天水等地,人们已急不可耐地在抖音、快手上频频发问:三意社什么时候来啊?其翘首盼望的殷殷之情、急切之态,跃然屏上。

我的大学同学、已故著名文学评论家雷达是个货真价实的秦腔迷,甘肃天水人。多年以前,他去新疆开会途经西宁,约我共进晚餐。席间,说起秦腔,他竟口若悬河,滔滔不绝。雷达半开玩笑地对我说:"贾平凹把秦腔说成是你们陕西人的专利,那是他'陕西沙文主义'倾向的表现。秦腔之迷人,不在羊肉泡馍,不在长线辣子,关键在于'苍凉''悲慨'两大特色上。"他还说,"秦腔擅悲剧,不擅喜剧,擅伦理戏,悲欢离合的共情戏,不擅政治戏和理性戏。"说这话的时候,雷达已带有三分酒意,但我却觉得他的这一番谈吐很有见地,非酒精上头者所能道也。他的观点既与古人说的"西北之音慷慨"一脉相承,也与我对秦腔和"花儿"的认识非常接近。"花儿"

的优长，"花儿"的魅力，不也就在这"苍凉""悲慨"四个字上吗？

大西北地区是一片壮美与苍凉并存的土地，也是古代的中原文化与北方民族文化的交会之地。这片土地上承载过数不胜数的故事，兴衰荣辱、忠孝节义、悲欢离合、酸甜苦辣等世间百态在这里轮番上演。这里的历史和人民群众的生活本身，就带有"苍凉悲慨"的韵味。秦腔也好，"花儿"也罢，不过是这"苍凉悲慨"的一种外化，是在大西北这样的生活环境中，人们的思维方式、情感方式、伦理方式的一种艺术化的呈现罢了。

"喝烧酒捧起个大老碗，吼一声秦腔震破天。祖祖辈辈吼了几千年，吼声里有血有泪，有苦也有甜……"因为有着深厚的群众基础，所以，我相信，作为中国戏曲中历史最为悠久的剧种，秦腔，还会一直吼下去，就像作家陈忠实所说的那样："黄土在，秦人在，这腔儿便不会息声。"

朝发夕至不是梦

　　20世纪70年代初，我大学毕业被分配到海西蒙古族藏族哈萨克族自治州工作。那会儿在州县工作，下乡是常有的事。我作为州委宣传部的新闻干事，更少不了跑基层。海西州有32万平方公里的面积，相当于内地一两个省的面积之和。在如此辽阔的地域之中，下去走走，不可能都是安步当车，也不可能都骑自行车。在青藏铁路西格段通车之前，汽车应该说是这里最快捷、最理想的交通工具了，可汽车却不是谁想坐就能坐的。那个时候，无论州上还是县上，都只有少得可怜的几部帆布篷的北京吉普，州县领导出行尚且不能百分百地保证，像我这样的一般干部，就更不敢心存奢望了。通客运班车的地方倒还好说，买票乘车就是了。难办的是，很多地方根本不通班车。还有一些地方，如茶卡、乌兰、都兰、香日德、诺木洪等地，虽然也通班车，但却只有过往车辆而没有始发车。一到这些地方，你若想乘班车，那就得先看看车上有没有因乘客下车而空缺出来的位置。也许是"美好的事情往往容易忘记，苦涩的事情恰恰不容易忘记"的缘故吧，时隔多年，我的脑海里还常常会浮现出这样的画面：在费尽九牛二虎之力仍然买不上班车票的情况下，就只好坐在公路边上等待过往的货车，希望师傅能顺路捎带自己一程。一见有汽车过来，就连忙站起来招手，可车上的司机就像没看见你似的，一往无前地绝尘而去，留给你的，只是一股滚滚烟尘和难以言喻的失落。一辆车过去了，又一辆车过去了，可你依旧在老地方待着。

现在回过头来看，货车司机一般不愿带人，其实是可以理解的，他有他的任务，干嘛要多此一举呢？再说，从安全角度考虑，带个人也未必就好。那个时候，海西有好几个劳改农场，万一来拦车的是个穷凶极恶的逃犯，岂不麻烦？

从县到公社，从公社再到生产队，要么是没有公路，要么就是路况很差，汽车根本无法通行。坐车既然无望，骑马或者步行无疑就成了最好的选择。不要说像乌兰县戈壁公社、蓄集公社这些离州上不远的地方，我们可以不在话下地徒步往返。就是比这更长的路，我也走过不止三五回。有一年夏天，我在都兰县采访，县上的同志为我提供了一个巴隆公社的采访线索。我搭乘一辆便车到达公路边上的依柯高里农场。一打问才知道，我要去的巴隆公社塔文托洛哈大队离这里还有几十公里呢，那里不通汽车。在问清道路之后，我毅然决定徒步前往。没想到，这么偏远的地方竟然会有那么多的蚊子。蚊子又大又凶，一见有人走来，它们便疯狂地围拢过来，在你的头顶盘旋，在你的耳边嗡嗡，弄得你烦不胜烦，一时没了脾气。不得已，我只好把外衣脱下来蒙在头上，以抵御蚊子的侵袭，差不多走了一天才到达塔文托洛哈。好在那个时候的社会治安状况还好，一个人走在这前不着村后不着店的荒原漠野，倒是没有多少安全方面的忧虑。要是猛扎扎跳出几个拦路抢劫的歹徒，那我可就呼天天不应、叫地地不灵了。

下基层难，回老家探亲又谈何容易！长时间的坐车、换车，常常弄得人头昏脑胀。我们从德令哈乘坐班车，沿着凹凸不平或者满是"搓板"的公路向西宁进发。第一天只能走到茶卡或者黑马河，晚上在灯光灰暗的旅社住一宿，第二天下午才能到达西宁。到了西宁不见得就能马上买到去西安的火车票，只好又在西宁耽延两三天。西安下车以后，还需要换乘开往家乡的汽车，等双脚踏进家门，四五天时间已经过去了。当然，比之老一代柴达木人，我们的行路时间已经大大缩短了。一位1958年最早进入察尔汗盐湖的钾肥厂元老给我说过，他们当年从西宁去盐湖，统共800公里的路程，却在汽车上整整颠簸了7天。如今，有7天时间，去大洋彼岸的美国都可以打一个来回了。

我印象中，那些年的绿皮火车开得很慢，乘客好像也特别多，逢了学生寒暑假或者春节，车厢的过道里、座椅下、厕所里都站着、躺着人。大约是在1980年的农历正月吧，我和妻子、女儿从西安上车返回青海。只见从上海开往西宁的火车上人头攒动，摩肩接踵，挤得如同沙丁鱼罐头，不要说在车厢里随意走动了，连挪挪身子都异常困难。我们买的是站票，途中也一直找不到座位，只能百无聊赖地站着，从西安站到宝鸡，从宝鸡站到天水，又从天水站到兰州。这时候，也只有在这时候，人才会禁不住从心底生出一声感叹：青海太远了！孩子不像大人那样能忍耐，她不时流着眼泪问我们："西宁咋还不到呢？"我们只能好言抚慰："快了！快了！"

坐火车如此，坐汽车是不是就好一点呢？未必！有一年冬天探亲归来，为买去德令哈的班车票，我到当时位于西宁南关街的长途汽车站跑了不下五六趟。好不容易上了车，途中却又遇到了意想不到的问题。早晨出发的时候天空阴沉沉的，车到江西沟，纷纷扬扬的雪花便飘落下来。雪越下越大，搓棉扯絮一般凌空飞舞，道路湿滑，司机只能小心翼翼地低速前行。西去东来的汽车都堵在了橡皮山上，进不能进，退不能退，形成了一条前不见头后不见尾蜿蜒几公里的汽车长龙。就这样，车在山上滞留了几个小时，直到凌晨两点来钟，才到了茶卡。茶卡一时车满为患，一个小小的旅社，如何容纳得了这么多的旅客？总不能在寒风旷野里过夜吧，万般无奈之下，我只得敲开了朋友、时任茶卡公社书记毛国良的家门，在他的办公室里度过了一个终生难忘的夜晚，更确切地说，是度过了几个小时。这样耗时费力地探一次亲，简直就跟打了一场仗似的，让人好些日子都缓不过劲儿来，也让人不能不将探亲之旅视为畏途。

20 世纪 80 年代中期，高速公路还只是西方发达国家的标记。谁能想到，仅仅 30 年之后，它却成了我们司空见惯的公路形态。一条条宽敞、平坦的高速公路，把青海城乡紧紧地连接起来。海东、海南、海北这些离西宁较近的地方不用说了，即使以往人们视为天边地角的称多、杂多、曲麻莱、久治、茫崖、木里、苏里等地，也都毫无例外地通了高速公路或高等级油路。以前需要一两天或者两三天才能抵达的地方，现在半天时间就轻轻松松地到了。"朝发夕至"不再是梦，"早晨在西宁吃羊肉泡馍，下午在昆仑山口观光拍照或在结古的文成公主庙瞻仰"，也成了活生生的现实。

"通村畅乡、班车到村"的交通运输网络建设，使广大农村以往难以下脚的泥水路，变成了平坦光鲜的水泥路，很多地方还装了路灯。

西宁早就有了可以降落大型客机的曹家堡机场，航班四通八达。德令哈、格尔木、花土沟、玉树、果洛等地，也都建了能降大飞机的机场，通了航班。有急事在身的人，可以选择坐汽车、火车，也可以选择坐飞机。

2014 年，我和老友王文泸、程起骏应海西之邀，结伴走了一趟柴达木，先后去了天峻、乌兰、都兰、格尔木、茫崖、花土沟、冷湖、大柴旦等地。4000 多公里的漫漫行程，却只用了 10 天时间，这要搁在从前，20 天甚至一个月恐怕都不够。10 天当中，我们边走边看，还不时做些采访和座谈交流。八千里路云和月啊！由于车好、路好，我们三个白发皤然的 30 后和 40 后，竟然没有车马劳顿的颓唐和疲惫之感。从海西回来，我用《海西行》一诗，记述了此行的欣悦和激动。其中，涉及行路的有这样几句："条条大道平如砥，千车万载竞驰驱。车行掣电复驰风，穿云破雾气如虹。回思当年行路难，无车弹铗怨冯谖。欲行当行行不得，怅望公路心怆然……"

2017年，我参加了海西蒙古族藏族自治州文学艺术界联合会召开的文学笔会。从西宁去德令哈坐的是飞机，从格尔木回来也是坐的飞机。往返的时间都不过几十分钟。四天的短暂逗留中，既参加了多次座谈讨论，还去了都兰县宗加镇的艾斯力金草原实地采风，再一次享受了蒙古包的温馨、热诚和浪漫。

瀚海尽通途，关山度若飞。

抚今追昔，我不禁感慨万千！

青海牧区的广袤草原在20世纪80年代以前，马、骆驼和牦牛是主要的交通工具。牧民在转场的时候，将吃的粮食、烧的牛粪、住的帐篷、用的锅碗瓢盆，一股脑儿都驮在牦牛或骆驼的背上。那种顶风冒雪、翻山越岭、扶老携幼、举家搬迁的艰辛和沉重，留给人的，是由衷的钦敬和一声深长的叹息！而这一次，我在艾斯力金草原却亲眼看到，这里的所有人家都有摩托车和三轮卡车，很多家里还有小汽车，一说要到镇上买什么东西，开上汽车就一溜烟地走了。

过去牧人的帐房里，有肉，有炒面，有茯茶，有粉条，有挂面，唯独没有时鲜蔬菜，饺子、包子里也全都包着肉，那是交通不便、买难卖难造成的。而今，西红柿、茄子、辣椒、韭菜、鸡蛋等等，都上了牧人的餐桌。除了煮一锅香喷喷的羊肉，也能整出个七碟子八碗来。

那天晚上，我们住在蒙古族牧民、民间歌手高卫的家里。他告诉我们，有了路，有了桥，有了车，牧民就能以更快的速度、更低的成本把牛羊和畜产品运出草原，运到城市。而牛羊经销商也能够找到上海、广州、西安等更远地方的买家，将牛羊卖出更好的价钱。牛羊卖得好了，生活水平也就提高了。难怪这里的蒙古包都那么宽敞、漂亮，难怪牧人一个个都笑得那么灿烂！

高卫说得对。一个区域的经济发展水平和人民群众的幸福指数与交通便利程度息息相关。有了路，有了桥，有了车，就医难、上学难等很多长期困扰牧民的问题，就会得到改善或改观。他的话，唤醒了我沉埋已久的记忆，许多年以前在天峻舟群草原见过的一幕，又清晰地呈现在我的眼前：两匹马，两个年轻的藏族牧人，护送一位罹患重病的中年妇女去公社卫生所看病。歪在马上的病人面色蜡黄，脸上挂满了豆大的汗珠。她的身子抖动着，嘴里不停地发出痛苦的呻吟。他们所在的夏季草场，离公社有六七十公里，骑马至少得走两天。这样危重的病情，这样孱弱的身体，能经得起马上的长途颠簸吗？公社卫生所能治好她的病吗？如果还须转院治疗，那横亘在舟群和县城之间波涛汹涌的峻河、布哈河又该如何渡过？一连串的问题争着往我的脑子里挤。我知道，在当时的牧区，很多牧民生了病都不去诊治，实在病得不行了才去医院，但因山水迢遥，道阻且长，一些本来可以治好的病也给耽搁了。

行的变迁，大大缩短了人在路上的时间，这就等于延长了人的生命，使人在相同的时间长度内，可以去做更多的事情。它反映的是人们生活质量的提高和生命长度的延伸，折射的是一个地方的进步和发展。

朝发夕至不是梦

珍爱天空之镜

去年以来，"天空之镜"几乎已经成了一个网络热词，它指的是地处海西蒙古族藏族自治州乌兰县茶卡镇的茶卡盐湖。

对我来说，茶卡盐湖不是一个陌生的地方。20世纪七八十年代，因为工作关系，我常去茶卡盐湖。第一次去盐湖，我看到的劳动场景是：工人们穿着长筒靴站在卤水中。他们先在规划好的区域，用钢钻凿开尺把厚的盐盖，再捣松盐层，拿铁耙来回划拉几次，洗掉盐粒上的杂质，这才握起长柄铁勺，一勺一勺地把结晶盐捞上来，装进矿车，推到湖岸。头上烈日暴晒，脚下卤水蒸腾，盐工们挥汗如雨的那种沉重、那种艰辛给我留下了难忘的记忆。

采盐机与采盐船的先后投入使用，在茶卡盐业生产史上有着划时代的意义。在这两种机器的研制中发挥了重要作用的盐厂技术员蒋建华和王明建，我都做过采访。因为采访，还和他们成了朋友。他们告诉我：大学毕业分配到盐厂工作后（蒋建华 1968 年毕业于成都电讯工程学院，王明建 1969 年毕业于西安交通大学），他们的心中一直有一个愿望，要尽其所能地减轻工人的劳动强度，提高劳动生产率。在研制团队一回又一回的研讨，一遍又一遍的试验，一天又一天的呕心，一夜又一夜的无眠之后，他们的梦想实现了。尽管，这一批在茶卡盐厂工作的大学生，后来相继走出了盐湖，有的还离开了青海，但他们的劳作，他们的建树，茶卡是不会忘记的。

我的印象中，茶卡盐湖是一座盐的宝库。在 105 平方公里湖区中，蕴藏着 45 亿多吨氯化钠，据说可供全国人民食用 85 年。作为柴达木盆地开发最早的盐湖，茶卡盐湖以盛产"大青盐"而闻名遐迩。茶卡盐厂则是一个在盐业生产上创建过辉煌，立下过汗马功劳的企业。我在海西工作的时候，州上的财政收入主要依赖盐税，茶卡盐厂每年都以七八十万吨乃至一百多万吨的食盐产销量，雄踞全州财政支柱企业之首。可以毫不夸张地说，那时茶卡和柯柯两个盐厂的生产状况，与柴达木人的生存、发展息息相关。但我实在想不到，多少年以后，茶卡盐湖会在旅游发展上爆得大名，旅游收入居然超过了盐业生产收入。

2014 年秋天，我和老友王文泸、程起骏来到阔别多年的茶卡盐湖，感觉既亲切又不乏震撼。盐湖，依然是那样碧波粼粼、平明如镜，如同冰雪一般澄澈洁白。远处，大型采盐船在游弋作业；湖畔，盐坨雪山一般巍然屹立。与以往不同的是，从岸边通往湖中心的长堤上，多了一些拍照的游客。由于小火车那段时间停运,游客便只能沿着长堤徒步进湖。湖的进口处,矗立着一座座雕刻精美、各具情态的盐雕。这里真是盐的世界,车上、地上到处是盐,空气里也飘散着盐的味道,就连雕塑都是就地取材用盐做成的。那会儿的盐湖旅游,好像还达不到热浪滚滚的程度。

茶卡盐湖从年接待十几万人的小景区,迅速跃升为接待超过百万人次的核心景区,是最近一年多的事。

一向寂寞、冷清的茶卡盐湖,何以会变成与塔尔寺、青海湖、孟达天池齐名,游人蜂拥而至的热门景点,甚至被《国家旅游地理》杂志评为"人一生必去的55个地方"之一的呢?是它所处环境的粗犷、苍凉和冷寂,激发了身居闹市的人们躲避喧嚣、寻求宁静的愿望?是它形成的历史以及迥然有别于海盐、井盐的生产方式引起了人们一探究竟的兴趣?是盐根的奇妙诡异,湖底世界的神秘,采盐船喷玉吞珠的壮观,盐湖上日出日落的绚烂多彩,盐湖周围绿草如茵、牛羊似珍珠洒落的草原,撩动了人们的心弦?这些因素可能都有,但不是主要的,主要的是,茶卡盐湖是国内独一无二的"天空之镜"。

日本漫画里有个叫作"天空之镜"的地方,那儿天地相连、水天一色,水中出现的倒影缥缥缈缈,美丽无比。这个真实的场景,就是南美玻利维亚的乌尤尼盐沼,它是世界上最大的盐湖,也是当地独有的天光、地气、水力等自然因素,经过4万年合力作用演化而成的奇幻之地。每年一到雨季,雨水落在盐湖上,乌尤尼盐沼就会出现"天空之镜"的奇观,光滑的镜面反射着令人迷醉的天空景色。

近年来，随着旅游业的发展，国人惊喜地发现，"天空之镜"不只南美洲有，中国也有，它就是遥远的茶卡盐湖。这样说，并非牵强附会，生拉硬扯。去过茶卡盐湖的人都知道，这里特别适合照相，拍出来的照片总是亦真亦幻，如诗如画。为什么会有这样的拍摄效果？那是因为，盐湖中大量盐类析出进而形成厚厚的盐板（俗称"盐盖"），盐板上又覆盖着一层浅浅的卤水。远远望去，站在盐板上的人就像漂在水面上一样，袅袅婷婷、飘飘欲仙的美女或靓男，衬以湖里的蓝天云影，还有那不远处黛青色的山峰，真是要多美有多美！抬头，一片蓝天，低头，仍是一片蓝天，让人分不清是天空倒映在湖水中，还是湖水融化在蓝天里……于是，茶卡盐湖的摄影作品便迅速刷爆朋友圈。面对朋友圈里各种"天空之镜"的摄影，人们的心灵由宁静转而为赞叹和向往。朋友圈的茶卡盐湖如此火爆，我为何不去现场一睹其真容呢？当然，除了"天空之镜"独特的美景，"真爱如盐"的浪漫爱情故事，也是情侣们选择在盐湖拍摄婚纱照的一大理由。茶卡盐湖的旅游业发展如此迅猛，真正的原因就在这里。

对青海省盐业股份有限公司茶卡制盐业分公司来说，旅游业的不断发展升温，可以说是一种意外的收获。然而，这种人满为患、车满为患的热闹繁荣（去年旅游旺季的日接待量达到 2.5 万人次），却让盐湖陷入了生态不能承受之重。那些游人多的地方，已经失去了往日的明秀美好，出现了一片片的淤泥和黑水。人们穿着胶鞋在水中艰难地移动，每次移动都带起一脚泥。之所以如此，是因为盐湖的生态环境脆弱，承受不了这么多人和他们的无限热情。它似乎已经习惯了往日的冷寂和萧瑟，习惯了伫立高原听星星低语听微风扑面的荒凉，习惯了只和少量的采盐工人、采盐船、小火车亲近。如果茶卡盐湖也能像青海湖鸟岛那样，游客都被限制在一个或几个固定的位置领略盐湖风光，那无疑会大大减少对盐湖的破坏。只可惜，到茶卡盐湖的游客几乎无一例外地都要下水。下水，一方面是用盐湖高浓度的卤水洗脚，据说这样可以治疗脚气；另一方面，就是要站在湖水中拍照，拍出自己美丽的倒影，拍出潇洒和浪漫。为此，也就催生出盐湖景区出租水靴、出租各种裙子的生意，催生出网上大量流传的"茶卡盐湖天空之镜摄影指南"之类的微信、微博。

有人在互联网发帖说：旅游开发导致的人满为患，已经让茶卡盐湖变成了"泥巴塘""臭水坑"。这样说显然有些夸大其词，但游人的大量涌入，给盐湖带来了许多前所未有的影响，给旅游管理提出了不少严峻的课题，却是毋庸讳言的事实。

人们对盐湖命运的关切和忧虑，随后得到了回应。从茶卡盐湖旅游管理中心传来的消息：茶卡盐湖正在休养生息，茶卡盐湖正在封闭改造。改造升级后的盐湖旅游，从硬件设施到软件服务，都将面目一新。湖区的人行通道、小火车的轨道将得到拓展，航道也将开通。今后，游客可以坐船到湖区游览。新建的盐山观景平台、"天空之镜"广场和盐文化体验设施，都将次第亮相，对游人敞开自己的怀抱。

2014 年，在写给海西蒙古族藏族自治州人民政府的调研报告中，我们几个"老海西"曾经建议：茶卡依托现有的盐文化基础，进一步挖掘旅游潜力，建立"中华盐文化大观园"，以盐为内涵，开发多种相关产品，开展文化活动。根据一年多来情况的发展变化，我还想做点补充的是：在保护中开发，应该是盐湖旅游须臾不可忘记、须臾不可动摇的原则。造物主将它的神来之笔"天空之镜"赐予茶卡，此乃柴达木之幸，青海之幸，中国之幸，我们如何能不对这宝镜百般呵护万分珍惜呢？如果"天空之镜"在我们手里蒙尘染垢，甚至被失手打碎，那该多么令人遗憾，多么令人悲伤啊！

珍爱天空之镜

致敬冷湖

　　去年秋天，应海西蒙古族藏族自治州人民政府之邀，我和老友王文泸、程起骏结伴去了一趟冷湖。阔别多年之后，有幸故地重游，心里有一种说不出的激动和感慨。

　　冷湖是一座因石油而兴的新兴城镇。1954 年之前，这里是一片戈壁荒漠。戈壁滩上有一个阿尔金山积雪融化而形成的湖泊，它的名字叫作"奎屯诺尔"，译成汉语就是"冷湖"。后来随着油田的发现，这里先是有了大批地质勘探工作者、石油工人和家属，有了青海石油勘探局（后改名为"青海石油管理局"），继而有了为油田服务的地方政府——冷湖镇，以及下辖的一些地方工业、第三产业。鼎盛时期，冷湖镇人口达数万之众。直到 1990 年底，这里仍有 6235 人。1991 年，青海石油管理局及其下属单位陆续搬迁到甘肃敦煌七里镇新址，冷湖镇人口骤然降至 2434 人。随着石油开发主战场向花土沟地区的转移，冷湖失去了往日的繁华热闹，到处是一片废墟，人去屋空，断垣残壁，满目凋零……

作为以前常去冷湖也对这片英雄的土地深怀敬意的一名柴达木人，每每听到这样的消息，我的心头总不免有些黯然，难道冷湖也要重蹈一些资源枯竭型城市辉煌之后逐渐暗淡的覆辙，就此衰落下去？

现实，给了我最好的回答。

这座小镇现在依然显得有些冷清和寂寥，看不到在其他城市通常会有的高楼林立、车水马龙、熙熙攘攘。但同时，它又显得很优雅，很精致。在人口密集、道路拥堵的大城市里待惯了，突然来到这样一个宁静的地方，心情一下子变得明亮起来。不错，是明亮！对于城市里的人来说，宁静是奢侈的。走在寂静空旷的街道上，能听到阳光照射的噼啪声，可以依稀分辨出当年的石油局办公楼、招待所。这些石油局所剩无几的建筑，承载着已经淡漠却永远不会被忘记的过去。它们的一砖一瓦都凝聚着青海石油人的心血，门前的一草一木都带着青海石油人重重的呼吸。街道两旁挺立着叶子绿油油的杨树。冷湖海拔高，气候干燥，寒冷多风，降雨量仅为18.5—56.8毫米，而蒸发量却是降雨量的200倍。每年的2月到5月为风季，风力普遍都在八九级左右。可想而知，在这样严酷的自然环境里，在这方圆几百里都被黄色统治的戈壁滩，绿色是多么稀缺，多么宝贵。在我的印象中，过去，冷湖基本上没有树。然而现在，杨树的枝枝叶叶和树木旁边葳蕤的花草却迎风招展在清冷的街头。冷湖人不辞辛苦地从 200 公里以外的敦煌拉来黄土，栽下树苗，也栽下他们对绿色的向往。在他们的精心呵护下，树苗终于长成了戈壁荒漠上难得一见的乔木。它们是柴达木精神的象征，也是冷湖展现给人们的明亮的笑颜。它们告诉人们：冷湖没有衰落，没有变成"弃城"，没有淹没在一片砖头瓦砾之中。在度过了最萧条的时期之后，冷湖又迎来了新的发展机遇，确立了盐湖化工和油气并举的发展战略，成功地实现了经济结构的调整和转型。听说，就在我们到来的前两天，冷湖行委举办了一场职工文艺汇演。一个名为《冷湖不冷》的集体诗朗诵节目，由于道出了冷湖人共同的心声，因而博得了观众一阵又一阵热烈的掌声。当冷湖人眉飞色舞地讲述这一切的时候，当一座座从废墟中崛起的新建筑映入我们眼帘的时候，我们不能不为冷湖的涅槃新生而欣慰。

　　在冷湖工委领导同志的带领下，我们去了地中四井。因为没有再做维护，临近地中四井的一段道路坑坑洼洼，不换乘越野车是到达不了的。1958 年 9 月 13 日，冷湖五号构造区的地中四井，在钻探到 650 米的深度之后，一股巨大的油柱喷涌而出。它连喷了三天三夜，一天的喷油量高达 800 吨，喷得井架周围成了一片汪洋油海。对于当时石油年产量只有百万吨的中国来说，这是一个多么令人欢欣鼓舞的喜讯啊！作为柴达木打出的第一口油井，地中四井的意义是不言而喻的。青海石油局很快就迁到了这里，冷湖作为一个地名，从此出现在新中国的版图上。大批的石油工人和家属从全国各地涌到冷湖，最高时达到 6 万多人，周围矗立的井架达到 1011 个。比之当年那种井架林立、人声鼎沸、生气勃勃的景象，今天的地中四井则显得空旷、寂寞、荒凉，寂寞得连一只鸟都不曾从天空飞过，荒凉得寸草不生。地中四井的井口还在，但已经塞满了沙砾。旁边矗立着一座纪念碑，碑上雕刻着"英雄地中四，美名天下扬"和"东风浩荡时，油花逐浪飞"的字样，只是东风的"风"字已被戈壁滩上日复一日、年复一年的强风吹掉了。

它是地中四井的纪念碑，同时，它又是中国石油工业发展的一座里程碑。如果说,冷湖油田是中国石油工业发展的摇篮，那么，地中四井就是冷湖油田扬帆起航的发轫之地。没有地中四井，便没有后来迅速崛起的戈壁新城——冷湖，便没有青海油田，便没有如今蒸蒸日上的柴达木油气产业。时光的流逝，让地中四井走进了历史，但岁月的风烟不能抹去的是地中四井的光辉，和它在人们心中永远的记忆。

随后，我们又来到四号公墓。四号公墓坐落在冷湖四号构造的荒漠之中，距离城区两三公里。园内矗立着一块高达 12 米的汉白玉纪念碑。纪念碑后面散落着一大片密密的坟冢。因为年深日久，有的坟前墓碑已经残缺，有的墓碑上镶嵌的照片已被风沙吞噬。这些坟茔中埋葬着几百名为发展柴达木石油工业而英勇献身的同志。他们中有普通工人，如名著一时的涩北六勇士；有 1955 年进入盆地的第一支地质勘探队的队员，如陈自雄、张秀珍夫妇；有工程技术人员，如新中国石油部第一位总地质师陈贲；有领导干部，如青海油田钻井公司副经理迟文政；还有自始至终都在为柴达木、为石油人唱赞歌的作家、我们的朋友肖复华……虽然，他们有着不同的身世、个性与命运，但他们都有一个共同的特点，那就是他们每个人都真实而努力地生活在自己的世界，他们都对新中国石油工业的发展倾注了自己的一腔心血，他们都对冷湖和柴达木一往情深。如今，石油局已经搬离了冷湖，但他们仍留在这里，永远地留在了这里！

　　青海石油局于 1991 年从冷湖搬迁时，这里的工业建筑物特别是一些标志性建筑及其设施设备，其实是可以保留一部分的。如果当时的人们能有一点对工业遗址或者说工业文化遗产保护和开发利用的观念，这里的建筑物也许不会遭到几乎全被拆除的命运。可惜，在这样一些问题上，我们往往都比较短视，只考虑眼前而无暇顾及长远。真要是那样做了，我们如今来到冷湖，就会有恍然如时光倒流的感觉，仿佛又回到了 20 世纪七八十或者五六十年代的冷湖。好在对旧址的保护现在已经引起了冷湖工、行委的重视，在积极推进城区建设的同时，他们已经着手开展冷湖油田旧址的保护工作。

　　在写给海西蒙古族藏族自治州人民政府的调研报告中，我们建议冷湖行政区要"做好地中四纪念碑的保护和拓展，兴建以实物、浮雕、壁画、情景再现为主要展陈方式的石油纪念馆，形成冷湖工业遗址景区，让历史历历在目，这无论是对教育群众，启迪群众，凝聚奋进力量，还是促进冷湖地区文化旅游业的发展，都是很有意义的"。我们相信，这样做，将会使冷湖这个具有历史特质的城镇，变成一个具有历史精神和文化性格的城镇。

现在国内的一些工业博物馆，往往都是将收藏的工业遗物从原来的工厂搬到博物馆，工业遗物虽然在博物馆中得到了保护，但因脱离了故址的环境，没有原来的真实场景，这些遗物难免成为孤立的碎片，难以给观众带来完整的历史感和强烈的心灵触动。而在冷湖建立石油精神纪念馆，则避免了这样的问题。可以想象，当观众徜徉在由纪念馆到地中四井，再到四号公墓这样一个迤逦延伸的工业遗址走廊，亲身感受青海石油工业艰难曲折而又异彩纷呈的发展历史；当一张张泛黄的老照片，一件件浸透了岁月沧桑的实物展现在观众面前时，人们怎能不为之感动、为之震撼？

在我们就要离开冷湖的时候，冷湖工委的领导兴奋地告诉我们，在冷湖的东坪、牛东、马北等地，发现了多个油气构造。它们为冷湖的发展带来了新的希望，冷湖的再度辉煌将指日可待！

致敬冷湖

一滩有意伴流水

　　大米滩，是一个普普通通的地名，但对于我和我们一批同学来说，它却是一个特殊的字眼，一个让人一想起来就怦然心动的地方。

　　那是一段 50 年前的经历。之所以拿起笔来，追忆和记述 50 年前的往事，并不仅仅是为了怀旧，而是希望通过这样的记述，让昨天在记忆里复活，让今天的人重新面对昨天，认识昨天，估量昨天。我们似乎正在进入一个失去历史记忆的时代，人们更多关心的是眼前的房子、车子和票子，而无暇或者没有兴趣去回首昨天，反思过去。越是在这样的情况下，历史记忆便越发显得珍贵，其中隐含的意义自然也就不同一般。

集训西宁

　　50 年前的 1968 年 12 月，因开展"文革"而推迟毕业的我们终于大学毕业了。和我们同时毕业的还有 1966、1967 两届毕业生。当时的分配方针是：到边疆去，到农村去，到基层去，到祖国最需要的地方去。城市、机关、科研院所、大中专院校、文化单位等一个也不留。我的母校是兰州大学。班上的同学，大部分被分配到了甘肃农村插队，接受贫下中农的再教育。另外一些人被分到陕西、宁夏、青海和新疆。我和同班的张文轩、安可君、吕书琼、张建生、要秀琴被分到了青海。安可君和张建生去海西蒙古族藏族自治州乌兰县茶卡公社插队，我和张文轩等人去驻军某部农场接受解放军的再教育。

我们到达西宁，正赶上滴水成冰的隆冬时节，农场的农事活动不好开展，加之又临近春节，故而没有直奔农场，而是在西宁的驻军团部接受培训。分到这个部队的大学生共有220多人，他们分别来自北京大学、中国人民大学、北京师范大学、北京外贸学院、中国财政金融学院、北京政法学院、中央民族学院、北京商学院、北京气象专科学校、山东大学、南京大学、武汉大学、兰州大学、西北民族学院、西北政法学院、西安财经学院、青海师范学院、青海民族学院等十多所院校。这些学生被组成一连和二连两个连队，一连男生、女生各半，二连则全是男生。每个连被编为三个排，每排三个班。连长、副连长、正副指导员等连级干部和各排排长均由部队的现役军人担任，副排长和各班班长、副班长由他们指定。我分在二连一排二班，是这个班的副班长。那是一个特别注重家庭出身、社会关系的年代。能当副排长、班长、副班长的人，除了"文革"中的表现以外，还需考虑他的家庭出身和社会关系。

这说明，在我们到达部队以前，每个学生的档案资料已经被先期寄达部队。要不然，指定的副排长、班长和副班长中，怎么不见一个出身不好的？我那时的家庭出身是中农，作为团结对象，当了个副班长。

"战士"生活的第一课是整理床铺和打背包。每天需要将被子折成有棱有角的四方形。我们从家里带来的棉被，不像战士的军用被那样薄，怎么也折不出那砖头似的棱角来。与前来示范的排长和解放军战士比起来，我们显得异常笨拙。他们三下五除二，就将床铺弄得平平整整，其速度之快、效率之高，让人不能不打心眼儿里佩服。

集训中还要做的，就是在军队干部的带领下，学习毛主席著作，写思想汇报、斗私批修的认识。进行早请示、晚汇报与新兵入伍必不可少的走步、队列训练。早晨闻哨声起床、跑操，晚上闻哨声熄灯、睡觉，活动安排得很满，不留一点空隙，使人常有紧张严肃有余、活泼生动不足之感。这里所说的"早请示、晚汇报"，并不是向连队首长请示和汇报工作，而是天天向贴在墙上的领袖像作请示和汇报。全班战士轮流履行请示、汇报的仪式。早请示比较简单，晚汇报就比较费事儿了，多数时候都是履行程序式地说说这一天干过的事，也有人别出心裁，在说事的同时还加添一些自我批评、自我忏悔之类的话语，以显示自己的一腔忠诚。早请示、晚汇报之外，还有学唱革命歌曲、语录歌，跳"忠字舞"的规定动作。语录歌是用毛主席的语录，例如"下定决心，不怕牺牲，排除万难，去争取胜利"所谱成的歌曲。跳"忠字舞"则是以班为单位，面对毛主席像翩翩起舞。有艺术细胞的同学，一个个跳得风生水起，如我等笨人只能东施效颦，跟在别人后面伸胳膊踢腿。好在跳得不管多么拙劣，也不会有人嘲弄讪笑。毕竟，这是非常严肃的忠与不忠的原则性问题。

向农场进发

一过完春节，我们就向位于海南藏族自治州兴海县的军垦农场开拔了。十多辆苫有草绿色篷布的大卡车载着我们这些学生，奔驰在凹凸不平的沙石路面上。车辆中间堆放着小木箱、旧皮箱，人就坐在车厢两边塑料布包裹的行李上。

春天是青海多风的季节，老天爷给这些初来乍到的学生们，来了一个毫不留情的下马威。第一天晚上住在恰卜恰兵站，第二天一到中午，风就刮起来了，后来越刮越大。行至共和县的一塔拉、二塔拉、三塔拉，铺天盖地的狂风，顿时把天地之间刮得浑浑噩噩，蒙蒙浊浊，天日不见。大风卷着沙尘，透过篷布的缝隙扑进车厢，刮得人的耳朵、鼻孔、头发里都是细如粉末的沙土。那时还没有沙尘暴这一说法，但在第二天的行程中，同学们都切切实实地领略了一番青海的苍凉和风沙的任性。后来，我才知道，海南州的塔拉滩之所以有名，就是源于这里的荒漠化。它是三江源区受风沙危害最严重的生态脆弱区，即便在20年以前的世纪之交，大风一刮，这里的公路上仍然会沉积 30 多厘米厚的黄沙，更不要说 50 年以前了。

路面坑坑洼洼，车走在上面颠簸得厉害。临近目的地的时候，又遇到一段异常险峻的路段，一边是深沟大壑中的曲什安河，一边是立陡立陡的悬崖。路很窄，只能容一辆车通过。汽车必须紧紧地贴着崖壁，小心翼翼地前进，车轮挤压下去的石头、土块在沟壑里滚落，发出沉闷悠远的声音。碰到转弯，担心因人的身体倾侧而使汽车失去平衡，车上的人只好下来，跟车走上一段路。据连里的干部讲，就连这样的简易公路，也是团部为开辟这个农场而专门修建的，由此不难想见这个地方的偏远和闭塞。坐在颠簸的卡车上，想着大学的同学临分手时的告诫："到青海去，可得有吃苦的思想准备"，心里不免一阵黯然。命运把我们抛在了这样一个遥远的地方，我们能在这里开出什么花结出什么果呢？

临近傍晚，终于到了农场，同学们都禁不住大声欢呼："到了！到了！"

军垦农场建在兴海县曲什安乡的大米滩，这里是黄河和曲什安河的交汇之处。它一面靠山，两面临水，称得上是一块虎踞龙盘的风水宝地了。大米滩是藏语"哲塘"的意译，意思是种植大米的滩原。相传民国时期，有人将大河对岸同德县境内的一条溪流跨越黄河引到此地试种大米，故而得名大米滩。但我对这一说法始终存疑。这里的海拔 3000 来米，高寒缺氧，干旱多风，没有树木，草也长得不是特别茂盛，怎么能够种植水稻？但因这里地势平坦，土层深厚，只要能够浇上水，种植小麦应该是不成问题的。正是看到了这里发展农业的有利条件，部队才下决心在这里开办农场。现在我们已经认识到，这种为了区区一点粮食而随意开垦草原、破坏草原的做法并不可取，最终的结果必然是得不偿失，草原丧失了绿草茵茵的旧貌，成为既难以耕种又不能放牧的撂荒地，成为威胁人类生存的沙暴源。但那时的人们，想着的只是填饱肚皮，向土地索要粮食，哪里会有这样的生态意识。不独海南藏族自治州当时在开荒造田，海北藏族自治州、海西蒙古族藏族自治州、黄南藏族自治州于20世纪六七十年代也都动员机关干部和部队官兵，或以组建农场的方式，进行大规模的机械化开荒。在我们到来的前一年，部队官兵已经把大米滩的2000多亩草原垦为耕地，并且盖了两排房子，作为驻军农场干部、战士的办公室和宿舍，还在半山腰上修了一条渠道，准备把曲什安河水抽上来灌溉土地。

地窝子内外

日夜奔流的曲什安河看上去是那么平静安详，可肩负重任的我们哪有心情欣赏这里的山光水色？严酷的自然环境和繁重的劳作，让我们每个人都面临考验。

到达大米滩以后，一连因为有女生，享受到了农场的照顾，住在场部的平房里，虽然都睡着架子床，比较拥挤，但比起二连来，条件还是好多了。我们连的人一开始住在曲什安河边干打垒的房子里，两个月之后，为了方便渠道的维护，又搬到了黄河岸边自己动手搭建的地窝子里。一个班住一个地窝子。所谓地窝子，就是从平地向下挖一个深二米、长七八米、宽三四米的土坑，上面用粗一点儿的树枝做檩条，细一点的树杆做椽子，铺上树条和麦草，盖上一层碎土，然后糊上一层草泥，正中间开一个天窗，坑的一边留一个低矮的出口做门。地窝子可以起到遮风避雨的作用，但还算不上真正意义上的房屋。夏天、秋天住着倒还凑合，八九个人在通铺上挨个躺下，活重，一天劳累下来，睡得很踏实。春天风多，床铺上落了一层厚厚的尘土。一到冬天，呼啸的寒风掀开帆布门帘灌进来，地窝子里就冷得够呛。

地窝子就在黄河岸边，但我们的用水却十分困难。因为没有抽水机，每一滴水都要到黄河里去舀取。黄河的河面离地窝子的垂直距离约二三十米，河岸陡峭，必须走"之"字形才能上下。这样，挑一担水要走的单程就得200米，通常，要有三到四个人接力，才能把这一担水挑上来。

临时搭建的地窝子，不可能都那么坚固。四班住的地窝子，就发生过因一根主梁断折而垮塌的事件。在一阵"救命，救命"的呼喊声中，连里的人纷纷赶去营救。大家七手八脚地扒开泥土，取掉树枝、木棍，把一个个埋在土里的同学拉了出来。

既然是学兵，那就得有军人的作风、军人的做派。连队每天夜里派人站岗，每人两个小时，依次轮换。虽然睡梦中被人唤醒，不是什么愉快的事，但一个人面对灿烂的星空和不远处黑黝黝的山峦，听着夜鸟们偶尔发出的一声两声凄然的长啼，也觉得蛮有诗意的。至今，仍然记忆深刻的是那满天亮亮汪汪的大星星。它们大而清亮。那亮，不是一般的亮，是鲜艳，是丰腴，是不管不顾，是无拘无束。犹如千朵万朵神奇的白百合，放肆地开满了大米滩的上空。此前，无论是在我的家乡陕西，还是在我上学的兰州，我都没有见过这样漂亮的、茂盛的大星星，这样水晶一般的大星星。

同学们怕的不是站岗，而是紧急集合。紧急集合都要打背包，黑黢黢的地窝子里，要在极为有限的时间中打好背包，不是一件容易的事。动作稍一迟缓，就跟不上队伍了。有的人背包没打好，就慌慌张张地跑了出去。行至中途，背包"哗啦"一下散开，弄得自己不胜狼狈。与紧急集合相伴随的，就是行军拉练。那个一声令下的快步前进啊，现在一想起来都还有点后怕。我那时患有胃病，半夜三更地跑出去，吸几口冷风，胃就一阵紧似一阵地疼。停下来吧，一来怕影响全班的拉练成绩，二来怕这离山不远的地方会有野兽出没，于是只好硬撑着跟上队伍。多少年过去了，我还会在似醒非醒时听到那一声声急促的哨音，回到那黄河岸边的夜晚。

军队有严格的纪律要求，任何人离开营区一步都必须请假，而且得三人以上同行。去二三公里以外的一连也必须报告。我在部队农场的一年多时间里，只出去过两次。一次是去附近的曲什安供销社买东西，另一次是徒步穿越已经完全封冻的黄河，到驻地对面的同德县卡力岗公社去看一场藏族歌舞。

"文革"前的大学,学习风气比较浓厚。也许是怕分散精力,影响学习，谈恋爱的学生很少，结交男女朋友往往也会受到非议。"文革"开始以后，不知是观念上突飞猛进的结果，还是不上课的原因，谈恋爱的学生大大增加。到了部队农场，这里则明确地规定了"四不准"：不准谈恋爱，不准结婚，不准探亲，不准生孩子。我估计，听了这规定，年龄大的同学都得倒吸一口冷气。但是，规定就是规定，规定不会去掉一个最高分，再去掉一个最低分。规定就是要把这个"最"字格式化，让其成为标准。我们连的一些同学，恋人就在一连。他们都是大学的同学，正是抱着彼此相依为命的想法，才一起来到青海。即便有这样的特殊情况，即便是近在咫尺，他们周末想约会一次，照样也得请假。请一次两次可以，请得多了，且不说别人怎么看，连自己都会觉得不好意思。有一天，一位同学在去一连看望女朋友的途中，恰好碰上了指导员。指导员问他到哪儿去，他回答说去一连，再问去一连干什么，他不好意思说去会女朋友，就信口胡诌："听说一连买了两头奶牛，我想去看看这牛。"指导员第二天在例行的晚点名中，批评了这位同学："看对象就看对象嘛，还说是看牛。哄谁哩？不像话！"说得大家哈哈大笑。后来我们一见这位同学，就一本正经地问他："杨×，今天没去看牛吗？"

二排的×××和一连的女生×××不知是彼此一见钟情，还是别人有意撮合，反正是两人悄悄地谈起了恋爱，常常晚上约会。一天夜里熄灯前，他们的排长刘天柱到×××住的地窝子里去查铺，发现×××不在，就问大家，×××哪儿去了？同学们都为他打圆场，说也许出去散步了吧，一会儿就回来。到了半夜，刘天柱又来到这个地窝子，见×××还没有回来，气便不打一处来。他将这个班的人都叫起来，让他们穿上衣服，在去一连的路上，一边敲着手里拿的脸盆，一边大声呼喊着×××和×××的名字。叫了半天，也没有叫出×××。我听说了这事，心里有一种说不出的滋味儿。固然有禁令，但男大当婚，女大当嫁，二十五六岁的人了，谈谈恋爱，也不是什么大逆不道的事，批评教育即可，犯得着这样兴师动众地大张挞伐吗？正因为三令五申，管束甚严，所以在大米滩接受再教育期间，男女同学中相许终身、花好月圆的，只有为数寥寥的几对。

　　和下乡的知识青年相比，到军队农场锻炼的大学生最大的优势是每月能领取工资77元。连队的伙食也算不错，尽管吃窝窝头、高粱米的时候居多，但都能吃饱，隔三差五的还可以有一顿饺子解馋。与知青不同的是，我们是在被监督的状态下劳动，缺少了一点自主和自由。记得一天晚上，连首长到宿舍查铺，发现一位同学打着手电，以《毛泽东选集》作掩护，趴在被窝里偷偷看《红楼梦》。他的枕头底下，还放着一本梅林写的《马克思传》。指导员很不高兴，批评他不遵守纪律。在第二天下午的晚点名中，指导员又对这位同学不点名地作了批评：有人在熄灯以后不按时睡觉，干什么呢？看黄色小说，什么《红楼梦》，还有什么《马克思传》。天哪，《马克思传》居然也成了黄色小说，实在让人无语。其实，也不能都怪指导员无知，那本身就是一个文化遭遇浩劫的时代。像指导员那样只有小学文化程度，没有也不可能读《红楼梦》的人，怎么会有分辨黄色与非黄、"香花"与"毒草"的能力呢？好在也只是批评而已，书并没有被没收，人也没有因此而遭到惩罚。

对于一个有阅读习惯的人来说，一旦失去了阅读的自由和权利，内心会是很痛苦的。自此以后，我们只能把那些悄悄带来准备看的书锁进箱子里了。

阅读，应该是抵抗和排遣寂寞的一种最好的方式。在没有条件阅读的情况下，盼信、寄信，用书信与离别的家人、同学联络，成为一个时代的大事情。因为我们用的是部队番号，来信不能直接寄到大米滩，只能寄到西宁的团部。团里每十天半月派车往连队送一次信件。一到"邮车"来的日子，许多同学总会情不自禁地把目光投向远处的垭豁，看看那里有没有开来的汽车，揣想着今天有没有自己的来信。如果现在有人还保留着农场时期的来往信件，那么我想，作为研究"文革"的第一手资料，它们一定会随着岁月的推移而日益彰显其价值。

连队的地窝子旁边辟有一块操场，面积只有 100 多平方米。除了农忙季节，这里是我们度过时间最多的地方。我们在这里集合开会，我们在这里唱语录歌、跳忠字舞。连队里有一个陕西财经学院毕业的同学会拉板胡，在他的带领下，我们几个西北籍的同学闲来无事的时候，也会在这操场上吼一阵秦腔。秦腔粗犷、豪放的演唱风格，或许更适合我们这些生活艰辛、文化匮乏的人用于宣泄吧。一些同学围着我们拍手叫好，说这才叫戏，这才张扬了生命的激情。也有人不以为然，说这高八度的秦腔调门简直是"歇斯底里""鬼哭狼嚎"。我们听了付之一笑，管它说什么，能够借此自我抒发、自我陶醉一回，足矣。

在劳动和学习中改造

"四体不勤，五谷不分；肩不能挑，手不能提"，是当时社会上流行的奚落知识分子的形容词，也是我们自己承认的"原罪"。到农场来接受再教育，就要心甘情愿地认同体力劳动的高尚，努力锻炼自己的体能，自觉地接受体力劳动的考验。我们到大米滩来的任务是种地，而种地的前提是灌溉。像大米滩这样的地方，不浇五六遍水，庄稼是长不成的。为此，我们要做的第一件事就是想方设法把曲什安河水通过直径逾30厘米的输水管道，送上扬程七八百米的高处。为了把一部分正常流动的河水导入泵站，我们在临近泵站的河床上设置了一排铁丝笼，再给笼子里装上石头，形成一道逼迫河水转向的石坝。为此，我们不但要抬着筐子，满河滩地搜寻那些适合堆垒的石头，还得时不时穿上皮衣皮裤跳入河水，踩着河床的冰层拦河筑坝。高原三月的河水，冰冷刺骨，河里站一阵就冻得浑身发抖，另一个人得立马顶上去。如此费尽力气，总算把水引进了渠道。

原以为水进了渠道，农田灌溉就不成问题了，哪里知道，事情远不是这么简单。渠道建在半山腰的砂石层上，根本经不

一滩有意伴流水

起水流的冲击。一旦哪个地方有一丁点渗漏，漏点便越来越大，进而形成大面积的坍塌。为了不影响适时播种，什么时候渠道出现问题，什么时候就得紧急集合，迅速赶往出事地点，哪怕是半夜三更。通常的处理办法是，先从远处拉来黄土填到坍塌的地方，再一夯一夯地将土砸实。一个人领呼号子，大家齐声应和。说起来也真是奇葩，有些人喊着喊着，竟因难以抵御的疲惫而睡着了。我印象中，这样的应急行动，不是一次两次，也不是三次五次，而是很多次。仅仅七公里长的渠道，用了七八天时间，才把水引到地里，由此不难想见渠道的修复工程有多么频繁，多么艰难！播种以后一直到小麦收割，渠道依然不时发生事故，弄得人整天提心吊胆，疲于奔命。经常在河滩里捡石头，抱石头，往汽车里装石头，鞋和裤划出许多口子，衣服前襟被石头磨得稀巴烂，扣子掉了又掉。开始，还有心补缀补缀，后来，我们索性不补了，只往腰间系一根布条或自己搓成的草绳，省事又遮风。还记得，接受再教育结束之后，我回故乡探亲，母亲拿起我到处是"窟窿眼睛"的上衣，眼泪扑簌簌地滚落下来："看把我娃恓惶的！"

水渠中有一段是涵洞。夏天下大雨时常常塌方。这时，我们的任务便是清理这些坍塌下来的碎石。涵洞顶部碎裂的石块摇摇欲坠，我们抬着装有石块的大筐在涵洞行走，洞顶不时有石块跌落下来。那些重达几百斤的石块要是砸在谁的身上，即便这人侥幸不死，也一定会被严重砸伤。幸好我们都福大命大，整天从洞里出出进进，却无一人遭遇落石之灾。

巡渠的任务相对轻松。渠道跨过沟壑的地方就得架设渡槽。渡槽是用几根水泥柱子撑起来的。开始，从那些高约三四十米的渡槽上走过时，老觉得脚下晃晃悠悠的。后来，就行走自如，没有提心吊胆的感觉了。回想在部队农场的艰苦岁月，最为愉快的记忆就是在渠道平安无事的夜晚，几个担任巡渠任务的同学在地上生一蓬篝火，天南地北地神聊。如果遇到关系要好的人，还可以借机抒发一下心中的郁闷。

每天长达十几个小时的体力劳动，已经很累，在众人都极力表现的环境中，这累更是加倍。在农场劳动的一年多时间中，我们披星戴月，宵衣旰食，把新修的渠道整治得不再事故百出，也收获了农场建场以来的第一料小麦。我们自己养猪、养牛，我们上山打柴，每天下到黄河边去打水。像我这样出身农村的学生，以前多多少少干过一些农活，遇到打柴、割麦之类的活计，做得还不至于过于蹩脚。那些城市里长大的同学，特别是那些女同学，居然也能进入荒无人迹的大山里头，用斧头和镰刀砍下一把把柴火，再沿着高高低低的山间小道，把那一捆一百四五十斤的青柴背回连队。有时在路上碰见她们，不管认识不认识，我都会主动地打声招呼。用今天的话来说，这一声招呼就是为她们点赞。我知道，打柴的事并不简单，即便是一个班的人同时进山，进去后也得分散作业。山里草木葳蕤，野兔、野鸡、尕拉鸡等小动物不时在身边出没。高高的山岩上，兀立崖头的金雕披着一身褐色的羽毛，对人瞪着一双金黄色的眼珠，让人觉得很瘆。金雕的眼力非凡，在几百米甚至几千米的高空，也能够清晰地巡视大地，敏锐地发现自己想要捕捉的对象。一旦时机来临，它便疾风般地俯冲而下，准确地将跑在地上的兔子、狐狸一类野物擒拿。我在进山打柴的路上，就目睹过金雕的捕猎行动。其身手之矫健、动作之敏捷，让人不由得想为它喝一声彩。在山里干一阵，人就不由自主地会呼喊几声，以防与同伴失去联系。劳动让人变得坚强，变得勇敢。高原的风霜和强烈的紫外线，也在那些女同学的脸颊上留下了明显的印记。那种刚到农场时不谙农活的窘迫与滑稽从她们身上飞走了，取而代之的是一份甘苦自知及冷暖自我调节的随遇而安。

在农场，最不堪的是不知道今后的出路，当时的说法是一辈子与贫下中农相结合，一辈子跟着毛主席干革命。为了这一辈子结合，一些在农村插队的大学生，就索性和当地的农村姑娘或小伙结婚了。我们的出路怎么样呢？不知道。毕竟，大家都上了那么多年学，也都有自己的专业，很多人对其专业又是那么热爱，很想在事业上有一番作为。我们这一代人从小受到的教育是好好学习，是"少壮不努力，老大徒伤悲"。难道，以往的所有努力都要付诸东流，我们将与自己的专业就此作别，我们将永远成为一个劳动力，而且是蹩脚的劳动力？

写到这里，我想起了毕业于北大中文系的一位同学写的诗，那首诗贴在连队的墙报上，诗云："每恨大学误年华，工农是我父母家。炉火熊熊诞新我，铁锤铮铮去旧渣。战士肩上纤纤月，学子歌中滚滚霞。走尽人间多少路，依然举首向天涯。"诗写得激昂、豪迈，遣词典雅，对仗工整，颇具旧体诗的韵致。但"每恨大学误年华"一语，不免令人生疑。恰巧，外出劳动时碰见了他，我故意问了他一句："真的后悔上了大学吗？"他冲着我诡谲地一笑，那表情中包含的潜台词是：还用问吗？你懂的！

那个时候的大学生特别是文科学生喜爱古典诗词、谙熟诗词格律和楹联写作规范的人不少，我们学兵连当然也不例外。一到节假日，常能看到那些才子才女们才情的展露，看到他们的即兴或倾情之作。如今还能记得的对联有这样几副：

门前绿水声声笑，屋后青山树树春。

居陋室，看世界，胸有朝阳；踩黄土，经风雨，百炼成钢。

江山如此多娇，飞雪迎春到；风景这边独好，心潮逐浪高。
　　　　　　　　　　——集毛泽东诗词句所成的联语

劳动之外，接受改造的方式就是学毛选，学两报一刊（指《人民日报》《解放军报》和《红旗》杂志）的社论和文章，写自己的学习心得。对那些有家庭历史问题的学生来说，还需不断地深挖细找反动家庭的影响。连首长和学生中的中坚分子先将这些"可以教育好的子女"传去做思想工作，让他们于苦思冥想之后，写出表示要和家庭彻底划清界限的文章，拿到两个连召开的大会上去教育别人。越是讲得深刻的人，越表明他自

一滩有意伴流水

我改造的自觉性强，可以教育好的希望大。

接受改造的第三种方式就是聆听讲话。在西宁集训期间，主管学生连工作的张汉兴副团长便常给我们作报告。他用的是一口浓重的陕西关中口音，一讲就是一两个小时。稿子固然是由军中专事写作的政治干事写就，报告的内容也基本上是演绎中央的文件，但他喜欢脱稿发挥，对某些不良现象或他不满意的事情提出批评。一次，他给我们讲军人要遵守纪律，不能自行其是，讲着讲着，突然提高了声调，说："我要问，是谁，总爱在背地里学别人说话？你的京腔撇得那么标准，干嘛还要学我的秦腔？当面不说，背后乱说，自由主义！讨厌！"前面用的都是陕西腔，到了最后几个字，忽然变成了不大标准的普通话，同时做出一副极度夸张、深恶痛绝的表情，引得台下笑声、掌声一片。

到了大米滩，几乎天天都有连队"点名"。这所谓的"点名"，其实就是训话。连里的干部特别是那个张指导员最爱讲话，他用对待一般战士的方式来对待学生，讲来讲去都是老一套。大家在私下里说："天不怕地不怕，就怕指导员来训话。"

公允地说，这些派来领导、教育和改造学生的军队干部，都是很严肃、很真诚地对待党和军队赋予他们的光荣使命。他们也都很朴实，很单纯，每天和学生一样日出而作，日落而息，不是仅仅站在那里指手画脚，自己也常常参加劳动。他们中有的人，对待学生的态度相当友善。这种发自内心的和善表明，他们是不被时代异化的人，是永远保持着善良人性的人。开始，他们把学生想得比较糟糕。后来，随着接触的增多，他们的看法也逐渐有所改变。

以接受再教育为初衷的学生连，惩罚的意味远不如当时遍地开花的"五七"干校。学生成分的"纯洁性"，为我们受到相对温和与民主的对待奠定了基础。

曹万芝之死

大约是在 1969 年的 8 月中旬，由玛可河林场放送下来的一批原木，每天都从我们脚下的黄河水面上漂流而过。当时，我们连的厨房和地窝子因不敷使用正准备扩建，也不知道是谁出的主意，一个下河捞木头的决定就轻率地做出来了。这个任务交给了三排七班。交给七班，是因为连首长知道，七班班长曹万芝的水性很好，在他山东老家宽阔的黄河河面上尚且能游一个来回。七班领受任务之后，二话没说就整队出发了。他们站在黄河岸边，先是齐声朗诵了一遍"下定决心，不怕牺牲，排除万难，去争取胜利"的毛主席语录，再将会水和不会水的人分成两组。会水的由曹万芝班长带着下水，不会水的人就站在岸边准备接应。布置完任务，曹万芝便脱掉衣服，率先跳进黄河，另外几个人也跟他一起下河了。那一天的天空阴沉沉的，雨意浓重，提前收工回来的我们，都站在地窝子门前的崖头上向河面张望，看曹万芝他们怎样把木头捞上来。当时，河面上漂流的木头确实不少，但这一根根长十多米，直径五六十厘米的松木，都漂在河道中间水深的地方，水流湍急，要把它们推到岸边，并非易事。见一根木头漂过来了，曹万芝很快游到木头跟前，他在木头的一端使劲推搡，打算把它推到河边水浅的地方。但不知是木头太重推起来费劲，还是怎么的，推着推着，曹万芝突然不推了。他用双臂揽住木头，随着汹涌的河水漂流而下。河水往下再流几百米有个大转弯，那里地势险峻，崖岸突兀，水流在崖壁的猛烈撞击下，形成一个个风扇般飞转的漩涡。顿时，大家都急了，一边顺着水流的方向在岸上奔跑，一边大声呼喊：曹万芝，小心啊！

我们一口气跑出去几公里，却再也没有看见曹万芝的踪影。第二天，第三天，第四天，第五天……连里一直派人沿河道寻找，希望奇迹能够出现，希望曹万芝生还。然而，曹万芝却再也没有回来。事后我们分析，曹万芝的水性固然好，但高原上的河水，一年到头都冰冷冰冷的，他之所以停止了对木头的推搡，可能是忍受不了那种砭人肌骨的冰冷，欲稍事休息后再想办法，要不就是因为受凉而双腿抽筋了。否则，以他的水性，何至于一去不还。

我和曹万芝虽然不在一个排，但因为他也毕业于中文系（山东大学），故而有过一些接触，知道他上大学时已经结婚，家里还有她的母亲和妻子、女儿。就在几天前收工回来的路上，他还眉飞色舞地告诉我："领了几个月工资，终于把上学时欠人的账都还了。从现在开始，我就是一个既无外债也无内债的人了。"眉宇之间，言谈之中，流露出一种获得解放的惬意和自得。这样一个刚刚走出校门的学生，这样一个家庭的顶梁柱，却因捞木头而葬身黄河，如何能不叫人深感痛惜！他的家人，又该如何承受这五雷轰顶般的打击？

一连多日，同学们的心情都很沉重，全连上下弥漫着一种阴郁的空气。许多人对连里的决定表示不满，为什么要去黄河偷捞木头？为什么不采取任何安全防护措施，就稀里糊涂地让人下水？这种情绪，在连里召开的班长以上干部会上得到了集中的爆发。坐镇农场的团后勤处金处长是会议的主持人。他开宗明义地说："今天召集你们来，就是想在大家知道的一个问题上统一一下思想认识。死人，不是好事，谁也不希望有这样的问题发生。但事情既然出来了，我们就要正确对待。毛主席教导我们说，'我赞成这样的口号，叫作一不怕苦，二不怕死。''要奋斗就会有牺牲，死人的事是经常发生的。'我们当兵的，从参加革命的第一天起，就把头提在手上，随时准备为人民利益而死……"

他的话刚一落音，几个一向谨言慎行的班长就发言了。在这种时候，大凡有点正义感，有点思想和见解的人，都很难保持沉默。他们的发言，归纳起来，无非是这样的意思：不错，毛主席是讲了，要"一不怕苦，二不怕死。"可毛主席还讲了，"世界上的一切事物中人是第一可宝贵的"；毛主席是讲了"要奋斗就会有牺牲"，可毛主席还讲了，"我们应当减少那些不必要的牺牲"。这样的牺牲必要吗？木头从哪里弄不来？非要到河里去捞吗？即使要捞木头，也应该想到下河以后可能遇到的种种不测，并且采取一些必要的安全防护措施。比如说，给下河的人腰间系根绳子，让岸上的人拽着，不就是个办法吗……这个问题的发生，看似偶然，其实带有它的必然性。以往，领导只知道让大家干活，却很少考虑和强调过干活中的安全问题。像夜走渡槽，像清理塌方，都存在安全隐患，谁管过问过？如果我们今天仍然不能深刻检讨，亡羊补牢，举一反三，那么，这样的悲剧就还有可能发生。我们对逝者怀有深深的敬意，同时，也希望将这种敬意更多地体现在对生者的关爱上面……

发言的人欲一吐为快，越说越激动，听意见的金处长却有点坐不住了。他用很有分量的一段话为这次会议作了总结："在我们这里，始终存在着改造和反改造的斗争。今天会上的情况，也是这种斗争的反映。何去何从，你们好好考虑吧。"至此，曹万芝之死就从同学们的话题中被屏蔽了。

现代文明的核心是尊重生命。可惜那时的一些人，恰恰缺失了这一课。

1970年3月，为期一年多的接受再教育结束了，我们离开了大米滩。工作分配，倒是不需要个人煞费苦心，全由组织上大包大揽，名曰"统一分配"。那时，所谓的肥差，好像莫过于参军。所谓的好地方，则无非是西宁和海东。当去向已经明朗，忐忑之心得到放松的时候，酒精上头，也会眼圈发红，甚至嚎啕大哭，只是当年学生的戒备心理比今天的学生高出许多，说话不敢出格，倘若胡说八道而被汇报上去，分配方案一改，把你弄成"发配"就麻烦了。回到地窝子，有人唱起那一首旧电影里的插曲："月儿弯弯照九州，几家欢乐几家愁"。那凄婉悲凉的意味，令人不禁为之动容。因为知道分配方案是不可能更改的，天大的困难也只能自己去克服，所以两个连队无一人不服从国家统一分配，也没人去找团、连干部，各自打点行装，第二天一早就离开了大米滩。

除参军的两三个人以外，这二百来号人全都留在了青海的各州、市、县。有些人去县乡的中小学教书，有的到了与文化、技术沾边的单位，如州、县广播站、农机厂和文化馆，有的被分到基层商店做财会工作或当营业员，少数人进了州、县、乡机关。到了20世纪80年代的改革开放初期，同学中的不少人通过报考研究生或工作调动，陆续离开了青海。现在仍然留在青海的，大约不到其总数的三分之一。不管是走的还是留的，不管是后来成了学者、专家、教授，还是法官、律师、领导干部，大米滩的经历，无疑都在我们身上打下了深深的烙印。毕竟，作为人生中一个重要的驿站，那里留下了我们青春的身影，留下了我们二十四五岁的容颜，留下了我们曾经的欢笑、歌唱、梦想、憧憬、热泪乃至生命，留下了我们永生难忘、挥之不去的记忆。

几年以前，我和蒋鹏同学结伴，专程回了一趟大米滩。50年了，总算又回来了，那些滚滚涌来的记忆，并没有因为时间的久远而游离我们的心田。我们一直在用心地寻找。寻找和拍照充斥在我们有限的逗留之中。当年的军垦农场早已撤销，但农场场部的两排平房仍然安静地待在原来的地方。房子周围，杨树长成了一片绿荫。田野里的小麦、大蒜、洋芋油绿油绿的，它们以磅礴之势包围了小小的村庄。这是青海海东地区迁移至此的农民的汗水结晶。

站在黄河岸边，望着那滔滔河水，我想起了南宋词人章良能的经典诗句："旧游无处不堪寻。无寻处，唯有少年心"；也想起了当年那嘹亮的歌声，飞扬的青春，那渠水淙淙、麦浪千重的场景，那声震苍宇、誓比天高的日子，那在大自然环抱中的耕耘和劳作；想起了长眠于此的曹万芝同学，想起了他那戛然而止的笑声……

"逝者如斯夫，不舍昼夜。"只是不知道，这不舍昼夜的黄河，它是否还记得一批学子曾与这里有约？是否还记得那些或温暖或伤痛，或豪壮或苍凉的大米滩往事？

我眼中的柴达木人

柴达木，是我待过 20 年的地方。20 年的吉光片羽，七千多个风雨晨昏的叠加，马背上的颠簸，荒原上的跋涉，小窗外的寒风，农家炕头的温热……这随风而逝的一切，都是那么叫人难忘。忘不了那里的山，忘不了那里的水，忘不了那里的事，更忘不了那里的人。

没有人给柴达木人下过定义，但作为一个相对清晰的、稳定的群体形象，柴达木人还是有着一些被人们公认的属性和特征，这属性就是大气包容、懂得感恩、坚韧不拔。

由于多民族聚居，多种文化并存，人口构成上五湖四海的特征非常明显，所以，柴达木的社会形态和人的观念都比较开放。来自天南地北不同地方的人，带来了各自不同的文化元素，产生了相互之间思想和感情的碰撞。正因为这样，柴达木人显得豁达开朗，大气包容，没有狭隘的地域和民族观念。他们不

排外，不封闭，不保守。这一点，四十年前我一到柴达木就有
感受。我那时刚从大学毕业，心里总有一种远离故土、举目无
亲的落寞和孤独之感。我所在的单位——海西蒙古族藏族哈萨
克族自治州革委会政治部宣传组（海西州委宣传部的前身）的
同志也许看出了我的郁郁寡欢，下班以后，就常来我的住处坐
坐、聊聊，帮我捅捅炉子、加加煤砖，有时还邀我到家里吃顿
面条、饺子什么的。工作上，他们更是关照有加，主动为我提
供报道线索，带着我去基层采访或调查研究。稿子写成以后，
不是提修改意见，就是帮着修改。那种发自衷心的欢迎、接纳
和提携，使人感到特别温暖，落寞的情绪因之一扫而光。

　　如果说这个时候，对于柴达木人，我还停留在一种感性的、
肤浅的认识阶段，那么，接下来发生的事情，则大大深化了我
的认知。正当我满怀激情地投入到工作中的时候，一个意想不
到的情况猝然降临了，我家的成份由土地改革中划定，"四清
运动"中又再次得到确认的中农，突然上划为富农。那正是"文
革"进行得如火如荼的年代，政治生命几乎占了一个人生活的
绝大部分。家庭出身，不仅关乎一个人的人生命运，而且关系
到他在一个单位的进退去留。我知道，当时像政治部这样的单
位，被划入"另册"的人是进不来的，侥幸进来了，也得让你
出去。为此，我做好了随时被调离的思想准备。没有想到的是，
领导和周围的同志并没有因家庭成份的上划而对我投来异样的
目光，他们没有"重新认识"我，更没有因"成份高"而把我
一棍子打死。相反，在经过一段时间的考验之后，还破例地吸

收我加入了中国共产党。我无法用言语表达自己的感动和感激，只能把大家的信任和关爱化作努力工作的实际行动。说起来，德令哈只是一个小地方，宣传组也只是一个小单位，但小地方的人一些不趋时跟风的做法，也许是大地方、大机关的人做不到的。我因此多了一份对柴达木人的敬重。

因为包容，所以在柴达木的所有城镇——天峻、乌兰、都兰、格尔木、大柴旦、冷湖、茫崖，都没有形成自己的方言，人们天生就具备了多种语言的能力，青海话、河南话、陕西话、山东话、四川话、浙江话等等，彼此交流无碍。年轻人（包括当地的少数民族青少年）则几乎都说普通话。

因为大气包容，海纳百川，因此才有了队伍的不断发展壮大。因为包容，容人容言容事，所以才有人情感的释放，让人回归人性的本真。

因为包容，所以才有柴达木的上下一心、一片和谐、团结一致，也才有了柴达木的蒸蒸日上、日新月异。

重情重义，懂得铭记，知道感恩，作为一种崇高的品德，一种美好的情怀，在柴达木人身上也得到了充分的体现。自然环境的严酷没有使人的心灵变得冷漠，柴达木凌厉的风沙也没有把人的感情打磨得粗糙。对于那些给自己带来过恩惠和荣誉的人，柴达木人从来不吝感激的言辞，甚至不惜用丰碑来传颂和铭记。1954 年，当新中国第一支地质队踏上万古洪荒的柴达木西部时，一位乌孜别克族老人依莎·阿吉自告奋勇地为地质队担任了向导。他带着地质队员，穿越了大片大片的戈壁沙漠，走寻了一个又一个无名的地方，找到了一个又一个储油构造。"油砂山""油泉子""油墩子"……柴达木地区在 20 世纪 50 年代出名的那几个石油探区，没有一个能与阿吉老人的名字分开，依莎·阿吉因而成为柴达木石油开发当之无愧的尖兵和元勋。青海石油人一直记着依莎·阿吉，记着他永远不可磨灭的贡献。50 多年来，不管领导班子如何更迭，队伍如何变化，依莎·阿吉照例都是一代又一代柴达木石油人仰慕的功臣。他去世以后，人们把他安葬在冷湖的四号公墓。每年清明，一拨又一拨的柴达木人都会去他的坟前，为他送上鲜花，送上敬意。遵照他的遗愿，青海石油局还为他的老伴在新疆库尔勒（阿吉老人是新疆且末县人）建了一座房子，让她无忧无虑地安度晚年。青海石油局一年几次派人去那里看望。多年以前，我在茫崖见到了时任茫崖镇副镇长的阿吉老人的女儿柴达木罕。说起柴达木人对他们一家无微不至的关怀，柴达木罕几次红了眼圈。

在格尔木市的西北角，有一座将军公园，它就是用来纪念慕生忠将军的。慕生忠率领筑路大军，历经千难万险，修成了青藏公路，也为格尔木这座戈壁新城的崛起，起到了拓荒、奠基的作用。格尔木人对他深怀敬意。将军当年住过的小楼，连同他亲手栽植的柳树，他带领战士挖的窑洞，在历次城市规划中，始终都被作为保留项目而雷打不动。而今，以它为基础，一个花木扶疏、绿意盎然的将军楼公园又出现在人们眼前。

柴达木人没有忘记的，又何止依莎·阿吉老人和慕生忠将军。一个名叫陈登颐的中学教师，因其自学成才，精通多门外语，翻译了《世界小说一百篇》，柴达木人便给了他极大的尊崇和认同，选举他担任了海西蒙古族藏族自治州政协副主席；诗人海子一首《姐姐，今夜我在德令哈》，使很多人知道了中国有德令哈这么一个地方，多情的柴达木人因此记住了海子。在海子离开人世多年之后，他们不仅以海子的名义多次举办诗歌节，还满怀感念地建立了海子诗歌陈列馆……

懂得铭记和感恩，使柴达木人有了真挚的友情和亲情，使他们成为最富有、最快乐、最幸福的人。一些白发苍苍的老人回首往事时，依然动情地说："我的许多朋友都是和我一起在盆地摸爬滚打过的柴达木人。"

柴达木人还具有另外一个特质——坚韧不拔，吃苦耐劳。这里地处高寒，干旱多风，自然条件异常严酷，一些地方被称为生命禁区。这样的环境，要求于人的是生命的强悍，是忍耐，是吃苦，是奋斗，是牺牲。我读新中国成立以后最早闯入柴达木的前辈作家李若冰等人的作品，常常为老一代柴达木人艰苦奋斗的精神所感动。当时的柴达木，空旷得如同头顶的蓝天，荒凉得如同脚下的大漠。没有路，得靠地质勘探队员在亘古荒原上踩踏出一条路；没有水，要用骆驼到离驻地很远的地方去驮载。春天，他们要忍受大风、沙尘、碎石的袭击；夏天，则常常遇到蚊虫和牛虻的叮咬……正是这诸多的艰难竭蹶，酸甜苦辣，熔铸成了坚韧不拔、万难不屈的柴达木精神，也奠定了柴达木后来发展的基础。

比起第一批进入柴达木的前辈，我只是一个柴达木的后来者。但是，即使在我所经历的岁月，仍然有着那么多永生难忘的记忆。有一年，我去南八仙的一个养路道班采访。周围全是茫茫戈壁，是人称"魔鬼城"的千奇百怪的风蚀残丘。这里全然不像三毛所描写的撒哈拉大沙漠那样充满浪漫色彩，这里有更多的苦涩与艰辛的故事。一座简陋得不能再简陋的房子里，摆放着一排可供几个道班工人容身的通铺，和一个取暖、做饭用的炉子。工人们用的蔬菜、米面和生活用水，都要从一百多公里以外的大柴旦去拉。天天早出晚归，用铁锨、镐头、刮板等工具养护公路的艰辛自不必说，单是那种无边的单调、枯燥和寂寞，就是对人莫大的考验，以至于见到我们的时候，他们都高兴得热泪盈眶："除了路过的汽车，我们好长好长时间都没见过人影了。"当问及他们当道班工人后悔不后悔时，他们都回答说："后悔啥，总得有人养路。"我能理解这朴实的回答中所包含的那份沉重和真诚，那份对人生意义的理解和追求，还有那份对父亲母亲妻子儿女永远无法除却的歉疚……

　　而今，许多道班房已经淡出了人们的视野。它们像一曲忧伤的挽歌，正伴随着时代的变迁和路况的改善而渐渐地远去、消逝。然而，作为一个地方最富特征的记忆，作为一种精神的象征，道班房的灯火，却依然在柴达木人的身上闪光。在格尔木、德令哈雨后春笋般崛起的高楼大厦，在天峻、乌兰广袤的草原，在诺木洪果实累累的万亩枸杞林，在冷湖、花土沟的石油基地，在采盐船奔忙不息的察尔汗盐湖，我们都看到了这种精神的闪光。

一代又一代人的劳作与付出，成就了一代又一代人的光荣与梦想。柴达木就是这样，从一代人的手里交到另一代人的手里，带着难免的感叹，带着总有的自豪，带着不改的初衷，带着热切的期冀……

我以自己是柴达木人而自豪！我为柴达木拥有更为美好的未来而祝福！

冀有豪情似旧时

　　海西蒙古族藏族自治州在改革开放后的一段时间，曾经比较集中地涌现出一批热爱文学、热爱写作的人。如果以在省内外报刊上发表过文学作品作为取舍标准的话，那么，可以列出的，该是一份不少于 20 人的长长的名单。这个名单中，既有"文革"期间分配到海西工作的一些大、中专毕业生，如王文泸、安可君、高澍、强文久、王泽群、董生龙、布仁巴雅尔、索宝、乔永福、程起骏、曹景中、罗绍宏、陈庆英、张建生、毛微昭、董生龙、胡家虎等；也有此前或者同期来到海西的格尔木农建师的一些军垦战士和青海石油局的一些干部职工，如徐志宏、李玉真、梁泽祥、肖复华、开南、甘建华、仇志群、刘宏亮、贺中原、卞奎、魏忠勇、于佐臣、林传普、王沛东等；还有驻守海西的军旅作家李晓伟和自学成才，翻译、出版了《世界小说一百篇》的陈登颐。他们虽然不像涉笔柴达木的诗人李季，作家李若冰、王宗仁那样享誉文坛，但他们毕竟也以自己的焚膏继晷、辛勤劳作，为海西文学事业的发展作出了自己的贡献。正是因为有了他们的努力，海西的文学事业才硕果累累、充满生气，以自然矿产资源丰富而引起人们瞩目的柴达木，也才有了她更为浓郁的文化气息，有了她更多的含金量和更大的吸引力。

一个偏远、闭塞、名不见经传的地方，忽然冒出来一个诗人、作家群（按照契诃夫"大狗叫，小狗也叫"的说法，称诗人、作家群当不为过），原因自然是多方面的。从作家自身的情况来看，以下因素似乎不应该加以排除：那个时候毕业的学生，绝大多数都被分配到基层工作。艰苦环境的磨砺，与社会底层民众的朝夕相处、甘苦与共，使他们对人民大众的生存状态、愿望、心声有了深切的体察和感知，进而拥有了文学创作所不可或缺的生活积累和感情积淀。记得我头一回见到高澍，就是在柴达木汽车修理厂机声隆隆的车间里。他穿着一身油迹斑斑的工作服，正全神贯注地在车床上干活，俨然是一个地地道道的工人。不独高澍一人为然，当时的许多学生也都有着与他相同或相近的经历；经历了"文革"的折腾，文学作品中那些非政治的自然之美、人性之美，却能在一定程度上缓解并排遣人们思想上的郁闷和困惑，为人们带来精神上的愉悦、感情上的慰藉和心灵中的诗意，钟情文学因而成为一些有阅读习惯的人的必然选择。我那时在州委宣传部工作。宣传部有一个州上其他部门都没有的资料室，里面藏有不少市面上见不到的古

今中外文学名著。这不仅使我和同在宣传部工作的董生龙有了
先睹为快的方便，也使我们身边的几个文友，如王文泸、强文
久、陈庆英（后面两人都是理工科出身的学生，学校毕业以后，
又分别在德令哈一中担任数学和物理课的教员。强文久后来成
了大学教授，陈庆英成为声誉卓著的藏学专家）等人不时享受
到饕餮名著的快乐。

　　随着"文革"的结束和新时期的到来，文学出现了前所
未有的繁荣局面，小说《伤痕》《班主任》《神圣的使命》《我
该怎么办》连同话剧《于无声处》等，一时成为万众瞩目的
焦点、街谈巷议的话题，赢得了不少读者的感动与泪水。这
样一个思想解放、文学走红的大气候，对于海西众多的文学
爱好者来说，无疑是一个巨大的鼓舞和激励；对于海西刚刚
萌芽的文学事业来讲，则产生了显而易见的催化和提速作用。
董生龙和已经从柴达木汽车修理厂调到海西州文化工作站的
王泽群等人于是雄心勃勃地提出，要创办一个立足海西、面
向全国的文学刊物。在他们的积极鼓动和州文化工作站、州
委宣传部的鼎力支持下，刊物果然办起来了。这就是后来产
生过一定影响，得到过业内人士广泛好评的文学刊物《瀚海
潮》。在《瀚海潮》创刊之后不久，蒙文文学刊物《花的柴达木》
和藏文文学刊物《岗坚梅朵》也相继面世。那个时候，海西
的财力并不宽松，但领导却舍得在诸如此类的文化事业（包
括后来的《柴达木画册》《瀚海文学丛书》等）上花钱，不能
不说是难能可贵的。

办刊物，首先需要有一批优秀的编辑。所谓优秀，并不只是说自己能写，更重要的则是要求他能从一大堆来稿中，独具慧眼地看出好稿子，并且能通过好稿子看出好作者。由这样的编辑组成的编辑部，才能编出一本好刊物。为此，物色和选调编辑，就成了《瀚海潮》等刊物初创阶段的当务之急。但调人在当时却实在不是一件容易的事情。这一方面是因为改革开放之后，许多情况都发生了变化，一些非常适合做编辑的人，如王文泸、安可君、强文久、陈庆英、张建生等，或者因荣任新职，不好调离，或者因考上研究生而离开了海西；另一方面则是因为计划经济体制下长期形成的识人、用人观念，给人员的正常流动造成了很多人为的障碍。一个人在他所供职的部门或单位，本来无足轻重，可一旦要调出，部门或单位领导往往就会强调他们的事情如何如何多，工作如何如何忙，这个人对于他们是如何如何重要，弄得联系调动的人无言以对，只好耐着性子软磨硬缠。更有甚者，还要说些被调者这样那样的毛病，什么骄傲自满啦、目无组织啦、不守纪律啦、不拘小节啦，等等。高澍的调动就遇到了这种情况。还在他要从柴达木汽车修理厂调往都兰农机场的时候，我们就有"截留"他的想法。但是，当我们表达了这样的愿望之后，一位主管干部工作的领导立即驳回了我们的请求："留在州上？其他人可以考虑，高澍不行！据厂里反映，这是一个自高自大、目无组织的反党乱厂分子。正因为这样，才要下决心把他调出来。"乖乖，"反党乱厂"，多大的罪名！看来，我们人微言轻，这忙是帮不上的。幸喜的是，不是所有的人都这样看待高澍。当我把上述情况向时任州委宣传部部长的王平顺汇报之后，他摇了摇头，不无遗憾也不无感慨地说："他（显然是指对高澍成见甚深的领导）就是党？对他提点意见，就是反党了？有本事，能干，就是大好，别的缺点毛病算什么！"这话放在今天，已经不算新鲜，但在党的十一届三中全会之前的 1977 年，还真给人以醍醐灌顶、振聋发聩的感觉。不错，高澍是有他的不足、他的个性，他对厂里个别领导的做法有意见，就意气用事地写了几张大字报，贴在大柴旦的街头和德令哈最显眼的人民商场门前，因而惹得一些领导老大不快。为此，高澍付出了沉重的代价。1976 年，他被一纸调令调配到了都兰农机厂。但是，高澍也有很突出的优点。他毕业于清华大学，不仅理工根底扎实，知识面宽，文字功力也相当不错。后来的事实完全证明，高澍是一个有水平、有能力、工作也特别认真负责、任劳任怨的编辑。"截留"虽然没有成功，但多少还是起到了一些铺垫的作用。1979 年再调高澍，就没有多少磕磕绊绊的事了。

行文至此，我的心里兀自涌出一丝震颤和痛楚。1986 年，《法制日报》拟调高澍进京工作。高澍拿着北京方面的商调函来找我。我问他留下可以吗，他回答说："我想了很长时间，还是走吧，过了这个村不一定再有这个店。"我想也是，高澍从学校毕业来到海西，已经待了快 20 年了，好不容易才有了这么一个回京的机会，我们应该尽量成全他的愿望。但鉴于高澍在海西是个小有名气的人物，我作为州委副书记，不能擅自做主。这样一来，我便向当时州委的主要负责同志王汉民作了请示。汉民书记基本同意我的意见，他明确表示："人才难得，我们先尽量挽留吧。海西缺人，尤其是缺像他这样的人。如果高澍决意要走，那就放行。"随后，我便陪同汉民书记到了高澍的家里。我们恳切地向他表达了州委的挽留之意。高澍沉吟了一阵，出乎我意料地说："好吧，那就不走了。"事后，高澍告诉我："本来是下定决心要走的，可你们一来，不知为什么，要走的话却怎么也说不出来了。"谁能想到，我们这一片好心的挽留，竟把高澍永远地留在了海西，留在了德令哈！

王泽群的调动，同样也是一波三折。早在1974年，海西州文工团就活动着要把王泽群调到团里当编剧。事情已经进行得有些眉目了，可偏偏就在这个关键时刻，有人向领导揭发王泽群"出身不好，对现实不满"，眼看要办成的调动，因此而告吹。四年之后，王泽群才如愿以偿地进了州文化工作站。在高澍调来以后不久，井石（孙胜年）和风马（时培华）也分别从海西州工业卫防站和德令哈供水站，调到了《瀚海潮》编辑部。从他们几个人的调动，很能看出当时海西州文化工作站和州委宣传部等各级领导对人才的一腔热忱。可以这样说，没有相关领导的慧眼识人，没有他们对人才真心诚意的尊重，特别是精神上的理解和尊重，海西将很难形成一种文学事业发展的良好氛围和环境。

冀有豪情似旧时

　　这几员大将之外,还有一个从州文化工作站调入《瀚海潮》编辑部的编辑刘玉峰。我和董生龙虽然不是《瀚海潮》编辑部的成员,但也经常帮着他们看稿、改稿,从事校对,自感也是半个编辑。

　　名曰编辑部,实际上却寒碜得眼。高澍到了德令哈,他的家属还留在大柴旦。州文化工作站分给他一间不足 20 平方米的平房作宿舍。此后长达数年的时间里,这间堪称陋室的房子,便一身而二任地充当了高澍的宿舍和《瀚海潮》的编辑部。刊物的印刷,一开始是在冷湖印刷厂,后来又挪到兰州八一印刷厂。为了尽量减少差错,每出一期刊物,编辑部都坚持派员到厂子里监督排版,处理各种临时出现的问题,并负责刊物的校对。千里之遥,长途驰驱,使人手本来就不足的编辑部越发显得紧张忙碌。尽管条件艰苦,但大家的热情很高,劲头十足,一心要把刊物办得有点质量、有点水平。从看稿、组稿、划版到校对,哪一个环节都不肯马虎、不敢懈怠。编稿之余,我们常常也会聚在编辑部,天南地北地神聊,谈读书,谈创作,谈人生感悟,谈逸闻趣事。每次都是清言娓娓,谈笑风生,手舞足蹈,兴会淋漓。那种情味,真是令人舒心之极。我们曾经采用一人执笔,几个人共同思考、斟酌词句的方式,即兴写出了报告文学《柴达木,你早》等多篇作品。我们还多次结伴,到海西的一些县、镇或基层单位参加他们举办的文化活动。至今仍然记忆犹新的是,1980 年10 月,乌兰县举办新闻写作暨文学创作培训班,邀请我和高澍、董生龙、井石、时培华到班上讲课。培训班结束的那天晚上，学员们各自从家里带来一瓶酒或者一碟菜与我们团聚。他们人多势众，轮番上阵，一个接一个地向老师们敬酒。我们这几位老兄呢，本来就爱喝也能喝，一到这种场合，更是激情飞扬，来者不拒。几个小时下来，除我以外，全都喝得酩酊大醉。死拉活拽地把他们弄回县政府招待所的房间，却是一点也不肯安宁。有的兴犹未尽地高喊："拿酒来，我还要喝"；有的则旁若无人地大声唱歌。几个人不时地呕吐，折腾得我一夜没有合眼，扶这个出去吐了又扶另一个出去……第二天酒醒之后，我把他们几个"臭骂"一顿："真没出息，一见酒就两眼放光，比见了爹娘老子还亲！"他们只是嘿嘿地笑，甚至还反唇相讥："一时能狂便少年。你呀，少了人生的一大乐趣！"现在想起这些事，心里仍不免有一丝温热……

人都说，文人宜散不宜聚。但在海西工作的那一段岁月却使我认识到，情况并不一定是这样。作家是需要交流思想的，如同当年文人雅集的兰亭盛会一样，也像国外有名的"斯坦因沙龙"，团在一起，未必不能增进感情，也未必不能促进写作。虽然相互之间不可避免地会有矛盾，会有龃龉，但从总体上看，海西文学圈的人相处得还是比较融洽的。这种融洽不只表现在文字的交往上，也表现在其他方面的过从上。个人有了高兴的事，首先要告诉的，是这一帮文友；有了烦恼和不快，首先要与之倾诉的，也是这一帮文友。就连遇到夫妻反目、"后院失火"一类的事，最先向其通报求助的，还是身边的几个文友。高澍因车祸不幸去世之后，海西的文友几乎全都赶到了德令哈为他送别，有的泪如雨下，难掩悲痛之情；有的失声痛哭，为他的英年早逝而深深惋惜。远在北京、兰州、西宁的王泽群、强文久、王文泸等人也都以电话、电报的形式表达了自己的无比哀痛。直到现在，这一批风流云散的朋友之间，都还保持着一种深笃的友谊，时有书札、电话和短信往来。

德令哈是一座高原小城，但对我和我的一众文友来说，德令哈却是青春，是生命，是文化价值、人生价值的追求所在地。在那里生活、学习和工作的经历，给了我们以滋养终生的文化自信。直到现在，也还总想着再回德令哈，寻找当年的足迹，寻找绿树掩映下的《瀚海潮》编辑部。

《瀚海潮》等刊物的创办，为海西营造了一种"郁郁乎文，彬彬称盛"的文化氛围，也为海西以至全省的很多作家特别是一些文学新人提供了园地和舞台，成为他们走进文学殿堂的入场券。如今活跃在青海文坛的井石、风马、肖黛、刘玉峰、郭国庆、董明、姜仲等人，都是从《瀚海潮》起步而羽翼渐丰、终成气候的。

可以毫不夸张地说：在烟雨岁月中昂首挺立且越来越有大刊气象的《瀚海潮》，就是小城德令哈的一张名片。

我现在最怀念的，就是《瀚海潮》创办前后海西文学圈里所表现出来的那种精神：筚路蓝缕，艰苦创业，互相关心，竭诚奋斗。虽然，这其中的许多人后来确实取得了成功。有的成为颇负盛名的记者、作家、教授，有的成为蜚声学界的学者、博导、硕导，但老实说，我倒不是特别看重他们的成功，而是更看重那样一种精神。我相信，一个人只要有了这种精神，就没有干不成的事情。相反，若是丧失了这种精神，再大的成功，只怕也是昙花一现；再大的基业，只怕也会坍塌。

此心安处是吾乡

——青海哈萨克族群众迁徙长歌

去年 8 月,我应朋友之邀去了一趟海西蒙古族藏族自治州。途经马海时,我特意在这里的哈萨克村作了短暂停留。

那天,一到马海村,眼前就出现了一排排整齐的白墙红瓦的房子,在寂寥空阔的戈壁滩上,这样的屋舍看上去淡雅清新。听同行的朋友介绍,这是依托"党政军企共建"项目,为该村村民修建的砖混结构的新居。建于 2009 年,每户居住面积 80 到 120 平方米。

我们一行人先去了马海枸杞产业园。正是枸杞成熟的季节,片片绿叶之间缀满了红宝石般的果实,红红的枸杞在高原耀眼的阳光下闪闪发光。园里人来人往,熙熙攘攘,有采摘枸杞的村民和打工者,也有来此观光旅游的男男女女。摘枸杞是一件很辛苦的事,人必须要像枸杞枝条一样弯腰,一粒粒摘下来的枸杞要被小心地放进脚下的桶里，似乎只有这样，才能完成大地给予的回报。朋友告诉我，这就是集观光、旅游、生态、产销于一体的马海枸杞产业园，枸杞种植面积1.4万亩，年收入一般都在一千五六百万元。因为土地肥沃，日照时间长，马海地区出产的枸杞品质特别好。除了枸杞园，马海村还组建了肉牛养殖专业合作社，建成占地700亩的肉牛养殖场。因为时间有限，我们没能再去领略那里绮丽多彩的草原风光。

从枸杞产业园出来，没多远就到了马海村。

秋日的马海村安然恬静，村道旁的杨柳努力舒展着枝叶，在微风中发出簌簌的声响。点缀在路边的一些小碎花开得姹紫嫣红。这是高原一年中最美的季节，瓦蓝的天空下到处充满了明媚的气息。走进村子，就见一位哈萨克族老人坐在屋檐下闭目养神。他看有人来参观，很是热情，主动带路，为我们讲解，还将我们领进家里去喝茶。老人家的院子很大。院子里停放着好几辆车，有大货车、皮卡车、小汽车，还有摩托车、自行车。进了屋子，首先映入眼帘的便是色彩鲜艳的挂毯、花毡、布绣之类的家庭陈设。顿时，一种暌违已久的哈萨克毡房的气息扑面而来。与往昔不同的是，房子里添置了沙发以及电视机、电冰箱、洗衣机等家用电器。我喝着奶茶，吃着"包尔萨克"，与这家主人不紧不慢地聊着。我们问他喜不喜欢马海，他回答说："刚来时不喜欢，现在喜欢。"问他现在的日子过得怎么样，他一迭连声道："好！好！眼下这日子，以前做梦都不敢想。"

一时间，我竟禁不住心潮起伏，思绪绵绵。因为几十年前与阿尔顿曲克草原的哈萨克族多有交集，并全过程地参与了青海哈萨克族迁返新疆的组织工作，故此，我深知老人家所说的这个"好"，有着怎样丰盈和厚重的内涵。在为他们今天的幸福生活拊掌欢笑的同时，我也想到了他们往日备尝艰辛的遭际。

一

哈萨克族本来居住在新疆阿尔泰山一带，因不堪忍受军阀盛世才的压迫欺凌，从 20 世纪 30 年代起，他们便陆续向甘肃、青海迁移，至 20 世纪 40 年代初达到高峰。

1934 年，巴里坤等地的 500 余户哈萨克族群众在头人阿巴多伊的率领下大规模东迁，这是新疆哈萨克人第一次迁徙省外，可以称得上是迁徙队伍的先遣队。然而此时的青海，并不是他们的首选之地。他们中的大多数人来到了甘肃，200户驻牧酒泉，100 户驻牧于酒泉以南的祁连山脉深处，其余200 户进入柴达木盆地的茶卡一带。他们携儿带女,餐风饮露，骑着骆驼和马，越过茫茫的草原，越过空旷的戈壁，一径向东而行。

两年后，即 1936 年，巴里坤地区的哈萨克族群众 4000 户30000 人左右，经过周密的策划和充分的准备，在同一天从六个地方向甘、青边界迁移，因途中遭到盛世才的骑兵、汽车队和飞机的追击，死伤惨重，到达甘肃安西时，只剩下3700户。以极旱著称的安西地区，根本无力养活这么多人。不得已，他们只能继续迁移，并与之前来到的队伍汇合。其中900户迁往柴达木地区的都兰、茶卡，500户迁往酒泉南部山区，2300户迁往酒泉。全面抗战爆发的第二年，即1938年春天，从新疆迁至甘肃酒泉的哈萨克族，又有一部分人陆续迁到青海大河坝及青海湖以西的茶卡、台吉乃、尕斯、马海等地。

哈萨克族群众之所以能顺利地进入甘、青地区，这与他们和当时青海以及祁连山北麓酒泉、张掖地区的实际控制者马步芳具有相同的宗教信仰有关。但马步芳毕竟是一方军阀，他考虑问题的出发点和落脚点只是怎么做对自己有利。把东迁的哈萨克族作为筹码，用以牵制青海西部广大地区生活着的蒙古族、藏族牧民，才是他的真实用意和最终目的。后来的事实完全证明，在处理哈萨克族与蒙古族、藏族关系的问题上，马步芳始终充当了阴阳人的角色。他对哈萨克族说，哈萨克族、回族是同教，发给一批枪支；又对蒙古族、藏族说，蒙古族、藏族、回族是青海人，哈萨克族是外来人，在维护地方治安的借口下，也发给一批枪支。当蒙古族、藏族力量强大的时候，他明里暗里地帮助哈萨克族攻击他们；在蒙古族、藏族力量下降以后，马步芳随即采用"海西再平衡"战略，又明里暗里支持蒙古族、藏族打压哈萨克族。

哈萨克族群众刚刚进入柴达木时，与当地的蒙古族、藏族关系尚好。哈萨克族牧民用从新疆带来的种公羊以及500

多峰骆驼、马匹、猎枪交换当地蒙古族牧民的食用羊，蒙古族牧民也把牛、羊等赠送给哈萨克族牧民。但在柴达木这样戈壁荒漠纵横、水草资源稀缺的贫瘠之地，待的时间一长，双方难免会因争夺草场、水源等而发生纠纷，加上马步芳蓄意挑拨离间，煽动民族仇恨，制造对立，遂使民族之间的矛盾愈演愈烈。他们常常刀兵相见，相互拼杀。拼杀的结果是，游牧在海西诺木洪、台吉乃、巴隆、宗加、柯柯等地的蒙古族和汪什代海、千卜录都秀部落的藏族都受到沉重打击，蒙古族的损失尤为惨重。以可鲁沟为例，原有蒙古族 1000 多户，3500 多人，由此减至 600 多户，2000 多人，牲畜也由 20 多万头（只）减少到 2 万多头（只）。而哈萨克族牧民在马步芳军队、蒙古族与藏族的合力攻击下，也遭遇灭顶之灾，以至在都兰、茶卡一带无法立足，其中一部分人去了西藏，还有一部分人不得不远走印度、巴基斯坦等异国他乡。

我在海西工作期间，听一位老者讲过这一段令人心痛的历史，讲过他个人当年的亲见亲闻。说者簌簌泪下，我也忍不住鼻子发酸。

到了 1940 年，马步芳军队又把 150 户哈萨克族牧民从乌图美仁强行驱赶到大河坝，连同 1939 年 8 月逃来的 300 户，大河坝此时共有 450 户哈萨克族牧民。后来，这些哈萨克族牧民中有 150 户逃往希里沟，希里沟又有 50 户逃往尕斯。尕斯位于柴达木盆地最西端，是一个相对安全的三不管（指青海、甘肃、新疆都不管）地带。一时间，这里成为东迁哈萨克族牧民的大本营，纷至沓来者竟有 400 户之众。1941 年冬，居住在酒泉的哈萨克族群众有 40 户向尕斯逃亡，途中，遭到马步芳军队的追击，加上饥饿、劳累、困顿造成的死亡，到达尕斯时，这支队伍只剩下了几十人。另有 100 户准备逃往新疆，半路上被马步芳豢养的包布拉匪徒包围，男女老少全被杀死。

流浪逃亡的生活，与置身荒野、饥寒交迫及各种艰难险阻相伴随。在那些不堪回首的日子里，青海哈萨克族群众很少有粮食吃，十多岁的儿童从未见过面粉，许多人没有衣服穿。他们到处为家，却没有一处是他们真正的家。住的是又薄又破的小帐篷，抵不住风吹雨打，80% 以上的人都得了关节炎。有时气温降至极低，流浪汉所携带的衣物有限，许多人便在风雪严寒中被活活冻死。

1949 年前夕，流浪在甘肃、新疆、青海边界的哈萨克族群众共死亡 24000 多人，差不多每五人中就有四个死亡。最后存活下来的，只有 550 户，其中尕斯 170 户，敦煌附近的山里 340 户，希里沟 40 户。

"月亮爬上黑山头，戈壁黄沙流。空空的骆驼慢慢走，泣别家乡，流浪人儿多忧愁。走啊走啊走啊走，不知流浪到何时候？"当年，在阿尔顿曲克草原一个名叫黑沙的牧人毡房里，我听到了这样一曲哈萨克歌谣。因为唱的是自己和父辈的亲身经历、实际感悟，所以这位牧人唱得特别投入，特别深情，我被他如泣如诉的歌声深深打动了。

二

新中国成立后，党和政府把流散在青海各地的 900 多名哈萨克族群众寻找回来，集中安置在阿尔顿曲克草原。从此，哈萨克族群众结束了长期颠沛流离的流浪生涯，在阿尔顿曲克草原着手建立他们的幸福家园。阿尔顿曲克位于格尔木县城以西十多公里的地方，这里地势平坦，河流密集，水草丰美，又临近昆仑山，拥有广袤的高山牧场，特别适合于农牧业尤其是牧业生产的发展。由于哈萨克族是青海少数民族中人口较少的民族，他们因而分得了格尔木最好的草场，并享有一系列休养生息、发展各项民族事业的优惠政策。对他们的生产生活，国家采取了三年内全包下来的做法，免费供给他们包括牲畜在内的各种生产资料和食品等生活资料。在当时全国人民生活普遍困难的情况下，哈萨克族群众得到了户均 1937 元、人均 476 元的救济款。他们有了自己的牛、羊、蒙古包或帐篷，有了以前很少见到的面粉和布匹，还有种籽和各种生产工具。

在《1953 年阿尔顿曲克工委全年工作报告》中，对定居后的哈萨克族群众生活是这样描述的："截止到 1953 年底，这里的哈萨克族已经都有奶茶喝，穿的都是新衣服，吃麦面及野牲、家畜肉，住的都是蒙古包，都有马靴穿。"朴素简约的几行文字，勾勒出一幅温饱无忧、其乐融融的哈萨克族群众生活图景。

安居方能乐业。哈萨克族群众以对家园的无比热爱，挖渠引水、灌溉草原，种植粮食和饲料，修建永久性的牲畜棚圈和家畜改良点，畜牧业和农业生产竿头直上，群众生活有了显著改善。

对于长期流浪的哈萨克人来说，一些看似简单的农事牧活和其他工作，真正做起来又谈何容易！所幸的是，他们得到了汉族和其他民族兄弟的悉心指导和热情帮助。不妨举个例子。阿尔顿曲克草原第一个兽医站建立起来后，最初只有汉族兽医王宣和哈萨克族青年尔沙两个人。尔沙是在格尔木定居之后才上了两年学，要掌握兽医技术，就得从学习文化开始。王宣跟尔沙住在一个帐篷里，他一字一句地教尔沙学习文化，并把尔沙的叔叔请到兽医站来，给他讲述他们家血泪斑斑的家史，以激发他的学习和工作热情。王宣像对待自己的亲兄弟一样，手把手地教了尔沙三年，带了三年，从而使他成了阿尔顿曲克草原上第一个哈萨克族兽医。

从1952年到1984年的30多年间，阿尔顿曲克草原的牲畜头数增加了9倍多，民族文化、教育和医疗卫生事业从无到有，迅速发展。哈萨克族群众的文化素质有了显著提高，知识分子队伍日益壮大，不仅普及了初中教育，而且有了本民族的大学生。这与当年迁入青海时哈萨克族几乎全是文盲的落后状态相比，有了天壤之别。

20世纪70年代，我曾多次在阿尔顿曲克草原采访，亲身感受了哈萨克族群众的生活状况。至今我仍清楚地记得，一个单纯经营畜牧业的鱼水河大队二小队，就拥有18000只羊，还

此心安处是吾乡

有数量不等的牛、马和骆驼。尽管那会儿仍是公社时期，但队里的工分值还真是不低，一个工分为 0.25 元，一个劳动力按一天十分计，就有 2.5 元的日工值。要知道，那个时候，一只大羊的价格也不过 20 元。我去过的一些富裕人家的毡房都挺讲究的，里面用不同的布片儿剪裁出各种漂亮的图案，隔栏四周挂有壁毯，地上铺满花毡、地毯。有些人家的毡房隔栏辐柱还上了油漆，镶着镂制的骨饰和银饰。招待客人，不仅有奶茶和羊肉手抓，还有哈萨克族的特色食品包尔萨克、奶疙瘩和马奶酒。

我住过哈萨克人的毡房，喝过哈萨克人喜欢喝的马奶和骆驼奶，观赏过他们的赛马叼羊活动，还参加过一对哈萨克族青年男女别开生面的婚礼。我享受过"骑着马儿过草原"的浪漫，也实实在在地领教了那个年月阿尔顿曲克草原上蚊子的疯狂。

三

20 世纪 70 年代末到 80 年代初，阿尔顿曲克区的部分哈萨克族群众逐渐产生了重回新疆的想法。要求回迁的理由是：由于青海哈萨克族人口少，在不与其他民族通婚的情况下，婚配问题往往难以解决，人口再生产也难以正常进行。同时，也由于人口少，民族教育和民族文化事业的发展不能不受到影响，人口的文化素质得不到应有的提高。还有一个更重要的原因，那就是：青海的哈萨克族群众来自新疆，新疆是他们的故乡。对新疆的怀念和想象，对本民族主体居住区的追寻和向往，使他们萌生出眷恋故土、叶落归根的思乡之情。用他们自己的话来说，就是"马行千里，终归旧桩"。随着年龄的增长，这种感情便愈加浓烈。

1983 年 7 月，时任中共中央总书记的胡耀邦同志来到柴达木盆地视察。7 月 26 日，他在中共海西蒙古族藏族哈萨克族自治州委员会院内第二会议室听取了州委书记秦青荣代表州委所作的工作汇报。我那时担任海西州委副书记，有幸参加了这次会议，亲耳聆听了胡耀邦同志的重要讲话。州委汇报的内容之一，就是哈萨克族群众要求迁返新疆的问题。耀邦同志办事从来爽快，当机立断。听完汇报，他马上对随行的国家民族事务委员会主任杨静仁同志叮咛："你抓紧与司马义·买买提同志（当时担任新疆维吾尔自治区人民政府主席）联系，解决青海哈萨克族群众迁返新疆的问题。只有 1000 来号人嘛，应该不是多大的难题。"

有胡耀邦总书记的高度重视和亲切关怀，这项工作进展得异常顺利。1983 年 10 月 13 日至 15 日，在国家民族事务委员会的指导下，新疆、青海两省区有关部门专门研究这部分哈萨克族群众迁返新疆的问题，形成了《关于青海阿尔顿曲克哈萨克族群众搬迁新疆问题的会议纪要》，国家为此下拨了安置经费。

阿尔顿曲克区派人到新疆阿勒泰地区各安置点一一实地察看。开始，在阿勒泰县（当时尚未建市）选了几个点，觉得不甚理想，后来又选了阿苇滩乡和红墩乡交界的地方，划出了

500亩生荒地，并在夏季牧场划出了600亩草场，供哈萨克族群众放牧使用。那个时候，公社尚未解体，草原仍属于公社所有，草原载畜量也还没有饱和，否则，单是一个草场的协调，就不知要费多大的周折。

早在统一回迁之前，就已经有零星的牧户捷足先登了，回迁分明已是箭在弦上，不得不发。

1984年5月26日，在格尔木市举行了隆重的欢送大会，中共青海省委、省人民政府和相关部门都派出代表，来到格尔木参加欢送。青海省党政代表团团长是青海省民族宗教事务委员会副主任喇秉礼，我是海西州党政代表团团长。我们先在阿尔顿曲克草原做了一番走访，与即将离开海西的哈萨克族群众互道惜别之情，随后又在欢送大会上对他们几十年来为青海的开发建设所作出的贡献表示感谢，还给安置青海哈萨克族的新疆有关地、县分送了锦旗，锦旗上写着"团结之花与昆仑永存，友谊之树令大地长青"两行金光闪闪的大字。

欢送大会开过的第三天，即5月28日，1175名哈萨克族同胞乘坐两列火车前往新疆。火车就要开动的那一刹那，车上忽然哭声大作，一张张泪眼盈盈的脸庞从车窗露了出来，一条条手臂不停地挥动着。情动于衷而形于言，不知是谁忘情地喊了一声"格尔木，我爱你"，车上和站台上送行的人们，立时都跟着高喊："格尔木，我爱你。"车上车下，异口同声，声震长空，庄重热烈。几十年时间过去了，每每想起当年这送别的一幕，我仍不免怦然心动，显然，那是一种发自肺腑的真情流露。对于 1952 年以前出生的哈萨克人来说，格尔木使他们结束了转徙离散、四处漂泊的流浪生活，他们当然打心眼里感激格尔木；对于 1952 年至 1983 年出生的哈萨克人来说，格尔木更是有着天高地厚的养育之恩，他们又如何能够忘记格尔木？在这离别的时刻，哈萨克族男女老少的心里自然都有着千般的留恋和万般的不舍。

随着车轮声渐渐远去，哈萨克族兄弟告别了格尔木，告别了海西，告别了青海。青海海西蒙古族藏族哈萨克族自治州从此变成了海西蒙古族藏族自治州。

四

哈萨克族群众已经在格尔木生活了三四十年，许多年轻人就是在这里出生的，回到新疆，他们反而不习惯了，既不习惯新疆的气候，也不习惯新疆的生产方式。这种不习惯不适应自然加剧了他们对原居住地格尔木的怀念。于是，从离开青海的第二年即 1985 年的三四月开始，就有人陆陆续续地返回格尔木周边地区，至 2000 年，回到格尔木的哈萨克族群众已达 107 户 482 人，牲畜达到 10092 头（只）。其时，阿尔顿曲克草原已经划分给当地的蒙古族牧民。回来的哈萨克族群众有的给阿尔顿曲克草原的新主人——蒙古族牧民打工，有的则成了无所事事的"盲流"。他们要维持生计，就不可避免地会与蒙古族牧民发生争夺草场的纠纷。这种情况如任其自然，势必会妨害民族团结，影响格尔木地区的稳定和发展。1985 年至 1999 年的十多年间，相关部门多次对返回青海的哈萨克族群众做工作，劝说他们返回新疆，但收效甚微。这些哈萨克族群众铁了心地要留在青海。为此，在国家民委、青海省及新疆维吾尔自治区的协同下，国务院成立了安置返青哈萨克族群众工作领导小组，着手解决返青哈萨克族长期滞留于格尔木周边草原的问题。通过认真调查核实，确定生活在格尔木周边地区需要安置的哈萨克族群众共有 115 户 504 人。根据本人意愿，31 户 130 人同意安置到新疆维吾尔自治区奎屯市开干齐镇，84 户 374 人同意安置到青海省海西蒙古族藏族自治州大柴旦镇原马海农场。迁徙和搬迁工作于 2001 年 11 月全部结束。最终搬迁到新疆奎屯市开干齐镇的有 34 户 114 人，被安置到马海的有 84 户 374 人。

仿佛冥冥之中一切早就安排好了似的，几十年，兜兜转转，哈萨克族牧民又回到了他们祖先居住过的地方。

漫长、艰难的迁徙之路到此为止。马海，成了青海哈萨克族牧民在高原大地上画出的一个句号。他们在这里停下了脚步，开始安营扎寨。政府为他们划拨了草场、耕地和牲畜，他们既可以耕种，也可以放牧，还为他们建立了学校，并且聘请了哈萨克族老师，购买了哈萨克族教材和所需的教学设备。1985 年从新疆返回格尔木后的一段时间，因为处于无草场也无户口的尴尬状态，耽误了子女的入学就读，这是他们难以释怀的一大遗憾。迁到马海以后，一个引人瞩目的现象是，为了改变祖辈沿袭的生存状态，这里的哈萨克族群众都很看重文化教育，寄希望于下一代，寄希望于让孩子到外面的世界去拓展视野。从他们身上表现出来的这种有别于先辈的观念和行动，也许是他们人生的最大感悟。正是在这种观念的指导下，马海村的适龄儿童入学率达到 95% 以上，并且先后培养出 18 名大学生，其中 3 人毕业后又回到了故乡……

那天，在返回的路上，朋友兴致勃勃地为我介绍马海村 20 年来的巨大变迁，他说："2001 年，入住马海村的村民只有 84 户 374 人，现在已经增加到 131 户 545 人；2022 年，马海村的人均可支配收入达到了 15257 元，是 2001 年入住时的 35 倍。"这是两个令人欣慰的数字，也是两个极具说服力的数字。它们会让所有有关马海村的讴歌和赞美，都显得失重和苍白。对于经历了太多迁徙、太多坎坷的青海哈萨克人来说，定居马海，无疑就是他们心灵的安放。尽管，以后的日子里难免还会有困难，有曲折，但显而易见的事实是，越来越多的哈萨克族群众已经适应并且认同了马海这个现实环境，把这里看作是自己安居乐业、打拼未来的"风水宝地"，进而产生了"此心安处是吾乡"的归属感、幸福感和自豪感。

参考资料：

1. 吴海霞、赵郡丹：《迁移与人口：1934 年以来青海哈萨克族人口变迁》，《青海民族大学学报（社会科学版）》2015 年第 2 期。

2. 徐如明、僧格：《青海哈萨克族生产生活八十年》，《北方民族大学学报（哲学社会科学版）》2010 年第 4 期。

3. 关丙胜：《空间与迁移：柴达木地区四次规模性族群入迁考察》，《青海民族大学学报（社会科学版）》2015 年第 2 期。

第二辑

留得大作励后昆

伤心难尽千行泪，哀痛不觉九回肠。著名作家、长篇小说《白鹿原》的作者陈忠实先生走了。

我最早见到陈忠实这个名字，是在陕西省作家协会主办的文学刊物《延河》上。20 世纪 70 年代，陈忠实常有小说刊发于《延河》，而且每次都被作为头题作品隆重推出。尽管，他那时的作品，难免还带有"文革"文学的痕迹，但从中仍然可以看出，作者对农村生活相当熟悉。沉郁苍凉的黄土高坡，饱满结实的人物对话，精到传神的细节描写，使我这个陕西人读来格外过瘾，一如当年煤油灯下读柳青的《创业史》。由此，我便开始关注陈忠实，打听陈忠实，进而知道他 1962 年高中毕业后，因高考落榜而回到家乡，先当民办教师，后来又到公社和区文化馆工作。生活于他，不是单纯的观察、体验，而是一种全身心的沉入和拥抱。难怪他的作品那么有生活底蕴。对

101

农村和农民的深刻了解和理解，让陈忠实有了以笔来表达他所感知的农村的强烈愿望和创作优势。

1993 年，耗费了陈忠实六年心血的长篇小说《白鹿原》问世之后，好评如潮，读者争相购阅，一时洛阳纸贵，但是争议也很大，批评和贬抑之声时有所闻。我在北京参加的一个会议上，就听到了对《白鹿原》截然不同的两种评价。一些人说，这么好的小说，应该改编为影视作品；另一些人则声色俱厉地发出警告，《白鹿原》很糟糕，有严重的政治导向问题，绝对不能改编为影视作品。

也许是心里有话、不吐不快的缘故吧，回到西宁不久，在青海作协召开的一个创作座谈会上，我忽然心血来潮地大讲了一通对《白鹿原》的看法。我说，在当代文学中，《白鹿原》是唯一一部让我一口气读完还想再读的小说。我不敢断言它是史诗性的作品，但我至少可以说，它具有史诗的意蕴和史诗的风格。我的涉猎范围有限，迄今为止，好像还没有见到能够超越它的中国文学作品……我越说越多，越说越激动，大有欲罢不能之势。

我的这个发言，很快就传到了陈忠实的耳朵里。一天，并不认识我的陈忠实给我打来一个电话。他称我"乡党"，说他知道了我的发言，他很感动，也很感谢。我估计那些日子，人言籍籍，说法各异，他的心情一定不会平静，就对他说："一部作品出来，有人说好，有人说坏，不足为怪，这恰恰说明作品产生了巨大的影响。作为作者，各方面的意见都不妨听听，相信历史一定会做出公正的判断。"他回答说，"就是的，人靠自己的实践存活，作品靠自身的力量存活，'捧杀'和'棒杀'都是不能奏效的。"

后来，我和陈忠实先生虽只有过几次联系，但我俩的心中一直都有对方。

1999年8月，陈忠实应总后兵站部的邀请去青藏线采风。到西宁的当天晚上，他来电话说他们要上青藏线，明天就从西宁出发，希望我们能见见、聊聊。我于是约了与他熟悉的作家裴林女士，到他下榻的总后兵站部招待所去看望他。陈忠实比我只大两岁，但看上去显得比较苍老，脸上布满了刀刻般的皱纹，从中可见他饱经风霜的经历。他憨厚朴实如关中农民，全然没有名人的架子。一见面就给我让烟，烟是他喜欢抽的雪茄。我说："这烟劲大吧，我怕抽不动。"他用一口浓重的关中方言说，"你没抽，咋知道劲大，抽一支试试。"他的亲切随和，顿时驱散了我初见时的拘谨。我们如同故人般地聊了起来。他说，"裴林在西安编过刊物，我们很熟悉，和你虽然是第一次见面，但感觉也不陌生。富平人吧？兰大毕业？"我接过他的话茬，"对你，我更是神交已久。当年，你在《延河》上发的那些短篇，《接班之后》《高家兄弟》……我一篇不落地都看了。"他笑眯眯地望着我，"嗬，多少年了，还记得这么清楚。那些东西都不值一提，幼稚！"裴林插话说，"不悔少作，谁不是从幼稚到成熟？"他唯唯，"那倒也是。""你的起点其实是很高的，我们那会儿都怀着崇拜的心情把大作当作范文来读呢！"我说。"这就叫差距！"裴林开玩笑说。陈忠实笑了。从他，又说到陕西的其他作家。我和裴林都异口同声，"陕西的黄土地太厚重了，养育了很多优秀的作家，从柳青、杜鹏程，到现在你们这一辈，你，路遥、贾平凹……个个都是响当当的。"陈忠实说，"我特别敬仰柳青、杜鹏程，还有赵树理。路遥英年早逝，他也值得我学习。他在创作上有一种拼命的精神，我写《白鹿原》，也是受了他这种精神的激励。"

考虑到陈忠实第二天还要赶路，我们起身告辞了。陈忠实拿出一本《白鹿原》，递到我手里，说："裴林已经有了，这本书送给你，千里路上带来的，名字是到西宁以后写的。"我打开书，只见书的扉页上写着"贵如兄雅正，九九年八月十二日于西宁。"我说，"谢谢，千里捎书，礼重情浓啊！文章好，字也这么漂亮。"陈忠实笑说，"看得过眼而已。"

两年以后，陈忠实又来西宁。他给我打了电话，我问他要不要通知青海省文联和作协，让他们知道大驾光临，他说："免了。我的一个亲戚在西宁，年纪大了，身体也不太好，我来看看他。私事，就不要公办。"我说："那好，咱们就一起吃个饭。"他又一再叮咛，"小范围，不要太张扬。"就这样，我和裴林等几个人用青海的手抓羊肉、酿皮、面片等特色食品，为西安来的客人接风。听说他爱喝西凤酒，我们特意拿了一瓶西凤，还有一瓶青海的青稞酒。问他要喝哪一种，他说，"入乡随俗，还是喝你们的青稞酒吧。"喝着，说着，我忽然记起，是在一个电视的访谈节目中，主持人说过，"陈忠实认为世界上最浪漫的事，就是喝着小酒，唱着秦腔。"于是我就提议，让大作家来一段秦腔，再浪漫一回。我的话音刚落，陈忠实就立马纠正，"不是喝着小酒，唱着秦腔，而是喝着小酒，听着秦腔，我只会听，不会唱。"我知道，在陕西，像陈忠实这样年纪的人，都会哼几句秦腔，区别只是哼得好还是不好罢了。一般情况下，人们也都对"会唱"表示默认，但陈忠实却一定要声明自己不会。这虽然只是一件小事，但从中却可以看出陈忠实的率真。由此，我又想到了另外一件事：陕西电视台有个叫"开坛"的栏目办得不错，我喜欢看。一次，陈忠实和著名评论家肖云儒作为特邀嘉宾同登"开坛"，话题好像是围绕着改革开放。当肖云儒讲道，"有人认为西安的城墙象征着封闭，局限了西安的改革开放……"陈忠实不待他把话说完，就立即予以反驳，"西安自古以来就是开放的，你们怎么总是拿城墙说事？"他那种愤愤然的语调，那种动了肝火的神情，给我留下了深刻的记忆。尽管，我清楚，他和肖云儒交情甚笃，但一到这种时候，陈忠实那关中楞娃"生蹭楞倔"的一面就显露无遗了。

陕西的黄土地养育了许多优秀的作家，这些作家忠于生活，而且敬畏文学，把文学看作一项十分神圣的事业。他们耐得住清贫，守得住寂寞，有一种对艺术高境界、大目标的追求，有"十年磨一剑"的从容、自信和悠游的写作态度。这是他们能出《白鹿原》这样深刻、厚重的大作品，或者说"伟大的作品"的重要原因。但令人扼腕叹息的是，天妒英才，黄土地没能把这些作家留得更久一些，让他们创作出更多灿烂的文化，写出更多传世的优秀之作。当年，陕军东征的重要人物已经走了几个，路遥走了，邹志安走了，京夫走了，如今，东征的领军人物陈忠实也走了！

伤怀之余，我又感到一丝欣慰，一丝振奋。欣慰的是，在陈忠实去世的几天里，竟有上万名各界人士和群众，自发来到陕西省作协大院为陈忠实送行。5月5日的追悼会上，更是人流不尽，白花盖地，泪雨纷纷。一个作家，一个真正的作家，在他的心脏停止了跳动以后，应该还有一种精神的存在。可以枕着《白鹿原》入棺，能够得到上至党和国家领导人，下至这么多普通群众衷心地怀念和敬仰，不能不说是作家的骄傲；振奋的是，从陈忠实身上，我们真真切切地看到，文学依然神圣，中国人依然有着文学的梦，审美的梦！

一种风华难得似

　　去年 7 月，林锡纯先生在青海大学附属医院住院，我闻讯后去病房探视。林先生躺在病床上，鼻子里插着氧气管，静静地闭目睡着。见我来了，他拔下氧气管儿，紧紧地握着我的手，问道："你怎么来了？"我笑答，"我怎么不能来？"林先生的手凉凉的，很有一点儿嶙峋的感觉。我问他治得咋样？他说，"刚入院的时候医生说得比较严重，经过这一段时间的治疗，已经转危为安了，放心吧。"我说，"那就好，吉人自有天佑，好好治疗吧。"先生的话，令我欣慰，我相信他的身体会一天天地好起来。在较长时间的疏于音问之后，二十来天以前，我给林先生打了电话，询问他最近的身体状况，也说了我过些日子要登门拜望的意思。哪里想到，倏忽之间，先生竟不等我来就悄悄离去了。未能践行诺言，见先生最后一面，于是成为我心中永久的悔和痛。

107

我认识林先生，是在 1988 年。那一年，我由海西蒙古族藏族自治州调到青海省文联担任党组书记。领导交给我的头一项工作任务，就是要集中精力做好省文联和所属十个协会的换届选举。为了尽快熟悉情况，并在换届选举的人事安排等问题上广泛听取各方面的意见，我为自己开列了一个约谈对象的名单，其中就有林锡纯先生。我在电话中说了想和先生聊一聊的意思，不等我去找他，林先生就捷足先登地来到了我的办公室。林先生那时才 50 出头，他身材瘦削，朗目浓眉，显得神采奕奕，风骨岸然。虽然是初次见面，但我们却一见如故，谈得很是投机，从 20 世纪 80 年代生气勃勃的中国文学到我省的文学艺术界，均有涉及。在我的记忆中，他比较多地说了我省文学艺术界，特别是文学、美术、书法领域这个人或那个人的好，这个作品或那个作品的好，而只字未提他个人的坎坷际遇，更没有说自己这些年发表了多少作品，出了多少书，参加了多少展览，获得了多少奖励，在读者和观众中产生了多么巨大的影响。他的宁静和淡泊，与当时一些人生怕错过了什么、耽误了什么的急切、躁动和奔忙，形成了鲜明的对照。他对新时期的文学发轫，对思想解放潮流兴起所流露出的兴奋，也给我留下了深刻的印象。所有这些，都使我对他多了一份亲近和敬重。

在 20 世纪 90 年代的很长一段时间里，因为我在青海省文联工作，也因为和先生同在省记者协会任职，经常一起开会、评稿、研讨，彼此的了解和友谊遂大大加深。对参评的新闻和文学作品，林先生不仅眼光犀利，感觉敏锐，而且坦率直言，好处说好，坏处说不。印象最为深刻的，是他对一篇有关主旋律的论文的评点。他说："我认为这是一篇写得很好的论文，好就好在它提出问题、分析问题、解决问题。这样写，才符合论文的写作规范，而我们现在的很多论文，已经写得不像论文而像讲义了，每逢概念必有一番冗长的解释。每提出一个论点，都要拉拉杂杂地旁征博引一通。我们评的是论文，而不是讲义！"寥寥数语，切中肯綮，不能不让人为之折服。即使对于朋友的作品，林先生也能一针见血地提出批评。记得是2004年前后，西宁市城中区有关部门邀请了几个同志，为他们辖下的南山等几个景区撰写对联，被请的人中有林先生也有我。我把自己草拟的两副对联拿给他看，他看了说，"第一副不错，后一副不好。不好，不在于形式，不在于平仄、对仗，而在于内容，在于'浇块垒'这几个字用得不好。内容为王，无论什么作品都要首先注重内容，哪怕是绝句、小令、楹联。"林先生说得明晰透彻，口气却如切如磋，娓娓道来，毫无居高临下之态。

　　古人常以道德文章来评价人，辛弃疾的《渔家傲·为余伯熙察院寿》一词中，就有"道德文章传几世，到君合上三台位"的句子。这和现在人们熟悉的德才兼备应该是一个意思。道德指的是人的思想品德，文章指的是人的学识学问，而不仅仅是狭义的"文章"。我不妨也以这个标准，说说我对林先生的一点感觉和认识。

　　先说学问，我始终认为林先生的学养深厚，文化修养相当

一种风华难得似

全面，特别是在传统文化领域，他差不多可以说是难得的全才，是一个真正的文人雅士。和他比起来，我等所谓的文化人，充其量只是个文化上的"半吊子"而已。林先生的杂文，深邃犀利，言近旨远，文笔老到，往往想人之所未想，发人之所未发。林先生的诗词，感时伤世，反思自我，胸襟浩远，用笔自如，不事雕琢，感人至深。其中多篇作品上过《诗刊》，并被收入《中国当代诗词选》和《五四以来诗词选》。林先生的散文，叙往事，述友情，记游踪，谈逸闻，情深而笔灵，且多富于知识性，应当归于学者型散文一类。《何当春酒暖，重与话丹青》《魂随蜃影知何处》《教坛终老调，文苑试新声》《今宵只小憩，前路尚悠悠》《众口皆称马，吾心更爱牛》，单是看看这一个个篇名，读者也就不难想象，林先生的文章有着怎样的成色和质地。林先生的书法，俊逸飘洒，具有浓郁的书卷气，评论家誉之为真正的文人字。西宁街头随处可见林先生的书法作品，这也从一个侧面反映了广大群众对他书法的认可和喜爱。

再说道德，林先生数十年如一日地坚持读书、研究、写字，耄耋之年仍然挥毫遣兴，沉潜于诗词、书法的创作，是一个活到老、学到老的典范。他能成为一代文化名家，除了天赋才华之外，主要靠的是这种孜孜不倦地学习、坚持不懈地充电和对传统文化无比深沉的热爱。每每与先生交谈，我都会为他的读书之博、思考之深而感叹，也为自己的孤陋寡闻、浅尝辄止而汗颜。正因为学而不厌，所以，锡纯先生的思想能与时俱进，始终保持着一种新锐的姿态，一点儿也不显得陈旧与过时。他的作品也是年轻的，他对艺术的感觉和探索是敏锐的，这是他德高望重的一个重要原因。难怪先生的身边会聚拢那么多不同年龄的记者、作家和书家。

如前所述，锡纯先生在为人上诚笃、宽厚、谦和、友善，虚怀若谷，从不自以为是，从不盛气凌人，从不以大家、名人自居，从不标榜和推销自己。他有才而不恃才，有学问而不卖弄学问。他对自己一直有着正确的定位和清醒的认识。林先生不止一次地给我说过："我们这一代读书人先天不足，再加上多年的折腾，学识上远不如老一辈，思想上又赶不上新一代。"这是林先生十分真诚的自我剖析，它体现了先生静穆平和的人格修养和人生境界。我仰慕林先生的学识学问和艺术造诣，我更欣赏先生的艺术成果、艺术作品与其道德、人格的完整统一。爱因斯坦在居里夫人的悼念会上说过，"一个人对于时代和历史进程的意义，在其道德品质方面，也许比单纯的才智成就更为重要。"从这个意义上说，林先生留给我们的，就绝不仅仅是作品，更有关于为学做人的原则等诸多启示。

上次出院以后不久，先生约我和其他几位朋友到他家中喝茶聊天。临走的时候，他给我们每人送了一幅事先写就的墨宝，送我的那一幅上，写的是辛弃疾的《贺新郎·甚矣吾衰矣》：甚矣吾衰矣。怅平生、交游零落，只今馀几！白发空垂三千丈，一笑人间万事。问何物、能令公喜？我见青山多妩媚，料青山见我应如是。情与貌，略相似。一尊搔首东窗里。想渊明、《停云》诗就，此时风味。江左沉酣求名者，岂识浊醪妙理。回首

111

叫、云飞风起。不恨古人吾不见，恨古人不见吾狂耳。知我者，二三子。诗后题款为：贵如兄正字，丙申立秋林锡纯书。近日，我再次捧读了先生手书，看着那苍劲的字迹，念着开头的"甚矣吾衰矣"，我不禁百感交集，潸然泪下。先生写的是稼轩词，但其中显然也寄寓了他对岁月流逝、人生易老的深沉感慨，沉郁、苍凉之情展露无遗。这种苍凉，年轻人是体会不到的，只有到了知交半零落的年月，因为有了切身的感悟，也有了由人及己的瞻顾，才越发滋生出来。我甚至怀疑，先生是不是在感到自己身体日衰、余日无多的情况下，采用这样一种方式来与我们诀别？

12月10日从先生府上吊唁回来，心情久久不能平静，遂写了这样一副挽联寄托哀思：天如有眼，应寿百年于俊彦；地若怜才，忍将千古给先生。在微信朋友圈里发出后，总觉得不够分量。毕竟，我对林先生的尊敬和思念，不是这短短二十来个字所能概括的。

王怀信：远去的拍摄英雄

2019 年的 8 月 12 日早晨，我在家里看书，手机的电话铃响了起来，话筒里传来王怀信的儿子小磊缓慢低沉的声音："叔叔，我父亲昨天去世了。"我的心咯噔了一下，只觉得眼前一片空白。太突然了，简直让人不敢相信。虽然已届 82 岁高龄，但王怀信一直步履矫健,精神矍铄,怎么就这样匆匆地走了呢? 听小磊说，逝世的当天，王怀信还和家人兴致勃勃地去了一趟青海湖，并约定第二天再去贵德，不料却突发心梗，撒手人寰。

一

1955 年，高中毕业的王怀信被分配到青海省文化局工作，在文化局下辖的电影院当了一名电影组织员。卖电影票、看电影的工作多少有些枯燥，但由此却培养了王怀信对影视工作的浓厚兴趣。1958年，青海电影制片厂在"大跃进"的锣鼓声中仓促上马，王怀信被选送到北京电影学院进修班学习摄影，并在长春电影制片厂实习过一段时间。等到三年之后回到青海，信心满满的王怀信准备大干一场时，青海电影制片厂却下马了。此后的一段岁月，王怀信沉潜于照相、组织影展等工作，摄像水平日渐提高。1969年，青海电视台成立，王怀信如愿以偿地进了电视台，成了青海台的采编主力，在拍摄新闻的同时，他也涉足于电视纪录片的创作。在这个领域里，王怀信身上潜藏着的艺术才华像火花一样迸射出来，先后拍摄了《鸟岛》《黑颈鹤之乡》《唐蕃古道》《格拉丹东儿女》《走向西藏》《活佛转世》《青海湖之波》等一批广受好评的电视纪录片。

我没有能力对王怀信的纪录片创作进行整体性的概括和评价。就我的感觉而言，王怀信的纪录片创作似有这样几个特点：他的作品，几乎无一例外地都以青藏高原特别是青海高原为题材。高原的风物、高原的人、高原的事，永远是他关注、聚焦和呈现的对象。虽然，他不是青海人，但他显然是把青海当成了他灵魂深处真正的故乡。他热爱这片土地，他早已全身心地融入了这片土地；王怀信懂得深入生活的意义，他把长期、无条件地深入生活当作了十分自觉的责任和使命。他用踏遍山山水水的坚毅和执着，客观、生动地向观众展示出青海高原各族人民的生存环境和生存状态，其作品的内涵是丰富的、深刻的；就其风格而言，他的作品都很质朴无华，不事雕琢，充满了生活的原汁原味原色，显示出浓郁的地域、民族特色，为中国当代电视画廊增添了一道雪域高原的风景，也为开掘青藏地域文化作出了积极的贡献。

和我有着同样看法的人不少。曾经担任中央电视台副台长、中国纪录片学术委员会会长的陈汉元就亲口对我说过："王怀信的纪录片，没有奢华的场景，没有摆拍的痕迹，没有故弄玄虚的花样，有的，只是朴素、真实的镜头和生动感人的故事与细节。"他说他准备以《格拉丹东儿女》为例写篇文章，阐述自己的观点。文章后来写了没有，我不得而知，但在他所主编的一本荟萃全国优秀纪录片的书里，我倒是看见了《格拉丹东儿女》的解说词和推介文章。

二

我认识王怀信，是在 1991 年的 5 月。那时我在青海省文联工作。一天，怀信来办公室找我，说是他看了我和于佐臣合作的长篇报告文学《西部大淘金》，觉得很好，很想把它改编为电视连续剧，问我是否愿意改编，是否可以参加他们的创作团队。他向我通报了姓名，又问我看没看过电视纪录片《唐蕃古道》。《唐蕃古道》，我是看过的，那部纪录片留给我的印象很深，其中的许多画面过目难忘。他这一问，我立马想起，《唐蕃古道》中间或出现摄制人员骑马奔走的镜头，那个总是走在摄制队伍最前面的人，不就是眼前的王怀信吗？尽管只是初次见面，但我们却聊得很是投机。世界很大，世界有时也很小，

115

压根儿没有想到，这个素昧平生的王怀信，和我还是同乡，他的家和我的家相距只有五公里，这使我从感情上与他又靠近了一步。虽然，拍摄电视剧的事因种种原因而未能如愿，但怀信四处奔走、精心谋划的热忱与苦心，仍然令我感动。

王怀信以特别能吃苦而闻名青海视坛，人送其外号"拼命三郎"。他的拼命，既表现在别人不能去、不敢去的地方他能去，他敢去；也表现在别人不能吃的苦他能吃，别人受不了的累他能受。诸如长江源头格拉丹东、黄河源头约古宗列盆地、澜沧江源头、扎陵湖、鄂陵湖、昆仑山腹地、唐古拉山、可可西里无人区等偏远、荒僻以至使人谈虎色变的地方，他都一一做过电视拍摄，留下了许多难得的、后来被别人一用再用的镜头。那时候去州县、下基层，可不像现在这样容易。道路坑坑洼洼，许多地方连勉强可以走汽车的简易公路都没有，只能骑马或者步行。路况差，车况差，加上高寒缺氧，自然环境严酷，各种意想不到的困难和艰危于是接踵而至：冰雹劈头盖脸打来；冷风刺骨，冻得人直打哆嗦；山高坡陡，路滑地湿，王怀信们不得不拽着马尾巴冒雨上山；三更半夜，酣睡中的他们被群狼包围；受惊的野牦牛冲着镜头呼啸而来，险些酿成惨剧……每每说起当年拍片中的这些遭际，怀信总不免慨然动容："苦吗？确实苦。累吗？确实累。但想拍片子，这苦这累怎么可以省略呢？房子里坐着当然舒服，但拍不成电视呀。"王怀信笑言，很长一段时间，他们简直变成了"马背民族"，经常雇马、天天骑马，一走就是七八个小时，感觉浑身都脆了，往地上轻轻

116

一磕就会粉身碎骨。一年当中，大半年都在荒原旷野中行走。一次采访拍摄，少则一二十天，多则两三个月，白天边走边拍，到了驻地，就赶忙搭帐篷，喂马，做饭，说说一天来的拍摄情况，第二天一早，又匆匆打点行装，拔起帐篷，继续登程了。

2004 年，王怀信把他以往的拍摄经历，写成了《青藏屐痕》一书。书稿交付出版社之前，他委托我再看一遍，做些必要的校改和润色。我花了一个来月时间，将这本洋洋 36 万言的作品从头到尾"过"了一遍。为了方便我在校改过程中对一些内容的订正和补充，王怀信同时交给我一本他过去所写的日记。书稿还他之后，他给我留下了那本日记的复印件。近日，我又重读了这本日记。尽管，日记的写作时间距今已有三四十年，但读起来丝毫没有老旧和过时的感觉。字里行间激荡着的，是不被一切困难所压倒的英风豪气，传达出的则是这样一个认识和信念：纪录片是拍出来的！

在此，我想摘引怀信写于不同年代的几则日记，与读者分享，以便使大家更深入、更具体地了解王怀信们的纪录片是怎么拍的。

日记之一：我们三个人骑着马，带着摄像机，一边拍摄一边往里走。走进沟口就遇到河水，沟就是河，河就是路。河底全是大小不一的卵石，最深处可及马肚皮。越往里走水越深，经常淹到马镫以上。河底有许多圆鼓鼓的大石头，很滑，经常出现马被滑倒或是被绊倒的情形。峡谷深处最宽的地方勉强能走两匹马，大多数地方只能容一匹马通过。两侧的山犬牙交错。在这个地方骑马，不但要求骑手的技术好，而且要求特别小心。稍不留意，就会把腿挤到悬崖上，轻则重伤，重则致残。

　　日记之二：从吉尼赛乡过去有一段约五六公里长的河谷里，就有十几座吊桥。当地牧民就地取材，从山上砍些木棍，弄几根钢丝捆绑起来，便是一座供人往来的吊桥了。我的平衡神经最差，走上每座吊桥基本上都是手足并用，战战兢兢地爬过去，其他人也都和我一样，不是走而是爬过去的。马一到这里，任你怎么赶也不往前走。不得已，我们就几个人连拖带拽地强迫它走。十几座吊桥足足走了大半天。

　　日记之三：对于大雨的突袭，我们已经习以为常了。在森林里，差不多每天都要淋几场雨。从进到林子到现在，我们的帐篷、衣物、行李就没干过。这会儿，雨越下越大，还没走到沟底，便已经雨大如泼了。开始，还能辨清前面的路径，走到后来，不要说眼前的路，连马蹄子下面的路都难以看清了。雨大，加上迎面风劲吹，马都纷纷停下来，并自动地调转马头，顶风而立。我们就这么呆呆地在瓢泼大雨中停了40多分钟。

　　日记之四：整整一天，肚子里都没有进过东西，每个人都感到饥肠辘辘，非常渴望能找到一个村庄、一户人家住下来。哪怕是喝一口热汤也好啊！遗憾的是，越是盼望的东西，越是得不到。

日记之五：进入无人区已经一个多月了。这些十分难熬的日子，使我们加深了对无人区的了解。什么叫无人区？通俗地讲就是：干的时候能把你渴死，晒的时候能把你烤死，下雨的时候能把你淹死，寂寞的时候能把你急死，没有路的时候能把你困死……这就是我所经过的无人区，这就是我对无人区的亲身体验。

我不知道，读了这样的日记，我们那些只满足于当"请柬记者""会议记者"，只知道在高楼大厦间穿梭，在文件材料中搜索新闻、从网上剪辑拼贴画面的记者朋友们，该作何感想？

三

对王怀信的纪录片创作，我做过一番探寻和梳理的工作，从中得出的一大感悟是：纪录片是时间的艺术。不用较长的时间，不下足够的功夫去采访、去拍摄，就想轻而易举地弄出一个令人击节赞赏的作品，那只能是异想天开。时间，终究会让真正有价值的东西浮出水面，而淘汰那些虚空的、无用的泡沫。《唐蕃古道》是王怀信的呕心之作，他对这部纪录片的殚精竭虑、不遗余力，是让人难以忘记的。从1981年开始，他就利用空余时间搜集材料，访问专家，并多次往返于西安和拉萨之间进行实地考察。经过一年多锲而不舍的努力，他终于理清了这段史实的头绪，并满怀激情地撰写出了12集《唐蕃古道》的拍摄构想。这个构想得到了青海电视台和中央电视台的一致肯定，双方很快达成协议，决定联合摄制。三年跋山涉水的艰苦拍摄和夜以继日的后期制作，使这样一部大型电视系列片得以同观众见面。可以毫不夸张地说，一部《唐蕃古道》是用四年的守望与劳作，是用1400多个刻骨铭心的日日夜夜，是用血与汗的承受与付出熔铸而成的艺术之花。

王怀信对国家一级保护动物黑颈鹤的寻觅、追踪和拍摄，也是花费了三年时间，辗转奔波了青海、甘肃、宁夏、陕西、四川、贵州、云南、西藏等8个省区。三年的奔波劳碌、风餐露宿，换来的是一部极具科学考察和艺术观赏价值的纪录片《黑颈鹤之乡》，以及黑颈鹤从栖息、繁衍到迁徙的完整资料。

我参与了电视纪录片《青海湖之波》的策划和创作，亲身感受了王怀信和他的伙伴们以天为被、以地为席、背包作枕、睡袋为床的乐观与豪迈，感受了他们跟踪拍摄、一步不落的耐心、恒心和静心，感受了他们精益求精、一丝不苟的认真和执着：不管花多少工夫，下多大力气，都始终坚持一幅一幅地拍，一帧一帧地剪。《青海湖之波》在后期制作阶段，我去过几次青海电视台的制作机房。每次去，都能见到王怀信。他坐在操作编辑机的技术人员旁边，眼睛紧紧地盯着电视屏幕，不时地指点他们对画面做这样那样的调整。无数次地推敲、斟酌和推倒重来，为的是让一个个镜头出奇出彩，摇曳生姿。那么多的素材带，他似乎都了如指掌，能够相当准确地指出哪个画面在哪个带子上，这不能不让人打心眼里佩服。

《青海湖之波》于1994年获得了全国精神文明建设"五个一工程"入选作品奖。当年获得入选作品奖的纪录片仅有三部，另外两部分别是中央电视台的《解放》和南京电视台的《伟人周恩来》。喜讯传来，摄制组里一片欢腾。回首两年多来王怀信们所经历的风雨坎坷，我不由得从心底发出一声感叹：愿意而且能够把一件事做到极致的人，如何能不获得成功？

王怀信的每一部作品，都经历了较长时间的琢磨，自己不满意绝不轻易出手。他以十倍于他人的辛苦，甚至不惜以生命做抵押，去换取一个个珍贵的画面。这是自苦，却也是对艺术的敬畏。这样超常的付出，令其作品涌动着一股打动人心的力量。从中，我们感受到了艺术的厚度与深度，感受到了纪录片的无穷魅力。王怀信的好友、电视艺术家刘郎称王怀信是如同《人与自然》之类纪录片拍摄者一样的"拍摄英雄"，实在不是过誉。

四

我到青海省广播电视厅任职以后，在和王怀信的一次聊天中，谈及职称评定，问他高级记者评上了没有？他回答说："没有。"再问原因，说是因为没有大学学历，评职称的"硬件"不够，资格评审中就被刷掉了。这就让人不好理解了。硬邦邦的作品放在那里，一个所谓的学历"硬件"就能把人拒之门外？这种只重学历、论文，不看实际作为和贡献的评价标准，让人不敢苟同，其影响所及，又何止一个王怀信。于是，我到省上的职称管理部门，就他的职称问题做了专题汇报，陈述了我们的意见，又利用到北京开会的机会，到原广播电影电视部人事司再次汇报（那时，青海省尚未成立新闻系列高级职称评审委员会），还向全国广播电视系统的高级职称评审委员会呈递了一份关于王怀信职称评定的书面材料。不知是汇报起了作用，还是评委们有意破格，反正，王怀信的高级记者职称，这一回是评上了。后来，他又被评为享受国务院政府特殊津贴的专家。对王怀信来说，所有这些，都不是手到擒来、一蹴而就，而是以他几十年如一日的踔厉奋发，以他的吃大苦、耐大劳，以他的下笨功夫和苦功夫换来的。

王怀信给我说过，拍了那么多年纪录片，脑子里装了不少想法。过去的作品，回头一看，有欣慰，也有遗憾。如果让他现在再拍，肯定比当初拍得好。与其说这是自谦，不如说是出于本然的清醒和淡泊的表现。我曾经设想，有朝一日，我们坐在一起，他像白头宫女说玄宗那样，闲话以往纪录片创作的得失利弊，我则打开录音机，把他说的都记录下来，然后再做点延伸和补充，写成文章，我们合作出版一本《纪录片创作断想》一类的书，那该多好啊！怀信也说过，他过去拍电视的时候，还拍了不少照片。这些老照片，呈现的是他在不同岁月、不同地域的观察、感受和记录，它们能为读者透露出许多久远而又新鲜的气息。我也想帮着他对这些老照片做一番整理。遗憾的是，想法不赖，却一拖再拖，始终未能付诸行动。想到以后再也不能见到怀信了，再也无法和他交流，再也难以实现内心深处的梦想，我的眼泪禁不住夺眶而出。

从工作岗位退下来以后，王怀信在山东威海买了房子，打算在那个天蓝海碧的地方安度晚年。但他最终又卖了威海的房子，回到西宁定居。问他怎么又回来了，他回答道："威海的气候确实好，但人需要的不仅仅是空气。青海给不了我充足的氧气，但能给我许多想要的东西。"这是他的肺腑之言。生前，他把自己融入这片土地；死后，他依旧不离不弃，守望着这一片他终生为之奔忙、为之耕耘、为之歌唱的土地。

王怀信离开了我们，但我相信，青海乃至中国的电视史上，是会为王怀信写上一笔的。他的名字，他的《格拉丹东儿女》《青海湖之波》等堪称精品的电视纪录片，一定会比他的生命更为久长。他在长达几十年的创作生涯中表现出来的精神、作风，他拍摄纪录片的激情和态度，更是留给后来者宝贵的精神财富。在深入生活的创作原则每每遭人诟病，在贪走捷径、急功近利、总想一镢头刨出个井来的成片方式日趋合理化，人们对它已经见怪不怪、安之若素的当下，王怀信带给我们的启迪和思考，应该是不言而喻的。

大写的尕布龙

5 月，正是高原上冰雪消融、万物苏醒的季节。虽然步履维艰，嫩绿的草芽还是挣扎着破土而出。道路两旁一派绿茵，小小的鹅黄色连翘一朵朵一簇簇地竞相开放，杨树、柳树的枝头也泛出了朦胧的绿色。

我乘坐的汽车，正行驶在通往海北藏族自治州海晏县三角城镇的 315 国道上。去海晏县三角城镇的一个重要目的，就是想瞻仰时代楷模纪念馆。

2016 年 1 月 3 日，中宣部在中央电视台向全社会公开发布了尕布龙同志的先进事迹，并决定授予他"时代楷模"的荣誉称号。

时代楷模纪念馆就是为纪念尕布龙同志修建的，位于三角城镇湟水大街，2017 年落成。

尕布龙是海晏县的骄傲。时代楷模纪念馆建在离尕布龙家乡哈勒景不远的地方，又为他的父老乡亲平添了几分自豪，几分荣耀。

进入纪念馆，我向矗立在大厅正中的尕布龙雕像深深地鞠了一躬，并献上由红、黄两色花朵组成的一个花束。

在纪念馆一楼大厅两侧的展墙上，我看到了央视"时代楷模"栏目组对尕布龙的赞词和中宣部授予尕布龙"时代楷模"的表彰决定："尕布龙是青海省原副省长、省人大常委会原副主任。他始终坚定正确的理想信念，手握重权不谋私利，身居高位心系百姓，兢兢业业谋发展惠民生，退休后仍带领干部群众绿化荒山，为促进当地经济社会发展和生态环境改善作出突出贡献，赢得了广大人民群众的衷心爱戴。"

纪念馆的展厅分为"追梦赤子心""拳拳公仆情""余生化青山""正气参天地"四个部分。在讲解员的引导下，我将这四个板块中陈列的文字、图片、实物和播放的视频仔细看了一遍。越看越觉得，尕布龙同志的确是一个无愧于"时代楷模"光荣称号的优秀领导干部，是一个纯粹的人，一个大写的人。

一

说起来，我对尕布龙并不陌生。早在20世纪七八十年代，与我一起做过采访的新华社青海分社记者黄昌禄老师，就给我讲过许多有关尕布龙的故事。在纪念馆的参观，又一次激活了我的记忆。那些存储于脑海中的尕布龙的故事，瞬间清晰而又鲜活地呈现于我的眼前。

故事之一：20 世纪 60 年代，尕布龙同志在河南蒙古族自治县担任县委书记。他觉得草原牧民特别辛苦，一年 365 天，不管刮风下雨，不论烈日严寒，天天都要出去放牧，逢年过节也很难同家人团聚。为了让牧民有个休息的机会，从 1965 年起，每年一到春节，尕布龙就带领一些机关干部来草原上帮助牧民放牧。在他担任省畜牧局局长和省革委会副主任以后，仍然坚持这样做。

故事之二：同样也是发生在尕布龙担任河南蒙古族自治县县委书记的时候。一天，尕布龙骑马来到宁木特公社维拉大队的东吾沟牧场。眼前绿茵茵的草地上散布着 20 多顶帐篷。尕布龙跳下马来，弓着腰走进一顶狭小而又破旧的帐篷。经详细询问，得知这一家有兄妹两人，哥哥名叫华叶，双腿瘫痪，丧失了劳动能力，家里生活比较困难，无力购买新帐篷。第二天，尕布龙就把公社、大队、生产队的干部召集起来，在这顶帐篷跟前开了一个现场会。尕布龙语气沉重地说："新中国成立十多年了，还有牧民住这么破旧的帐篷，让我这个县委书记深感惭愧。我没有尽到自己的责任，我对不起党对不起人民……"说到这里，尕布龙的眼泪夺眶而出，在场的干部听了，无不为之动容。散会以后，他们立即采取措施，很快帮助华叶家制作了一顶宽敞的帐篷。

不久，县委召开四级干部会议。尕布龙又让人把华叶家那顶旧帐篷送到县委大院，让干部们都去参观。他要求大家将全县三千多户牧民的居住情况都认真检查一遍，帮助像华叶这样的贫困户解决困难。各级领导由此认识到了关心群众生活的重要性，痛下决心，雷厉风行，在短短两三年内，就把过去牧民住的下雨漏、冬天冷的牛毛帐篷换成了暖和结实的蒙古包。

穿越50年历史的风烟，我们依然能从这样一些事件中，感受到尕布龙同人民群众那种休戚与共的深厚感情，那种水乳交融、无法分割的关系，感受到他对牧民群众的那一颗拳拳赤子之心。

尕布龙当年的有些做法，比如让机关干部替代牧民放牧等，现在的人们未必都能认同，但即便这样，他们恐怕也很难否认尕布龙设身处地为群众着想的一片热诚。这种热诚，从河南蒙旗草原延伸到了省会西宁，从尕布龙风华正茂的青壮年时期延伸到了他的垂暮之年。20世纪70年代初，很多牧民到西宁办事、看病，因人地两生，又不通晓汉语，遇到的困难往往很多。已经来省上工作（先后担任青海省畜牧局局长，省委常委、省革委会副主任，副省长）的尕布龙了解到这些情况以后，就主动接纳八方来客。他将自己只有80平方米的房子用土坯隔成五间半，半间用作自己的卧室，其余五间搭了11张床，用于接待从牧区来西宁看病、办事的农牧民。为此，人们称他的家为牧民店。牧民店接待的农牧民，每天少则七八个，多则几十个。客人住的时间少则两三天，多则半年、一年。为了方便客人熬

127

药、做饭，尕布龙在家里专门安了两个炉子，又自掏腰包买了煤、面粉和牧民爱喝的茯茶。

二

"权力来自百姓，只能服务于百姓，而不能以权谋私。"尕布龙如是说。人们也许很难相信，尕布龙是省级领导干部，他的老伴却始终是牧区户口，他的女儿也一直在家乡放羊。他不让家人、亲戚、朋友"沾光"，却千方百计地为牧民提供方便。他在生活上极其节俭，这是因为，他的大部分工资都用于垫付医药费、帮助困难牧民了。他虽然身居高位，却没有半点权力带来的戾气和油腻，没有半点高高在上的优越感，总是质朴、谦和，处处以普通劳动者的姿态出现。20世纪七八十年代，我多次在他主持召开的会议上看到，每当吃饭的时候，他就帮着宾馆的服务员端菜送饭，收拾碗筷桌凳，忙得不亦乐乎。而正是他的这种平易近人，这种普通，这种"当官不像官"，越发显示出尕布龙超拔的境界、高尚的人格和强烈的公仆意识。

尕布龙的心始终是与人民群众相通的，平常的日子是相通的，关键时刻更是相通的。1985年10月，一场猝不及防的特大雪灾袭击了唐古拉山和青南地区。千里草原被齐膝深乃至齐腰深的大雪覆盖，交通、通讯中断，气温骤然降至零下37摄氏度与零下40摄氏度之间。格尔木市的唐古拉山乡和玉树、果洛两个藏族自治州的三四个县、十多个乡受灾最为严重。300多万头牲畜在极度寒冷和找不到一根草的茫茫雪原上匍匐、挣扎、死亡。饿极了的牲畜，疯狂地啃噬着同伴的皮毛，甚至争食同类的尸体。连藏羚羊、藏野驴、野牦牛等野生动物也都成群结队地拥到109国道两侧，向行人投去惊恐的、绝望的、哀哀乞怜的目光。楚玛尔河边冻死的藏羚羊，冰雕一般矗立在皑皑白雪之中。当时的抗灾指挥部完全可以设在条件相对好一点的格尔木，但尕布龙不同意，他坚持要到灾情最重的地方去，说这样才能靠前指挥，大家只好跟着他西进，把指挥部设在了海拔4500米的五道梁。

作为那次抗震救灾的总指挥，尕布龙头戴一顶皮帽，身穿一件军大衣，带领干部职工夜以继日地疏通乡间道路，分配飞机空投的救灾物资，组织灾民向山下的西大滩等安全地带转移。在缺氧、寒冷、紫外线辐射严重、日光反射强烈的雪原旷野上连续多日的奔波，使得尕布龙的声音嘶哑了，眼里布满了血丝，加上感冒，流鼻血，他不得不在房间里一边输液吸氧，一边指挥战斗。大家都劝他回格尔木休息几天，他说："那怎么行！这是什么时候，许多牧民没烧的、没吃的，一些人到现在还不知去向，我回到招待所，怎么能睡得安生？"

那一年，尕布龙已经59岁，并且患有肺气肿等多种疾病，但他把个人的困难、安危一概置之度外，始终坚守在海拔5000米左右的五道梁、沱沱河等抗灾前沿阵地。我那时担任海西蒙古族藏族自治州州委副书记，在山上只是带有慰问性质地待了几天，便有胸闷、气短、头昏等身体不适之感。年龄小尕布龙 20 岁的我于惭愧之余，不能不对尕布龙油然而生敬意。正是那一年的抗震救灾，加剧了尕布龙同志的病情，以后稍有感冒，他的肺就会出问题。

三

1989 年，青海省委、省政府作出了绿化西宁南北山，改善西宁生态环境的重要决策。西宁南北山绿化就此启动。同年 3 月，绿化指挥部成立，尕布龙兼任顾问。1992 年，从省人大常委会副主任位置上退下来的尕布龙，本应告老还乡，颐养天年，可他却不甘清闲，主动要求担任南北山绿化指挥部的常务副总指挥。

南北山绿化工作开始以后，就采取了由西宁地区各部门、各单位划片承包的做法。青海省广播电视厅（后更名为"青海省广播电视局"）和青海省委党校、青海日报社、青海省新闻出版局、青海省社科院等单位同属泮子山绿化片。我有幸担任了泮子山绿化片的片长。如果不是担任片长，不是亲身经历，我将很难想象，西宁的南北山绿化会有多么困难。这里海拔近 2800 多米，岩石裸露，多少年都是光秃秃一片。要在这样的光山秃岭上植树造林，谈何容易！可尕布龙偏偏不信这个邪。他经常挂在嘴边的一句话就是："事在人为，我不信这南北山就绿不起来！"

按照人们通常的理解，总指挥一类头衔，不过是挂个名儿，听听汇报，作作指示罢了。尕布龙不是这样。在绿化工作之初，他既是总指挥，又是民工，甚至比民工还民工。每天天还没亮，他便早早来到山上挖树坑、抬树苗，等民工们到齐时，他已经抢着铁锹干了快两个小时了。北山上的土硬得像铁，铁锹挖不动，得用钢钎打。一天干下来，常常汗流浃背，疲累不堪。四年苦战，终于有了收获。尕布龙带领民工，在许多人认定不宜植树的大寺沟栽下了 1000 亩树苗，成活率达到 80%。在他们的示范和感召之下，原先对南北山绿化压根儿不抱希望的人顿生希望，越来越多的机关事业单位、社会组织和群众团体，参与到了南北山绿化的行列之中。

从事南北山绿化工作的人都知道，尕布龙一年四季住在山上。他几乎天天都在南北山的沟沟梁梁上奔波，头戴一顶草帽，脚蹬一双解放鞋，身穿一件式样老旧、留着岁月沧桑的中山装。春季，他带领民工植树造林，夏季看防护，秋冬季节看防火。天干火燎的日子，他看林地浇没浇水；下雨了，他又去看这里那里的防洪设施管不管用。早晨，他迎着东方的晨曦出门。晚上，拖着一身的疲困，回到指挥部办公室那一间简陋的小屋。每天的早饭，差不多都是干馍馍就茶水，有时甚至连干馍馍也吃不上。在我担任片长的十年间，尕布龙来我们片区不下四五次。南北山有一百多个单位的绿化区，他和指挥部的同志一一巡查，一一指导。通常，一天要走几十公里路，又都是爬坡过坎、七弯八拐的山路。

记忆非常深刻的是，有一次，我陪尕布龙去查看片区其他单位的绿化区。汽车在山间公路上驰行，我坐在前排的副驾驶位置，他坐在后排。刚上车时，他还跟我们说着话，不一会儿工夫，就听不到他的声音了。我回头一看，尕布龙倚在身后的靠垫上睡着了，睡得很香。同在车上的绿化指挥部办公室的同志说："省长太累了，这两天他又感冒，但他还是要出来，谁也拦不住。年龄不饶人啊！好几次，他在山上走着，脚下一趔趄，就摔倒了，差点滚下山坡……"

来来回回地奔波、查看，使尕布龙成为南北山各个绿化区的"活地图"。哪里有坑有洼，哪里有泵站、水渠或蓄水池，哪里有瞭望台，哪里的幼苗长得欢实，哪里的地质状况不好，他都一清二楚。即使对于我们片区的情况，他了解和熟悉的程度，也常常不比我这个片长差。譬如说，他会对着我们护林房附近的一棵杨树，像父亲面对自己熟稔的孩子那样，惊喜地说："啊，长这么高了！"他也会在开会时猛乍乍地问一句"管道修好了吗？"弄得我一时茫然，不知该如何作答。回到单位一问，才知道我们片区的一段管道，前些日子确实出过故障。

多年的学习和钻研，也使尕布龙成了近乎专家的林业通。他会给你如数家珍地讲述适合在南北山种植的灌木和乔木，讲述以灌养土、以水定林的原则是怎样形成的……他也会指着一棵树的幼苗肯定地说："这是3年生或4年生的幼苗。"问他何以知道，他答道："这树每长一岁，就会在有节的地方分出一些杈子，你数一数它的节，就知道它的年龄了。"

2002年，尕布龙从专职副总指挥的位置上退下来以后，依然坚持上山植树，这一干又是将近十年。十年间，他为南北

132

山绿化倾尽心力，却没有拿过一分钱的报酬。这等思想境界，除了诸葛亮说的"鞠躬尽瘁，死而后已"，我想不出还有什么更为确切的表达。

四

由于在生态建设方面的贡献突出，尕布龙于 2001 年获得首届中国"母亲河奖"，2005 年被评为感动青海的"十大人物"之一。

我觉得很幸运，能与尕布龙有如此近距离的接触。仅凭这有限的几次接触，就使我从他身上感受到许许多多高尚品德。这些品德在我心中引起的波澜和感动是难以用语言表述的。

尕布龙是一个心里有群众也有山水的领导干部。他追求的不是权力，不是财富，而是比权力和财富更重要、更有价值的东西。

我相信，在出任南北山绿化指挥部常务副总指挥的时候，尕布龙的心灵深处一定有一个梦，一个关于南北山绿树成荫、鸟语花香的梦。如今的南北山果然耸立起了葱郁苍翠的森林，成了一个随风摇荡的绿色海洋。尕布龙实现了自己的绿色梦想，他和西宁市的育林人，共同书写了一个绿色的传奇。

尕布龙以自己的实践告诉我们：不是所有的美景都在远方，心间的生态意识和涓涓滴滴的行动，汇聚起来就是一道靓丽的风景。

尕布龙还以自己的实践告诉我们：党的干部赢得群众爱戴不是靠权力，而是靠公信力和人格魅力。

尕布龙之所以是尕布龙，就在于他不管处在什么位置，都能敏锐地感受到群众的疾苦、群众的愿望，并且竭尽所能地帮助群众排忧解难。

尕布龙已经成为百姓情怀、奉献精神和奋斗精神的象征，成为一个鲜亮的时代符号和精神坐标。

参考资料：

1. 尹耀增、唐伟：《尕布龙——用 85 年书写对党和人民的无限忠诚》，《青海日报》2021 年 4 月 16 日。

2. 黄昌禄：《民族报道选》，新华出版社，1993 年。

我的父亲是农民

父亲是 1994 年 2 月 18 日去世的，距今已经 20 多年了。多年来，我一直想写一篇回忆父亲的文章，但几次提笔都没有写成。父亲的人生是平淡的，在社会上他完全是个可以被忽略的人。他的离开和任何一个普通人的离开一样普通，普通得让别人很快就会忘记。但在我的心里，父亲却是那样美好，我的一支秃笔，如何能够抓住对他的长长的思念？

父亲是个农民，终其一生，都在黄土地上耕耘劳作。他只上过两年乡塾，后来通过自学，勉强可以看书读报。虽然自己的文化程度不高，但父亲却非常重视子女的文化学习，他总是说，忠厚传家久，诗书继世长，当多大官，挣多少钱，都不重要，重要的是多读书、有本事。基于这样的理念和认识，不管家庭经济状况如何拮据，父亲都坚定不移地供养子女上学。新中国成立以前，父亲节衣缩食，把幼年丧父的堂兄供得上了高

135

中。新中国成立以后，又供我和弟弟上了大学。如果不是"文革"期间家庭成分上划，弟弟妹妹中可能还会出一两个大学生。我在小学阶段，学习一直比较好，但在小学升初中的考试中，也不知是发挥失常，还是竞争过于激烈，竟然出乎意料地名落孙山。一个农村孩子考不上学，摆在他面前的就只有一条路——回乡务农。偏偏就在这个时候，内蒙古包头刚刚建立的糖厂到我们县上招收工人，我兴致勃勃地报了名，但父亲却不同意我去糖厂，他的理由很简单：你才小学毕业，书念得太少，还是继续读书吧。能读书当然好，但进不了中学，我又去哪里读书呢？我对父亲的想法很不以为然，但鉴于父亲的态度十分坚决，我只好放弃了去糖厂的机会。此后不久，县上的秦剧团又来我们村招收演员。我心里说，这简直是天赐良机，父亲那么喜欢秦腔，又是村里自乐班的骨干，他能不同意我去秦剧团吗？但实际情况却是，我去剧团的满腔热望，再次被父亲泼了冷水，为此，我郁闷了好些天。就在我快快不乐的那些日子里，父亲，一个农民，却在不遗余力地为他的儿子争取继续读书的机会。他一趟又一趟地去我的母校，先是找我的班主任，后来又找校长，恳求他们收留我，给我一个补习的机会。那时的农村学校很少有复读生，受师资力量、校舍规模、办学经费等各种条件的限制，学校也不敢轻易开补习的口子。这从一开始就注定了，父亲的陈述和争取必然是艰难的，甚至是徒劳的。尽管如此，父亲却依然在一趟又一趟地奔波，依然在不屈不挠地向老师们恳求。一段时间，他几乎成了学校的常客，连传达室的门卫都不再声色俱厉地呵斥他了。父亲顾念儿子前途的一番苦心，父亲的坚定和执着，终于感动了上苍，感动了我的老师们，他们破例同意我回学校补习。正是这个得来不易的补习，改变了我的人生轨迹，使我后来有了上中学、上大学的机缘。我当然不是说，上了大学就有多了不起。但可以肯定的是，一个人是否接受过比较良好的教育，结果会是大不相同的。

　　农村孩子的求学之路是艰难竭蹶的，尤其是在我们上学的那个年代。学校里没有学生食堂，即使有，哪个学生也都没有到食堂搭伙的经济能力，于是只能自带干粮。通常，我们都是每周回家一两次去拿馍馍。在上高小和初中的时候，父亲觉得我年龄小，一次要拿五六天吃的馍馍负担太重，就让我星期天去学校时少拿一点，到了星期三或星期四，他再去给我送一次馍馍。就这样，父亲把我应该承担的任务，接过来一半扛在自己肩上。到我上高中的时候，正赶上了蔓延全国的三年困难时期。家里没有粮食做馍馍了，只能以搅和着少量面粉的菜团和糠窝窝来代替；再后来就连菜团和窝窝头也做不出来了，只能每天一下课就回家，和家人一起喝稀粥和菜汤，甚至用玉米芯、植物的茎叶、榆树皮等各种代食品充饥。肚子吃不饱，营养缺乏，人就消瘦、乏力乃至浮肿。从学校到家里的十多里路程，以往不知不觉就走完了，这时却变得那么漫长，不歇歇是走不到的。这样一来，一些同学便不再来上学了，来了的，也处在犹豫观望的状态，时刻准备着卷起铺盖回家。父亲见我情绪低落，就老是给我提神打气："娃呀，碌碡都曳到半坡上了，咬牙坚持吧，心不敢退！"在父亲的一再鼓励下，我终于读完了高中，拿到了大学的录取通知书。接到通知书的那天，父亲的喜悦之情溢于言表，"我儿子考上大学了！"就在同一年，我的大弟也考上了高中，而且是渭北地区赫赫有名的蒲城尧山中学。

父亲一生受过很多磨难，经历过物质上的贫困、辍学的无奈，遭遇过"土匪"把枪顶在脑门上的威逼，但这一切，同"文革"期间的遭遇相比，似乎都不值一提。新中国成立以后的土地改革运动中，我们家的成分被定为中农。"四清运动"开始以后，虽然一度也有过我家成分要被上划的传言，但因实在划不上去，结果还是维持原状。"文革"开始以后，那些唯恐天下不乱、阶级斗争火药味不浓的人极力鼓噪，西北地区尤其是陕西的民主革命极不彻底，很多该划地主、富农的家庭被漏划，因此，需要进行民主革命的补课。在这样的理论指导之下，以层层下达指标的方式，大张旗鼓地开展"清理阶级队伍"的运动。工作组进村以后没过多久，我家的成分就被划为富农，父亲被戴上了"富农分子"的帽子。这真是祸从天降，猝不及防，全家人就像坠入了万丈深渊似的，顿时陷入一片悲伤和绝望之中，由此而遭受的痛楚也是刻骨的、致命的。每时每刻，你和你的家庭都能感觉到自己的"另类"，感觉到周围环境对你的压力。

成分的上划，使父亲沉入万劫不复的痛苦和无望之中。这种痛苦，首先来源于人格尊严的丧失。他被剥夺了一切政治权利，他随时会被人反捆双臂，"揪到"稠人广众面前去批斗，他在和别人一起参加生产队劳动的时候，会被单独限制在一个角落，也会被指派到生产队、大队以至公社去做那些没完没了的义务劳动。我没有见到父亲遭到不公正对待的情形，但亲身经历的两件事情，却使我真切地看到了父亲当时的生存状态，父亲在精神上所承受的压力。

　　家里成分上划的第二年春节，我回老家探亲。临近过年的时候，家乡下了一场雪。雪很大，纷纷扬扬地下了一天一夜。雪刚一停，父亲就扛了一把扫帚外出扫雪，不是只扫我们家门前，而是要和其他"五类分子"（地富反坏右）共同扫完所有村巷道路上的积雪。大年初二，天很冷，逐渐消融的积雪使乡村道路变得泥泞不堪。就在这天早晨，大队革委会副主任来到我家，以命令的口吻，让父亲到离我们家20多里地的县城去拉一架子车煤回来，说是他们办公室的煤快烧完了，今天无论如何得把煤拉回来。父亲怀里揣了两个冷馍，拉上架子车出发了。哥哥自知不能替代，却又于心不忍，便也跟着父亲一起去了。直到天快黑的时候，他们才从县上回来，两个人的头上汗淋淋的，鞋上、裤腿上沾满了泥巴。这让我的心里特别不是滋味。

　　这事过去以后不几天，一大早起来，就看见村口的水井旁边聚了不少人，走过去一问才知道，有人跳井了，人们正在打捞。估计跳下去的时间已经很长了，捞上来的时候，人已然僵硬了。村里有人认得死者，说他是石川河对岸郭村的一个地主分子。父亲知道这事以后，显得非常悲伤。他红着眼圈对我说："我也想死，可我不能死，我死了，岂不是罪加一等,给你们带来更大的牵连。"我的心颤了一下。我没有想到,一向豁达、开朗的父亲,居然会有轻生的念头。在那种日复一日的歧视和凌辱之下,他已经不能忍受了。他想放弃责任和梦想,与这个世界认真地做个了断。还没等我开口,父亲就又说话了:"我怎么不是劳动人民?你看我这手!"父亲伸出了他那一双皮肤粗糙、皲裂、满是老茧,足以证明他农民身份的手。望着父亲的一双手,望着他花白干枯的头发在昏黄的灯光下,像冬日的衰草一样虚幻着、蓬乱着,一种难以名状的酸楚,立时漫上我的心头。我知道,在庄稼人的行列里,父亲绝对是一把好手。耙耱、扬场、摇耧、铲麦,这些农业生产中技术性很强的活计,没有一样难得住他。小时候跟他去地里割麦,我于腰酸腿疼之际,总是异常羡慕父亲的轻松自如。我曾经仔细地看过他割麦,那简直可以说就是一种不无浪漫意味的舞蹈表演。只见他轻舒猿臂,一把飞快的镰刀远远伸出去,贴着地皮轻轻一划,一把金灿灿的麦子已被左手拢到腰间,右手抽出一绺麦子,魔术般地打个"钥",没等你看清楚,一个整齐的"麦个子"已经戳在地上了,摔都摔不散。

　　成分上划带来的后果可以说是立竿见影。我的大弟1966年高中毕业后,正好赶上大学停止招生,只能回乡务农。后来,因为村小学的教员缺额,他仗着有点文化,被吸收为学校的代课教师。家里成分上划之后,一些人就在私下里叽叽喳喳:"队里贫下中农那么多,干嘛要让一个地富子女教学呢?"于

140

是弟弟的教师身份很快就被褫夺了，年龄小一些的几个弟、妹，学习本来都不错，遇到家庭的这种变故，自知前途无望，学习再好也白搭，便一个接一个地退了学。这对父亲来说，是最为残酷、最为沉重的打击，他觉得是他的富农分子这顶帽子株连了孩子，断送了孩子的前途，因此而陷入了无穷无尽的愧疚和自责之中。他一下子衰老了，性格也发生了很大的变化，过去的爱说爱笑不见了，看到的只是一个沉默寡言，整日坐在门口的石墩上抽旱烟的老汉。以往一场也不落的秦腔自乐班活动，再也不去参加了，那把他曾经钟爱有加的板胡，扔在墙角里动都不动了。就连我们想和他一起说说话，聊聊天，似乎也变成了一种奢侈。肉体和精神的双重折磨，使父亲几乎变成了另外一个人。

幸喜的是，"文革"终于结束了，父亲的问题得到了平反昭雪，我家的成分又回归中农。笑容，又出现在父亲的脸颊眉梢；尘封多年的板胡，再次发出了它欢快的、激越的歌唱。大弟在恢复高考制度的1977年，如愿考上了大学。全家老老少少，都从出身成分的浓重阴影里走了出来，开始了他们新的人生旅程。父亲又恢复了他读报纸、听广播的习惯。他专程去县城买了一张邓小平的画像，拿回来贴在堂屋的墙上。他的记忆力非常好，报上看的，广播里听的，不少都能记住。言谈话语之中，时不时还会冒出一两个新词，让人惊喜不已，也让人忍俊不禁。我在海西蒙古族藏族自治州州委担任副书记那会儿，父亲来过一次。回去的时候，我送他到德令哈火车站。临上火车了，他忽然抓住我的手，说："远天远地的，来看一回，我就放心了。好好干，当好人民的勤务员！"语气是那么庄重，眼神是那么热切，让人心里一时热乎乎的。这么些年，如果说，我还不至于过于张狂，过于怠惰，那么原因之一就是，我不愿辜负父亲对我的满腔热望。

人到晚年，当脚步日渐迈向生命的边缘之时，亲情越来越成为他们生活的核心。这时，就特别需要子女"常回家看看"。我回家看过父亲和母亲，但是，老实说，回得并不多，每次去，也都是匆匆忙忙的，说不了几句话就走了。从 1988 年开始，父亲就觉得胸口闷，不舒服，到村上的合作医疗站做过检查，说是得了胸膜炎，打针吃药总不见效，我打算带他到县上或西安的医院好好查查，但因单位上这事那事的打搅，检查便一推再推，父亲觉得自己是该老的人了，不愿意住院治疗，怕给别人添麻烦。我本来应该态度坚决地送他住院，可却没有这样做，一直到他去世，我都始终说不清楚，他究竟是死于何种病症，是原先说的胸膜炎发生了病变，还是又添了新的病症？现在回过头来一想，人子做到这个份上，实在应该受到良心的谴责！"文革"期间的那些年，父亲见了我总要问："青海对你咋样？他们不会把你开除回来吧？"然而我却很少问过他，"你过得咋样？他们在批斗会上怎么对待你的？"

父亲病危的时候，家里打来电话，要我赶快回去，可我仍身不由己地在那些事务堆里纠缠。后来急急忙忙地往回赶，然而已经迟了。父亲在我进家门之前已经撒手人寰了。

望着父亲那已经闭上的眼睛，我心里升起一股极大的苍凉和哀伤，我知道在这个世界上，我已经永远失去了那个赋予我生命的最亲的人，我感到一种空前的无助和孤独，连院子里的阳光也都变得暗淡了。听妹妹说，父亲临终前，还一直在喃喃呼唤我的名字，泪水便抑制不住地从心底涌出，洪水一般在脸颊恣意流淌。这时，只有在这时，我才猛然意识到，我对不住父亲。工作是永远干不完的，而父亲却不会一直等着我。

"我永远忘不了我是一个农民的儿子，那一年是父亲赶着牛车将我送进城读书的。"这是俄国诗人蒲宁在他的自传中说过的话。同他一样，我也是一个农民的儿子，是父亲费尽千辛万苦，送我进城读书，从小学直到大学。

我从来没有因为自己是农民的儿子而羞愧而自卑，相反，我为有这样一个农民父亲而自豪而骄傲。如果人生真的有来世，那么，来世，我还愿意做这个农民父亲的儿子。

我的父亲是农民

143

高澍，我的好兄弟

　　第一次见到高澍，是 1973 年，在他所工作的柴达木汽车修理厂。他穿着一身油渍斑斑的工作服，正全神贯注地在车间里干活，俨然是一个地地道道的工人。

　　高澍出生在一个家学渊源深厚的知识分子家庭，父亲一辈中兄弟几人都是大学生。他的父亲在 20 世纪 50 年代因涉嫌"反革命案"而锒铛入狱，冤死狱中，母亲随后改嫁。少失怙恃的高澍只好跟着奶奶，生活在曾任新华社香港分社社长的叔父周南的家里。1968 年大学毕业后，高澍被分配到青海海西蒙古族藏族哈萨克族自治州大柴旦镇的柴达木汽车修理厂当工人。我与他同一时期来到海西，在距大柴旦 200 公里的德令哈工作。因为年纪相当、经历相似、气味相投，我们很快成了相契甚深、无话不说的朋友，我到大柴旦出差会去找他，他来德令哈也会找我。

高澍毕业于清华大学，他不仅理工科根底扎实（我们常笑说他脑子里装了半个硅谷），而且涉猎广泛，知识面宽，用博览群书、杂学旁通来形容他，一点也不过分。我学的是中文，涉及文学话题，他知道得比我多。从《诗经》到唐诗宋词，从汤显祖的《牡丹亭》到袁枚的《随园诗话》，再到列夫·托尔斯泰的《战争与和平》、雨果的《九三年》，他如数家珍。读他的文章，其思想之缜密，文笔之老练，也使我不免有自叹弗如的感喟。高澍单纯透明，喜怒哀乐挂在脸上，有着嵇康式的迂直和耿介。他思维敏捷，出语幽默，常常侃侃而谈，妙语连珠，但有时也会莫名地忧伤。在别人高谈阔论的时候，他却默然不置一词，甚至会无视他人的存在，站起身来就走，连一声招呼都不打。对于自己信赖和服膺的人，高澍礼敬有加，掏心掏肺，而对于他不大感冒的一些人，则常常以讽刺挖苦的语调，表达他的不满和不屑。记得有一次，我和高澍在路上走着，他忽然说："给你提供一点小说素材吧：有那么一个人，当官的，他本来是坐在办公室里打瞌睡，可一听到外面的脚步声，知道有人来找他，便立马正襟危坐，抽出笔筒里的红蓝铅笔，使劲地在书本的字里行间画道道；他本来昂首阔步地走在路上，看见对面过来人了，就赶紧弯腰捡起地上废弃的一颗钉子，嘴里还念念有词：'这不是浪费吗？不像话！'"说完，高澍哈哈大笑："怎么样，够典型了吧！"我问他此公乃何许人也，他答曰："远在天边，近在眼前，实有其人，非我杜撰也。"毫不隐讳自己的情感好恶，始终秉持自己的秉性、志趣和追求，这就是高澍。

145

正因为不苟流俗，不曲意迎合，哪怕是身处逆境，也依然不平则鸣，嬉笑怒骂，风标落落。所以，高澍后来的命运就不那么好。1974 年，"批林批孔"运动开始以后，高澍因为对厂里个别领导的行事、做派有意见，就意气用事地写了几张大字报，贴在大柴旦的街头和德令哈最显眼的人民商场门前，因而惹得一些领导老大不快。为此，高澍付出了惨重的代价。清查"四人帮"残渣余孽的运动开始以后，他在厂里首当其冲地受到了惩罚，接着，又被一纸调令调配到了都兰农机厂。还在他没去都兰之前，我们就有"截留"他的想法。但是在我们表达了这样的愿望之后，一位主管干部工作的领导立即驳回了我们的请求："留在州上，其他人可以考虑，高澍不行。据厂里反映，这是一个自高自大、目无组织的反党乱厂分子。正因为这样，才要下决心把他调出来。"乖乖，"反党乱厂"，多大的罪名！看来我们人微言轻，这忙是帮不上的。幸喜的是，不是所有的人都这样看待高澍。当我把上述情况向时任州委宣传部部长的王平顺汇报之后，他摇了摇头，不无遗憾也不无感慨地说："他（显然是指对高澍成见甚深的领导）就是党？对他提点意见，就是反党了？有本事，能干，就是大好，别的缺点毛病算什么"。这话放在今天，已经不算新鲜，但在党的十一届三中全会召开前的 1977 年，还真给人以醍醐灌顶、振聋发聩的感觉。"截留"虽然没有成功，但多少还是起到了一点铺垫的作用。1979 年再调高澍，就没有多少磕磕绊绊的事了。

后来的事实完全证明，高澍是一个有水平、有能力，工作特别认真负责、任劳任怨的编辑，也是一个很称职的刊物主编。记忆深刻的是：高澍对作者真情关爱，尤其是对那些初涉文坛的年轻作者。但凡其作品有一定基础，高澍都会帮助他们修改润色，予以采用，即使不用，也都写上意见退还作者，或者把作者请到编辑部面谈。人们从高澍编过的稿件上，总能看到他修改过的许多痕迹，感受到他甘为人梯的高风亮节。有的文章，整段文字甚至都经过了他的重新撰写。海西那时能够产生一个作家群，与文学刊物《瀚海潮》的创办大有关系，也与编辑部里有高澍这样慧眼识文且对作者充满爱心的编辑大有关系。高澍对工作满腔热情，十分投入。《瀚海潮》创办之初，在海西州印刷厂印刷。州印刷厂以前只承印文件之类的印刷品，文学刊物用字浩繁，编排、装帧等都有更高的要求。那时还没有激光照排的技术，检字，特别是捡寻一些生僻繁难的铅字，对一些文化程度不高的工人师傅来说，还是有些难度的，稍一不慎就会出错。有鉴于此，在每期刊物发排之后，高澍一有时间就去检字车间，帮助工人辨认和查寻铅字。在州印刷厂的检字车间，我多次听到工人师傅对高澍的赞扬："他现在是我们的师傅。"高澍有着良好的专业素养和导向意识。20世纪80年代中期，省内一家文学刊物发表了一篇贬损鲁迅的文章，旋即在全国掀起了一阵轩然大波，引起了众多文艺界人士的义愤和谴责。这篇文章一开始是寄给《瀚海潮》的，编辑部研究之后决定退稿。为了慎重起见，高澍又把稿子拿给我看。我看了这篇文章之后，和高澍做过一番认真的讨论。从文章的具体观点，

147

说到它的总体倾向，以至说到郁达夫在纪念鲁迅大会上讲过的一段话："一个没有英雄人物出现的民族是一群可怜的生物群体，而有了英雄人物却不知道崇拜和爱戴的民族是一个没有希望的奴隶之邦。"最后，我们一致的看法是，我们的刊物不发这篇稿子是对的。不发，是对鲁迅先生的崇仰和捍卫，是对读者的负责，也是对刊物的爱护。今日重提旧事，我丝毫没有标榜自己的意思，而只是想借此说明，在一些事关舆论导向的重大原则问题上，作为刊物的一个负责人，高澍的头脑是清醒的，认识是明确的，处置也是妥当的。

以高澍所拥有的名牌大学毕业生、年富力强、文理兼通等个人条件，改革开放以后，无论是考研还是调离海西，另谋高就，大概都不是太难的事，可高澍却从来没有动过走的心思。直到 1986 年，北京一家媒体发来了商调函，准备调他去当编辑，这走与不走的问题才成了高澍不得不面对的现实。高澍拿着北京方面的商调函来找我，我问他："留下来可以吗？"他回答说："我考虑了很长时间，还是走吧，过了这个村不一定再有这个店。"我想也是，高澍学校一毕业就来到海西，在海西已经待了快 20 年了，好不容易才有了这么一个回京的机会，我们应该尽量成全他的愿望。但鉴于高澍在海西是个小有名气的人物，我作为州委副书记，不能擅自做主。这样一来，我便向当时的州委主要负责同志王汉民作了请示。汉民同志基本同意我的意见，他明确表示："人才难得，我们先尽量挽留吧。海西缺人，尤其是缺像他这样的人。"随后，我便陪同汉民书记去了高澍的家里。我们恳切地向他表达了州委的挽留之意。高澍沉吟了一阵，出乎我意料地说："好吧，那就不走了。"后来，高澍告诉我："本来是下定决心要走的，可你们一来，不知为什么，要走的话却怎么也说不出来了。海西对我不薄，我要是坚持一拍屁股走人，那就不够意思了。"

万万没有想到的是，我们的真心挽留，竟然把高澍永远地留在了柴达木。在 1987 年 8 月 9 日一次突如其来的车祸中，高澍不幸遇难。我是州上最早得知这一噩耗的人。州委宣传部的苏晓然气喘吁吁地跑来找我，说是高澍出事了，我问人现在在哪里，他说在州人民医院。我连在家里穿着的拖鞋都没有来得及换，跟上他就往医院跑。走进病房，看见躺在病床上的高澍头上脸上都有血痕，摸了摸他的胸口，胸口好像还热着，但围在旁边的医生说："高澍的头上被汽车撞开了一个 3 厘米深、11 厘米长的口子，脑颅破碎，生还的希望已经没有了。"人的生命竟然会这么脆弱，生龙活虎般的一条汉子，眨眼之间，就去了另一个世界。望着床上再也醒不过来的高澍，我禁不住失声痛哭。高澍啊高澍，你才 43 岁，你的孩子才上小学，你怎么就忍心撇下他们扬长而去呢？你担任州广播电视局局长（兼海西州委宣传部副部长）才半年，多少人对你寄予厚望，你自己不是也正在调查研究，着手绘制海西广播电视事业发展的美好蓝图吗？你不是还说，要积极争取省上支持，尽快将广播电视的微波线路通到海西，让海西人也看上青海台的电视节目，并要组织力量，好好拍一些反映海西山川形胜、人文风情的纪

149

录片吗？你怎么能说走就走，将夙愿付之东流呢？

　　高澍的后事是我主持办理的，办得朴素而又隆重。我们都想用这种备极哀荣的方式，表达对高澍英年早逝的惋惜和悼念。高澍追悼会开过之后的很长一段时间，我老是出现幻觉一样的疑惑，高澍真的死了吗？虽然这疑惑一闪而过，只是恍惚着。许多时候，我又觉得，高澍没有死，他随时都会推开房门，站在我的面前，微笑。那一身半旧的中山装，那深厚的男性的嗓音。我无法相信这些俱作梦中容颜！

　　高澍的死，肇事司机无疑应负主要责任。他酒后开车，在昏昏然的状态下，看见对面来人却不知避让。而高澍那一天也喝高了，以致在与汽车擦肩而过的时候，反应不够机敏，错失了挣脱死神魔掌的机会。党的十一届三中全会之后，随着父亲冤案的昭雪，暌隔20余年的母亲也与他在武汉见了一面，加之工作顺利、前途看好，高澍的喜悦之情溢于言表。我能明显地感觉到，那几年，是高澍活得最神采飞扬的一段时间，常常能听到他那爽朗的笑声，看到他激情迸发的文字和喝酒时的豪迈气概……这一切，于今都飘然远去、无影无踪，如何能不让人痛心入骨，几番垂泪！

　　高澍，我的好兄弟，愿你的灵魂在天国安息！

功业长留柴达木

  大约是在 1972 年的春天吧，我去乌兰县采访，认识了时任乌兰县革委会副主任、县委副书记的高尼同志。作为被采访的县上领导，高尼态度之谦和，思路之清晰，特别是他对基层情况的了解、掌握之深，给我留下了难忘的印象。时隔不久，高尼就调到了州上工作，担任海西蒙古族藏族自治州革委会副主任、州委副书记。我们都住在州委大院，彼此见面的机会很多。1983 年我担任州委副书记以后，与时任海西州委副书记、海西州人民政府州长的高尼在一个班子工作，经常一起开会，一起去基层调查研究，相互的了解和友谊遂大大加深。

  高尼是一个土生土长的民族干部。他从最基层的区、乡干部做起，兢兢业业，勤勤恳恳，踏踏实实，一步一个脚印地走到了一州之长的位置上来。他小时候，由于家庭经济状况和当时海西教育环境的制约，没有也不可能接受良好的教育。他的

151

文化程度，他对母语——蒙古语和汉语言文字的驾驭能力，都是在1954年参加工作以后，通过个人的刻苦自学和进干部培训学校"恶补"出来的。一个从小放羊、新中国成立之初就参加了革命工作的少数民族干部，能讲一口流利的汉语，能把一份文件或一篇讲话稿读得很溜而又绝少差错，其背后所付出的艰辛，所包含的比"囊萤夜读""凿壁偷光"更为动人的故事该有多少！常用汉字大约在2500到7000之间，读错字、写错字是常有的事，包括我们这些上过大学中文系的人都很难做到万无一失。记得有一次，我在会上讲话时把"粗犷"的犷（guǎng）读作（kuàng），自己却浑然不觉。等我讲完话之后，坐在我旁边的高尼就用钢笔在他的手心上写了一个"犷"字，问我说："这个字到底应该读guǎng还是kuàng？"我一时有点茫然，不知该如何作答。会后一查字典，才知道自己读错了。第二天见了高尼，我发自衷心地说了一句，"高州长，谢谢您！那个字应该读guǎng，我昨天读错了，你是我的一字师。"开始，高尼没有听明白我的意思，待我做了一番解释之后，他却连连摆手，"哪里的话！你是大学生，我是没上过几天学的小学生，你才是我的老师。"

有一次开会之前，我无意中看到高尼放在桌子上的讲话稿，这才发现，高尼在自己不熟悉或者不认识的汉字下方，都用铅笔标注了一个同音字或蒙古语音译。这说明，他在开会之前，已经十分用心地阅读了文秘人员代拟的讲话稿。仅此一端，就足以表明高尼对工作、学习的认真负责和一丝不苟。即使脱开讲稿即席讲话，他一般也能做到理论联系实际，把一个问题表述得有条有理、清清楚楚。

高尼出生于牧民家庭，他对农村牧区和农牧民群众怀有深厚的感情。即使后来当了州级、省级干部，他依然保持着劳动人民的本色，保持着与人民群众特别是基层干部和群众的密切联系。他像亲人一样地对待他们，关爱他们。我跟随他在茶卡公社调查研究，亲身感受到他和农牧民群众的亲密无间，感受到他的平易近人，和蔼可亲，没有任何架子。这里的不少人他都认识，不但能随口叫上名字，而且能说出他们家里的一些基本情况，诸如"这个人新中国成立前在茶卡盐湖当过盐工""那个叫希林白的女人是个放牧能手，得到过省政府的表彰奖励""刚才跟我们打招呼的那个妇女的丈夫去年因车祸身亡"等等。群众见了他，也不像见到其他"大干部"那样拘谨，即或是与他初次见面的人，仿佛也有说不完的话似的。

我到州委工作以后，和高尼同志比邻而居，经常看到他家门前的杨树上，要么是拴着一匹马，要么就拴着两三峰骆驼。不用说，这些马或骆驼的主人，一定是来找州长的草原牧民。他们一起聊家常，聊牧业生产，聊牧区这样那样的事。牧民把自己的欢乐、苦恼和心里话都说给他听。这使他深刻地了解了百姓的情绪、愿望和追求，使他多了一份岁月静好中的清醒头脑和忧患意识，也使他在工作中能够更好地结合海西的实际，实事求是、因地制宜地确定工作思路。举个例子吧：20 世纪 80 年代，食盐的生产和销售一度成为海西经济发展的重要支

153

柱，在全国的十个民族自治州中，海西是唯一一个财政自给并略有上缴的自治州。一些同志因此而踌躇满志，觉得我们的工作已经做得不错了，高尼同志严肃地批评了这种固步自封、不求进取的思想情绪，他说："财政自给，食盐销售突破百万（吨）大关，都值得自豪，但我们也不是没有缺陷，没有遗憾。柴达木的盐湖里有多少宝贝啊，可我们到现在却只能挖盐、卖盐。人家日本人把我们察尔汗钾肥厂的矿渣买回去，就捣鼓出了比钾肥价值还要高的产品。这不就是差距？"正是在海西食盐生产和销售的鼎盛时期，高尼和州委、州政府的其他领导，把锂、镁等盐湖资源提取、分离的工艺技术研究，及时地、果断地提上了议事日程。他们积极筹划，多方联系，为改变海西"单打独斗"的资源粗放式开发局面而竭尽努力。尽管，柴达木地区钾、镁、锂、硼等资源的提取分离和加工利用，是在本世纪初渐成气候的，但其中许多开创性、基础性的工作，却起步于高尼担任州长的时候。从这个意义上说，柴达木地区从昔日的一"盐"（食盐）一"钾"（钾肥）到现在的梯级开发、综合利用，高尼等同志是功不可没的。

一个时期，牧读小学成为牧区小学教育的一种主要办学形式，教师在草原上巡回教学，学生边学文化边参加一些牧区的辅助性劳动。高尼通过调查研究，在一次州委常委会上表述了他的意见。他认为"牧读小学可以办，特别是在一些偏远的牧区。但牧读小学最大的问题是，由于巡回教学的间隔时间太长，教学质量因而难以保证。许多牧民都对我说，一个学生一年的实际学习时间还不到一个月，结果就是学着忘着，学了后面的忘了前面的。有的学生都上了一两年学，可连蒙语、藏语的二三十个字母都没认全。这怎么行？看来，牧区的小学教育还是要以办寄宿制、半寄宿制的民族小学为主。"这个意见，得到了与会者的一致赞同。随后，通过干部、群众的统一认识、积极作为，海西所属各县都办了寄宿制的民族小学，广大牧民群众那时特别关心的一个问题，由此得到了较好的解决。

海西是个多民族聚居的地方，有蒙古族和藏族两个主体民族，民族团结工作对于海西的发展至关重要。作为州上的主要领导，高尼对此有着十分明确的认识。他以身作则，率先垂范，为建立友好和谐的民族关系做了许多令人感佩的工作。我在担任州委副书记期间，一度分管组织工作。我感到，凡是涉及干部的选拔任用，高尼都能坚持德才兼备、任人唯贤、公道正派和民主集中制的原则，都很尊重组织部门的考察结论，而从来不把个人的意见凌驾于组织之上，不让做具体工作的同志无所适从。在一些涉及民族关系的问题上，尤其能够体现高尼的坚持原则、秉公而断。有一件事，虽然过去了三十多年，但我仍然记忆如昨：1985 年 9 月，我和时任海西州人大常委会副主任的张昆山去天峻县参加县上召开的人民代表大会。到达天峻的当天晚上，即得知天峻县的关角乡和与之毗邻的乌兰县铜普乡发生了草原纠纷，双方群情激愤，剑拔弩张，械斗有一触即发之势。情况危急，刻不容缓，我们和县上的同志于是连夜驱车赶往出事地点。铜普乡以蒙古族群众为主，关角乡以藏族群众为主。在两方各执一词、互不相让的情况下，为了避免事态进一步扩大，我们作出了双方人员各后撤三公里的决定。不承想，铜普一方的撤离线正在划定，一群情绪激动、手执棍棒的牧民群众却从斜刺里冲了过来，将我和张昆山团团围定。有人乘混乱之机，在我的后腰捅了一棍，使我差点摔倒。这起草原纠纷，后来得到了妥善处理，具体的处理过程我不再赘言了。我想说的是，在纠纷处理的从始至终，州、县的蒙古族和藏族领导干部，都秉持了一个正确的原则：不偏不倚，一碗水端平。高尼同志的态度，尤其让我感动。他听人说我在出事现场"挨打了"，并不因为铜普乡是自己的蒙古族同胞而有丝毫偏袒。他对我说："他们太不像话了！你是代表州委、州政府去处理问题的，他们怎么能这样做？此风不可长，他们必须向你赔礼道歉。"几个月之后，铜普乡果然来了七八个群众代表，他们带来了一条哈达、二包茯茶，说是向我赔不是来了。这使我深为感动，一股热流瞬时漫淌在心中。我抱拳向他们揖了一礼，又给每人敬了三盅酒，感谢他们风尘仆仆、远道而来的高情大义，也感谢在纠纷处理过程中高尼等领导同志的鼎力支持。

海西历史上的第一份文学刊物《瀚海潮》创刊的时候，我向高尼同志作了汇报，希望他能给予支持。高尼答应得非常爽快："好事，应该支持！多培养点写家，好好宣传柴达木！"在《瀚海潮》的影响下，蒙古语文学刊物《花的柴达木》和藏语文学刊物《岗坚梅朵》也相继问世。后来的事实完全证明，高尼不是虚于应付，而是实实在在地做了工作。无论是在办刊经费还

156

是人员编制上，在政府工作的高尼和尤金等同志都给了这几个刊物以难能可贵的支持和关爱。至于在中学教师的招聘、地方志的编纂、广播电视节目的制作和播出、民族古籍的保护整理、民族图书的出版等方面，高尼同志那种一以贯之的加油、扶持，至今回想起来，仍然令我感念不已。没有他的倾力扶助，海西的文学艺术等事业不会那样繁花满树。

1989 年元月，作为海西选出的省人大代表，我和高尼一起来西宁开会，并被安排在同一个房间住宿。房子是个套间，外间会客，里间放着两张床。第二天吃过晚饭回到房间，我发现房间的格局变了，里间的一张床被挪到了外间。我问高尼是怎么回事，高尼说："我夜里呼噜打得厉害，影响你睡眠，所以，我刚才和服务员一起，把我的床挪到外面了。这样，你夜里就能睡得好一点。"说起来，这只是一件小事，但往往是在这样一些细枝末节的小事上，最能体现一个人的品德修为。论职务，高尼是我的领导；论年龄，高尼是我的兄长。他这样设身处地地为他人着想，如何能不让人五内感铭？

功业长留柴达木，德范犹熏后来人。高尼同志对海西乃至青海的改革发展倾心竭力，对党和人民的事业忠心耿耿，党和人民不会忘记他。

走近左良

　　还在柴达木盆地工作的时候，我就知道，青海省有一个著名的画家左良。那是 20 世纪 80 年代初，青海的文艺作品还很少能在全国性报刊发表，左良的版画《牦牛赛》《昆仑月》《路，才刚刚开始！》《高原风》《故土沧桑》《藏原新市》等便频频出现在《人民日报》《光明日报》《美术》等报刊上，朴厚沉雄、刚健大气的画风给人以强烈的视觉冲击。后来，我到青海省文联工作，与左良成了同事，遂与他由相识而相熟，由相熟而相知。虽然，多年以来，我和左良的个人交往并不多，但这种淡淡如水的君子之交，在我看来，倒是更为珍贵。

　　在我的印象中，左良是一个真诚、勤勉、执着、务实、善于思考、敢于承担、责任心很强的人。这个特点，不仅表现在他的艺术创作实践上，而且表现在他为发展青海美术事业所付出的竭诚努力之中。就个人创作而言，左良无疑是新时期美术创作中一位很有成就的艺术家。从 20 世纪 80 年代初至今，他的作品接连入选第六、七、八、九、十届全国美术大展和第七届至第十六届全国版画作品展览，以及其他专题性、学术性全国美展，多次获奖，数十幅作品被中国美术馆、中南海、人民大会堂收藏。连续五次荣获青海省文学艺术创作奖。这些骄人的业绩，成就了左良在青海乃至全国美术界无可争议的位置。但是，熟悉内情的人都知道：与个人创作相比，左良在青海美术事业的组织工作方面，则花费了更多的心血，抛洒了更多的汗水。1976 年之后，左良就一直参与青海美协的组织工作，1981 年任常务理事，1985 年任秘书长，1988 年省美协换届选举，左良当选主席。到 2003 年年底，年龄到限换届交班，左良实际主持青海美协工作近二十年。

　　青海省从 20 世纪 50 年代到"文革"之中，曾相继接纳过一些冠绝一时、多才多艺，却在历次政治运动中受到不公正对待的艺术家。这些人为青海美术事业的发展作出过很大贡献。十年浩劫过后的最初几年，青海美术创作曾一度呈现大家林立、佳作迭出的动人景象。随着改革开放以后干部政策的落实，以朱乃正、王复羊为代表的一大批艺术家陆续离开了青海。在东、西部差距不断拉大的形势之下，又有一些青海培养的本地艺术家，纷纷去内地和沿海地区谋求发展，由此而造成青海美术队伍实力的严重削弱，青黄不接；另一方面，青海作为欠发达地区，经济发展相对滞后，财力十分拮据，这不能不对全省美术事业的发展造成极大的制约。应该说，左良就任省美协主席一

走近左良

职时，乃受命于人才断档之际、经费困厄之中。面对这一严峻现实，左良和他的同事们千方百计克服困难，不遗余力地"惨淡经营"，凝聚人心，营造祥和温馨的艺术环境，集中力量主攻支撑省美展与上送全国美展的创作，同时注重发现和培养后备力量。在入选、上送、评奖名额有限时，拿下评委的作品为新秀让路的事例屡见不鲜。正是在左良和他的前任朱乃正、王复羊、曾道宗等同志的不懈努力之下，青海美术界历史上遗留下来的一些矛盾纠葛、恩恩怨怨逐步得以化解，宽松、和谐、融洽的创作氛围日渐浓厚，省美协成了名副其实的会员之家。每次举办展览活动，都有众多会员、作者前来帮忙。这样一来，才能以有限的经费办成较多的事。我在省文联工作时，曾多次应邀参加美展的评审、开幕活动，深为美协旺盛的人气所感动。在各种观念、思潮、时尚频频袭来，潜心创作已被一些人视为"愚人的事业"的社会风气下，这里却仍有一批人以近于宗教般的虔诚在追求艺术。这里的美术创作，也以一种"咬定青山不放松"的顽强和执著，始终深深地植根于青藏高原的土地和人民之中，展现出浓郁的民族特色和地域风貌。在这一群体中，左良是最虔诚、最执着的一位。他以自己的辛勤工作带领这支在全国美术界相对人少势弱的队伍，走出了人才青黄不接的低谷，进而形成以中青代为主力的创作中坚，保持了省美展的艺术水准，保持了在全国美展中的较高入选率。整体美术创作水平逐步提高，青年画家一茬接一茬地成长起来，在第七、八、九届全国大展及历年各种全国性美展中都有良好的表现。

1988 年秋，左良牵头组织的《青海美术作品展》在中国美术馆成功展出，这是青海美术首次整体走出大峡，进京展示，被首都媒体誉为当年在中国美术馆举办的最好的展览之一。十五年后的 2003 年秋，由左良主持，经过三年筹备的《第三届中国油画展青海作品展》在中国美术馆与北京、浙江、甘肃、澳门、香港、福建同期展出，获得不亚于兄弟省（区）的成绩，赢得美术界专家学者与首都观众的广泛赞誉。

　　左良接手青海省美协的工作时，正是所谓"八五美术新潮"之后，当时中国美术界各种思潮空前活跃，激烈碰撞，传统意义上的美术创作与美术事业受到"前卫艺术"与"商品艺术"的两面夹击，潮起潮落，人心浮躁，莫衷一是。不少美术家困惑彷徨，甚至怀疑自己原先所走过的道路是否正确。画家个人可以有多种选择，但对于一个省的美术事业带头人来说，自己做何选择，则往往会影响到如何正确地执行党的文艺政策，影响到本省美术创作的发展趋向。左良凭借自己的知识积累和艺术修养冷静地观察、思考、判断，而不盲目追随时髦。他谨记美协应当承担的社会职责，以很强的使命意识和责任意识，在组织青海美术创作中，努力弘扬时代精神，提倡现实主义艺术，倡导并带头深入生活，坚持多样化的发展格局。在团结青海美协一班人共同奋斗的同时，左良对自己提出了更高的要求。在其上任伊始，他就郑重地表示："既然得到大家的信任而被推选出来，这几年也就只能首先从美术组织工作者的角度考虑问题，给青海美术界当好服务员，而不能光想自己画画。"左良

161

说到做到，尽管由于条件的限制，一些事情可能还做得不是那么尽如人意，但毋庸置疑的是，左良始终没有懈怠，没有气馁，他一直都在努力。为了更好地履行主席的职责，并且避免"近水楼台""瓜田李下"之嫌，左良为自己立了一条规矩："主持省美协工作任内，绝不为自己办个展，出画册，也不画应酬画，更不卖画。"他这样说，这样做，没有任何外力的强制，纯粹是出于个人的自觉自愿。左良是青海省参加全国美展作品最多的画家，担任省美协主席15年，却从来没有卖过一幅画。对此，尽管很多人表示难以理解，觉得他迂阔清高，不合时宜。以左良的造型基础、艺术功力与社会声望，不必曲意迎合市场，只须稍稍松动，奔个"小康"当不是问题。但我却认为：在美协做领导工作，是需要有些奉献精神和自我牺牲精神的，左良自觉地把这种奉献与牺牲精神推向极致，要求自己严格得近于苛刻。恰恰是在这一点上，不仅表现出左良的心态淡泊，耐得寂寞，不苟流俗，而且表现出他的人生观、创作观和对艺术的理解。我知道艺术作品具有一定的商品属性，我也并不一概地反对艺术品与市场接轨，但我更相信人称壁挂艺术大师的格鲁吉亚画家基维·堪达雷里的至理名言："艺术家需要艺术至上，金钱不能培养艺术家，只能培养商人，金钱不会给艺术家带来想象力与创造力。""追求商业利益或以商业为目的的艺术是'停止的艺术'，真正的艺术家很难去追求金钱，他们最大的幸福不是金钱。"从这个意义上讲，担当美术组织工作职责的画家左良，自觉自愿地从我做起，在本省美术界倡导真诚追求艺术的风气，不说是高风亮节，起码也是对艺术规律的尊重，和对事业与职务的敬畏吧！

左良在艺术上、工作上取得的成功，不仅得益于他的家学渊源，更得益于他长期的生活磨炼。所谓"艰难困苦，玉汝于成"，所谓"天将降大任于斯人也，必先苦其心志，劳其筋骨，饿其体肤，空乏其身，行拂乱其所为，所以动心忍性，曾益其所不能"，用在左良身上，我看都是比较合适的。左良的父亲是一位学养深厚的乡村教师，家中多有藏书，这使左良有了幼承庭训、饱读诗书的机遇和条件。初中毕业后，左良考入西安美术学院附中。1961年从学校应征入伍，服役八年，他年年都被评为"五好战士"，还被聘为部队驻地小学少先队校外辅导员。学雷锋，学王杰，真诚地将"毫不利己、专门利人"奉为行为准则。1962年他被调入兰州军区机关，曾以兵代干，做过军内报刊美术编辑。1964年，是左良人生命运起伏跌宕的一年。是年初，他奉命负责组织兰州部队业余美术创作。5至8月，进京送画并参加第三届全军美展筹办工作，曾被总政安排到军博黄胄画室改画一个多月，亲见黄胄、高虹、何孔德、高山等老师创作《亲人》《谈心》《决战前夕》《出击之前》《日出之前》等名作。参加展览评选劳务，得以观摩全部参评作品，眼界大开，由此悟得创作之道。9月，服役期满，组织上出于提干的考虑，让他先下连队当兵锻炼。哪里想到，在左良面前显现的这一片光明前途会转瞬即逝。1964年的长安"社教"运动中，左良的家庭被错划为地主成分，从此命运发生逆转，提干自然是不可能了，但因军区工作需要，亦因左良表现优异，破例被留在连队超期服役，以备机关不时之需。此后五年，左良多次奔波于宁夏中卫与甘肃兰州之间，多次完成筹办展览、绘图、编辑等任务。特殊的命运铸就了左良反差强烈的军旅生涯：他先后当过工程兵、装甲兵、步兵三个兵种的战士。多次进大机关，长期在战斗班。挖掘过国防工事，编绘过《兵要地志》，跋涉过大漠戈壁，驻守过雪山草原……因为家庭成分上划，又置身于特别重视家庭出身的军队之中，左良唯有加倍努力，忘我工作，经受考验，来证明自己。

1969 年，左良最终还是无奈地离开了部队。身处逆境、走投无路的他，相继得到从宁夏、兰州到青海的部队几位老同志乔国丰、尉立青、殷华山、刘丁浦、闫家龙的帮助，得以逃离故里寒云的笼罩，走上青藏高原谋生奋斗。这几位老同志中，有的是爱惜左良的才华与勤奋，同情左良的遭际，施以力所能及的援手;有的则与左良素不相识，只是履行职责时与人为善，在当时政策允许的范围以内，作出了人性化的决断。世事往往就是这样，施助者的一念之善或举手之劳，就可能改变一个落难者的人生轨迹。正是这些好心人的帮助，使左良在十年浩劫乱云翻飞的年代，得到一线生机，感受到些许人间温暖。于是他来到青海，并与当地的一位藏族姑娘结了婚，把生命之根深深地扎在了青藏高原。人生道路上的诸多艰难坎坷、挫折磨砺和由此而生发的体验、感悟，大大拓展了左良的胸襟，升华了他的思想和艺术境界，形成了他顽强的性格、远大的抱负和坚定不移的人生观、价值观，也造就了他刚健、沉郁的艺术风格。

左良把经受的苦难化作激励前行的动力，一步一步走了过来。许多记忆随着岁月的沉浮已经淡出了脑海，但他却在心底一直珍藏着对上述几位老同志与当兵期间关心、善待过他的老领导蔡德芳、陈佐桐、钟为等人的感怀之情（1969年左良离队时，蔡、陈二人正处于逆境，后者竟被迫害致死）。他从他们那里学到了为人处世的道理，那就是一辈子做好人，做好事，与人为善。

使我感佩良深的还有左良对同事、对朋友所怀有的那一颗仁爱之心，那一腔悲悯情怀。"文革"期间，在泥菩萨过河——自身难保的境况下，左良曾对多位身处逆境的文化人，尽心尽力地保护和帮助。他与王复羊、朱乃正、曾道宗等互予友谊，互勉互励，涸辙之鲋，相濡以沫，应对艰危，体验苦难，切磋学问，感悟高原，同涉西部圣路，共话厚土沧桑，在嘤其鸣也求其声中互感人格真诚而结为知音，更是可遇而不可求的人生机缘。这种彼此尊重信任、相契甚深的友谊，既源于对青藏高原恢宏博大生命境界的感受，又蕴于数十年如一日在同一块土地上休戚与共生死相依的心灵感应。在那个年代，能以心换心的友情就是精神的支柱，是互相搀扶走出艰难时世的动力。画家边军病重期间，为了能够告慰这位生命走到最后一程的朋友，让更多的人认识到他的艺术成就，左良心急火燎地为之翻拍作品，准备素材、资料，以特快专递寄给中国美术家协会编审杨悦浦，恳请他尽快撰写文章并寻找报刊发表边军的作品，从而很快在《人民日报》《国画家》等全国性报刊上掀起了一个宣传评介边军艺术的小高潮。其殷殷之情，急切之态，使中国美协的许多同志为之动容。边军逝世一周年，左良又筹措举办了《边军书画艺术纪念展览》。诗人昌耀病危之际，左良一趟又一趟地去医院看望，并不辞繁难地利用出差机会到人民文学出版社帮助昌耀催要稿酬，向朱乃正等北京朋友报告昌耀境况。当他怀着激动的心情，把朱乃正书写的"录昌耀诗"交给病榻上的昌耀时，被病魔折磨得痛苦不堪的诗人，脸上露出了久已不见的笑容。作家余易木去世后，左良深怀对友人的敬重与惋惜之情，与杨逊同志协助遗孤徐吟清理封存了余易木的所有遗稿，并为之编目。随后，又同王复羊、张守仁等同志多方争取，四处呼吁，终于使余易木写于20世纪60年代的100多万字文稿，得以在《青海湖》等刊物上陆续发表。仅从以上事例，我们即不难看出左良的为人。在人际关系已经越来越多地沾染上功利色彩的年代，这种以感情和道义为基础的不求回报的友谊和付出，不能不让人怦然心动。近20年来，左良利用可能的机会和条件，为本省老一代画家方之南、郭世清、郑守宽、林一鹤、更藏、徐步桓、白峰、夏吾才让、梁守义、孙舒勇、马西光等，或筹办展览，或推介宣传，或争取授奖、安排荣誉职务，做了不少工作。得益于左良扶持提携、指点帮助的中青年画家，更是数以百计。左良对"岂能尽如人意，但求无愧我心"这副古联颇感会心，曾请他的挚友朱乃正为之书写。朱乃正思量再三，为左良写了"但求无愧于心而已"八个大字，劝勉左良不必过于克己求全。世事纷扰，世情叵测，左良一生所向往的理想境界，所遵奉的做人之道，常常在现实中碰壁，甚或为人所悖负，但左良始终恪守着"无愧于心"这条人格底线。

左良酷爱读书,非常注重提高自己的文化修养和精神内涵。少年时期，便有挑灯夜读的习惯。"文革"期间，曾利用借调兰州军区，被安排在当时封存的军区文化部资料室搭铺寄宿的机会,遍览了那个年代社会上难得一见的图书资料。直到现在，左良仍有"一卷在手其乐何如"的雅趣。因为富有文化品位，所以人们称誉他为学者型画家。在作画的同时，他还能写一手相当不错的文章，至今已在《美术》《美文》《艺术界》《人民日报》《美术向导》《美术观察》等报刊发表文稿四十余万字。他写的论文、散文，诸如《朱乃正画集·序》《展翅云天——彦涵先生的艺术》《清澄明朗的笑容》《迷濛朔方》《天涯咫尺空谷足音》等篇什，内蕴深厚，情思绵密，文采斐然，让我等号称作家的人读了，不免有自愧弗如的感叹。浸润在左良文学作品中的文化底蕴和气息，与他画作中的风骨和气韵，分明是一脉相通的。

"为而不恃，功成弗居"，是左良的一贯作风。作为驻会主席，他平时认真负责地主持省美协常务工作。凡有礼仪性、荣誉性的活动，他总是把副主席与老同志们礼让在先。省美协 2003 年底换届，左良郑重地向省文联党组建议：将几位副主席聘为荣誉主席，将常务理事与个别老理事聘为荣誉副主席。有人问："那把你怎么安排？"左良坦然一笑："我与大

167

家一样，就很好。"于是，15 年的老主席，成了 5 位荣誉主席之一。工作了 43 年没有休过假的左良，在皆大欢喜中开始了他的人生大休假。

　　艺术是他永远的新娘，初恋的狂热一直持续到白发皤然中的长相厮守。而今，左良赋闲而不清闲。虽然生活节奏趋缓，一般不再熬夜，但他依然保持每天六个小时的有效劳作，只不过可以自主地说"是"说"不"，不再为职责所役使而已。美术创作也逐渐从以版画为主恢复为以中国画为主。左良学生时代受赵步唐、刘文西、陈忠志老师影响学习中国画。20 世纪60 年代初，相继以中国画《唐古拉山下》《哨所在望》《惜别》等参加军内外美展并获奖、出版。后来因报刊需要兼搞版画，曾有《出巡》《乐坏了示靶员》等版画在《解放军报》等军内外报刊发表。1982 年，左良考入中央美术学院版画系进修，亲聆李桦、彦涵、王琦、黄永玉等先生教诲，得到宋源文、周建夫、谭权书、吴长江、陈晋铭等老师指导，遂以版画为专业。自 20世纪 80 年代初开始，他参加了历届全国版画展览，当选为中国版画家协会常务理事，被聘为中国美术家协会版画艺术委员会委员。左良以自己的创作实践带动了青海两代美术家兼作版画，在历届全国版画展中青海省均获得较好的成绩，有的作者甚至改行成为版画专家。在此期间，虽然亦有《春融融》《年》《亘古莽原》等多幅中国画作品入选全国美展，但左良仍以版画家自我定位，并坚持以创作最能体现中国新兴版画传统的黑白木刻为主，这多少有点"士为知己者死"的意味。2004 年之后，卸下了肩负的重任，没有理由再谢绝接踵而来的社会约求，左良恢复了对中国画的研习。他拥有实力，心态沉稳而自信，艺术实践上坚持写实尚意的造型风格。治学则兼收并蓄，博观约取，既尊重中华文化传统，又主动学习、了解西方从古典到现代的艺术，在继承和创新上不走偏锋。他深知新和异并不一定等于好，因而不追风潮，不趋时尚，不拘囿创新、固守之争，只求畅达己意，有感而发，在主、客观和谐中神闲气定地追求精神性表现，一出手就获得美术界的广泛赞誉。近三年来，左良先后有《净界》《高原劲柳》《莽昆仑》《晨露》等作品入选《纪念邓小平同志诞辰一百周年国际名家书画作品邀请展》（获特别荣誉奖）、《中国美术家协会理事中国画作品展》等重要中国画展览，入编《中国美术名家作品选》《中国山水画百家》《中国人物画百家》《水墨中国》《第十六届国际美术大会特辑》等大型画册。新中国成立 56 周年之际，中国国家博物馆从全国范围内遴选出包括左良在内的 56 位中国画名家，要求每人创作两幅作品，先在国家博物馆隆重举办展览，而后永久收藏。左良的作品《瀚海犹忆南八仙》与《昆仑圣域》甚获专家好评。国博编纂精装本画册《中国国家博物馆首届当代名家珍藏作品集》，左良被聘为画册编委会副主任。作品本身比任何评论更有说服力，左良已实至名归地跻身于当代中国画名家之列。

　　以我与左良交往 20 多年的认识，左良是一个书生气十足的人。他生性恬淡，好静不好动，不擅交际，不爱热闹，并不具备美术活动家的气质。他也认为自己适合做案头工作，从事

169

美术创作与编撰研究。被推上省美协主席这个必须出头露面、运筹策划、协调服务的位置，对左良来说，责任大于名分，牺牲大于收获，奉献大于回报。左良以其一以贯之的认真与敬业，把这份自己并不热衷的差事，居然勉为其难、孜孜矻矻地供奉了 15 年。在省文联各协会主席中，左良是比较不好说话的，他往往把工作中可能遇到的困难和问题想得多一些，并不总是迎合领导的思路和意图。但形成决议后，美协的工作往往是能让人放心的，左良总能达到举措得宜、圆满完成的标准，几乎没有矛盾上交的情况。可能这就是曾为军人的作风吧。在这一点上，我前后的几任文联领导与我均有同感，可见这不是他一时一事的表现。

左良在年逾花甲之后，终于可以按他的本真生活与工作了。他的艺术实践与艺术精神依然年轻，赋闲生活的悠游与精力的专注，可以使他在自幼痴迷的艺术世界里，更加随心所欲地寻胜探幽。我衷心地祝愿左良在艺术事业中不断有新的作为、新的建树。

一个不应被文坛淡忘的作家

今年,是余易木先生辞世 11 周年。在这个值得纪念的时刻,他的长篇小说遗稿《荒谬的故事》和《精神病患者或老光棍》得以出版,令人甚感欣悦。为了易木兄的遗作及早面世,多年来,青海省文联、青海省作家协会、《青海湖》编辑部、青海人民出版社以及张守仁、王复羊、樊光明、陈士濂、班果、左良、杨逊、邢孔荣、王志达、辛茜等同志做了许多令人感佩的工作。没有他们满腔热情的呼吁、争取和努力,就不会有读者眼前的这本书。作为余易木先生的一个朋友、一个粉丝,我谨向这些同志表示诚挚的敬意和感谢!

20 世纪 80 年代初,大型文学月刊《十月》以醒目的位置,接连推出了余易木先生的短篇小说《春雪》和中篇小说《初恋的回声》。我在不经意间拜读了这两部作品,深为小说思想的深刻、艺术的精湛、文字的优美和氤氲在字里行间的人性之美、道德之美所折服。看到文中多次出现的"西宁""青海湖"等字眼和文末标注的写作地点，我估计这两部作品出自青海作家的手笔。能出这样的小说家，实在是青海的光荣、青海的骄傲。此后不久，我由海西蒙古族藏族自治州调至青海省文联工作，遂有幸与《春雪》的作者余易木先生相识。第一次见面，彼此通报姓名之后，易木兄就像个老熟人似的对我说："我们早就认识。"认识？易木兄大名鼎鼎，说我认识他还差不多，可他怎么会认识我呢？"《钟亭纪事》写得不错，我为它郑重地投过一票。"噢，原来是这么回事！余易木先生曾经担任过青海省新中国成立 35 周年优秀文学作品奖的评委，拙作《钟亭纪事》在这次评比中幸获奖励。从以文会友的意义上说我和他早就认识，似也不错。此后，我和易木兄在青海文艺界的一些会议和活动中虽然也经常见面，但很少有机会叙谈。只有那么一两次，因为开完会时间还早，我们算是海阔天空地聊过一阵，从各自的经历说到改革开放，从一些文学经典谈到当时的伤痕文学。这几次交谈，余易木留给我的印象是：快人快语，有话绝不藏着掖着，喜怒哀乐溢于言表，很不善于伪装自己；备经坎坷，饱受磨难，但却始终不甘沉沦；知识渊博，文学功底十分扎实，是个眼光不俗的人。至今我还清楚地记得，在说到伤痕文学的开山之作《班主任》的时候，易木兄的见解就有些与众不同："这个作品'文革'文学的痕迹还很重，艺术上也比较粗糙。评价太高了，恐怕难以服人。"这种看法，不能说没有道理。

余易木是上海人，毕业于上海国立高等机械技术学校，

1957 年被错划为右派后由北京发落到青海劳动，后来一直在青海物资局所属的机械修配厂供职。以他的才华和作品所产生的影响，改革开放以后，完全有可能调回上海或其他一些条件相对优越的城市，享受更为优厚的待遇，在更有利于个人发展的平台上，实现更大的人生价值。但当我问及此事时，他的回答却是："不走了，既然一辈子都在青海，那就终老青海吧。何处黄土不埋人啊！"一语成谶，青海果然成了他生命的归宿。不要说离开青海，就连他所在的单位，余易木也舍不得离开。在我到省文联工作之前，前任领导就有过调他来文联当专业作家的动议。那天跟他聊的时候，我也表达了同样的愿望，但他不愿意到文联来，说："正是修造厂需要我的时候，我走了，那就不仗义了。再说，当了专业作家未必就能写出东西。"一点商量的余地都没有，我还能再说什么呢？我到青海广播电视厅工作以后，易木兄还给我来过几次电话，一次是要我给他找一盘磁带，一次是说他的电视机出了故障，让我找个技术人员帮助修理。问到他的工作、身体状况，回答总是"还好，还好。"得知易木兄驾鹤西去的消息，我心里特别难过，他才 61 岁呀，怎么能说走就走呢？我和林惜醇、陈士濂、程枫、左良、裴林等人，匆匆赶往他的住处，与他作最后的诀别。看到他的房子里陈设仍然是那么简单，家具也是那么破旧，连像点样子的替换衣服都找不到，以至还要临时派人到街上去为他采买"老衣"，我们都禁不住潸然泪下！

易木兄走了，但他把几部沉甸甸的作品留在了人间，留给了广大读者。我非常同意著名作家、编辑家张守仁先生对《春雪》和《初恋的回声》的评价："这两部作品，由于其艺术质量峰值之高，不仅在 20 世纪 60 年代国中无人能与之比肩，就是放在新时期文学繁荣以来众多获奖的中短篇小说中也毫不逊色，且仍能显示出它们奇异的光彩。"短篇小说《春雪》写于 1962 年 8 月，中篇小说《初恋的回声》写于 1963 年 4 月到 1965 年 4 月。两部作品都极其真实地摹写了"困难时期"的社会生活，表现了当时社会的一些"另类"人物悲剧性的爱情历程和生命轨迹，深层次地揭示了阶级斗争给人们心灵造成的苦痛和创伤。无论是其题材选择，还是作品所流露的思想、价值取向，还原于 20 世纪 60 年代初的政治文化语境，无疑都是很不寻常的异端。立足于今天的认识高度，则应该说，《春雪》和《初恋的回声》是在当代中国文学中，较早地发出了对一个时期日盛一日的"极左"之风的控诉，和对追求人的尊严、价值、思想和爱情自由的呼唤。它们对社会问题的思考和批判，远远超过了五六十年代的一些名作。从艺术上讲，这两部作品也都显示出一种大家风范。生动的细节描绘，真实的环境渲染，成功的人物刻画，跌宕起伏的故事情节，凄婉动人的爱情悲剧，赋予作品以很强的冲击力和感染力。可以毫不夸张地说，两部作品对于爱情的本真叙写，在一定程度上颠覆了这一时期小说中典型人物缺失人性的书写规范；它们对人物命运、性格的揭示，则达到了五六十年代文学少有的艺术深度。

《春雪》和《初恋的回声》于20世纪80年代初发表，由于夹杂在伤痕文学的大潮里，尽管读者都觉得不错，但在很长时间里，批评家和文学史家们并没有真正认识两部作品的价值，更没有人指出创作于60年代的这两部作品与70年代末流行的"伤痕文学"意义有何不同。实际上，二者的不同是显而易见的："伤痕文学"是在文学已经恢复了对人性、人情、人的尊严的正面书写以后出现的，而《春雪》和《初恋的回声》却是在亲情、爱情、普通人的悲欢离合这些人性的内容几近封冻的时候产生的；"伤痕文学"中的不少作品，虽然在主题意蕴上开始摆脱文学为政治服务这个披戴几十年的枷锁，初步表现出"为人服务"和向文学本体的回归，但毋庸讳言的是，"伤痕文学"这一创作潮流在相当程度上依然是一种政治叙事，在艺术形式上也常常是对"文革"文学的蹈袭，而《春雪》和《初恋的回声》显然不存在这样的缺憾；就人物形象而言，两部作品也没有"伤痕文学"中所承载的意识形态意味，没有"伤痕文学"中经常可以看到的"高大全"的痕迹，从而更多地显示出了现实主义的深度……凡此种种，都应该说是《春雪》和《初恋的回声》的文学史意义。我丝毫无意于贬低伤痕文学，而只是想提醒评论家和文学史家们注意，伤痕文学功不可没，但作家余易木与他的作品同样不该被文坛淡忘。

　　衡量一个作家是否成熟的标志是看他的创作是否打上了自己独特的生命印记，是否有了自己个性化的审美理想和叙事风格。以这样的标准来判断，余易木已然是一个相当成熟的小说家。他把自己的经历和深刻的人生体验融入了小说作品之中，他让那些以整个身心感受、体察的生命与爱、苦难与意志流淌在诗意的、个性鲜明的叙写之中。《春雪》和《初恋的回声》因此而成为他的呕心沥血之作，成为中国当代文学的重要收获。

易木兄生前有过这样的愿望："我写的一些文学作品在好友间传阅，将来人们也许会记起我。"事实已经证明，余易木先生的作品得到了众多读者的喜爱（这和评论界的冷落形成了鲜明的对照）。更早的情况不必说了，就在前两三年，一位署名"踏剑傲穹"的网友，还一个字一个字地在键盘上敲打出了《初恋的回声》（近7万字）放在网上供大家享用；另有一位读者，为了收集余易木的作品，特意制作了一副杂志专用拍摄卡，并买了一架三星数码相机，前后四次跑四川大学图书馆……这样的事例还有很多，恕我不再一一列举。余易木先生泉下有知，当欣然一笑。毕竟，读者才是文学作品的上帝。现实主义的魅力之一就是对读者的亲和力。因为亲和力，现实主义小说故而长盛不衰。

《荒谬的故事》和《精神病患者或老光棍》延续了余易木小说的风格和长处，相信一定会得到读者的欢迎！

第三辑

生活远比书本精彩

因为与王文泸是相交多年的朋友，所以，对于他的创作状况，我可以说是一直比较关注。文泸每有新作，我都会认真拜读乃至反复阅读。文泸的散文特写作品,值得称道的地方很多。譬如说，他的作品，都深深植根于现实生活的土壤之中，具有深厚的思想意蕴和丰沛的人性内涵；他非常注意文字的美感，注意发掘汉语言文字的魅力，营造出一种既传统又现代、含蓄蕴藉、雅俗共赏的语言表达范式，使其作品具有了在当代文学的语境之下回归传统的审美精神和意趣。中国古典文学中的用字精练、传神写照、典雅风流，以及写人叙事的白描手法，在他的作品中都有表现；他的文章写得洒脱，散文中常常有小说笔法，从中不难看出作者多文本兼容、嫁接的良苦用心……如此等等,不一而足。今天,我要说的,是文泸作品的另一大优长,那就是努力还原生活与命运的质感与鲜活。十年前，在《站在高原能看多远》的研讨会上，我用了"毛茸茸的生活质感"一词来形容文泸的作品，现在，我仍然认为，这个概括是切合文泸作品实际的。当下的诸多散文中，我不大喜欢的有两类：一类是缺乏生活的质感，可以在书斋中批量生产、在流水线下速成的散文；另一类是矫揉造作、故作豪语，充满夸张的、大而无当的热情的"抒情散文"。它们虽然语言工巧、绮丽，但文章背后的"情"，则往往苍白无力，或者似曾相识。它们没有属于作者自己的体验与感悟，因而也无创造性可言。我之所以喜欢文泸的散文，就是因为，它们没有上述的散文之弊，它们是作者新鲜的体验和独特的感受，是不会与人重复的灵光一闪。无论读《央依草原一日》《一双远去的手》还是《老宅》《文明的边缘地带》《葵之惑》，我都能感觉到，它们是真正源于生命和实践的感悟。它们是一次性的，只有此人此时此刻才能产生，因而反倒觉得新颖。生活本身所具有的丰富、粗粝和混沌，人性的美好，人情的温暖，青海高原民生多艰的困窘与苍凉，在这些作品中，都得到了充分的、从容的、艺术的再现。其中一些作品，可以称作天籁之音，是生活和感情极为自然的流露，没有任何"硬做"和"外加"的痕迹，因而鲜活灵动，元气充沛，浑然天成。

作品中强烈的生活质感，来源于作者亲历的真实的生活，来源于他对生活敏锐的感应能力，和深入的体验与体察（体察不是一种置身局外或居高临下的观察，而是一种全身心的、生命的投入）。河湟地区长达数十年的阅人阅世，海西牧区长长短短的下乡经历，对文泸来说，都是十分宝贵的写作资源，是他随写随用的创作素材的宝库。比起那些仅靠书本来获得启发和灵感的作家，文泸无疑显得更有底气，更有力量。老话讲得好：人情练达即文章。这个"人情练达"，即是在生活中历练，在社会中磨砺，在命运中沉浮。只有如此，方可获得人生体验和在此基础上的思考与感悟，方能有作品高人一筹的价值和品位。现在有很多作家，不懂得生活远比书本精彩的道理，只能过书斋生活，离群索居，自甘边缘，好处是学养可能会有所增强，坏处是与真实的生活特别是底层民众的生活隔膜、游离，不能做到人情练达，缺少自己对一些问题的真切感受，于是写出的文章于社会无关痛痒，只能是纸上烟云，无根锦绣。用时下非常流行的一句话来说，就是不接地气。文泸的创作实践，能不能给这些作家提供一点可资借鉴的经验呢？

当散文已经演变为一种日常生活化的随意的写作，在散文的芜杂感、粗鄙感、碎片化、极端化乃至"去深度化""非艺术化"日渐显现的情况下，文泸仍旧把散文写作当作一个认真对待的形式，一笔一笔地植入属于自己的真实体验，孜孜不倦地经营着自己的艺术空间，这，不能不让我们对他油然而生敬意！

古韵新声歌婉转

——读张进京的《玄黄稿》

　　张进京先生是长期主政一个部门的领导干部，写诗对他来说，只是一个业余爱好。在我看来，以"余事"的方式从事写作，其实没有什么不好。很多时候，业余意味着真爱，意味着非功利，意味着理想的坚守。也往往是这个"业余"，才能最好地彰显一个人的文化风采和精神个性。新时期以来，随着经济的繁荣和社会的发展，旧体诗词创作一改长期遭受冷落和排斥的窘况，获得了新的生机。它不仅拥有为数众多的爱好者和支持者，而且在社会影响力上也几乎达到了可以和新诗分庭抗礼的程度。网络诗词的崛起，更为当代民间真诗的出现提供了广阔的话语空间。但实事求是地讲，当前旧体诗词的创作状况并不完全令人乐观，表面上的繁荣掩饰不了实际存在着的诸多问题。这些问题主要是：庞大的老干部作者群和一批中青年诗词作者，由于缺乏深厚的旧学功底和古典诗词修养，其诗词创作在思想性和艺术性上都有明显的不足。他们的诗写得太白、太俗，没有旧体诗词的那种"味"，成了顺口溜。此类作品的风行，固然推动了旧体诗词的传播，同时却也带来了很大的负面影响，甚至败坏了旧体诗词的声誉；还有一些作者泥古不化，固守严苛的格律形式而不能自拔。他们一味地雕章琢句，堆砌辞藻掉书袋，玩弄所谓的诗歌技巧。他们的诗，充斥着一种与现代生活格格不入的陈旧乃至酸腐之气，只具备旧体诗词的外在形式而缺乏内在的诗味和神韵，以致不能不让人怀疑，他们到底是在写格律诗还是在写格律，他们是在写旧体诗词还是在写旧体。

我喜欢进京的旧体诗词，喜欢《玄黄稿》，就是因为他的诗词创作避免了以上两种倾向，既符合或者说基本符合旧体诗词的写作规范和艺术形式，又不受其束缚，不刻意求工，不以律害意；既有旧体诗词的典雅和凝练，又完全是用新的感情、新的视角来表现新的生活，充满鲜活的时代气息，洋溢着诗情和诗美，能够给人以审美的愉悦。这里，且以《满庭芳·无题》为例，说说我对张进京旧体诗词的一点认识。词是这样写的："洗缸净瓮，砧板见刀工。白菜萝卜一叠，撒青盐花椒一层。压昆仑，半月西风，出味便孤清。耻折腰乞食，饕餮膻腥，随便心性。羞泡菜榨菜，得利得名。最喜红炉明烛，夹一箸舌根生津。君馋否，温酒扫雪，相约佐杯羹？"能从腌制酸菜这样的生活小事中发现诗意已属不易，又由腌菜而及"耻折腰乞食，饕餮膻腥"，就更有些微言大义的意味了。这一思想的生发，恰合了诗词的比兴之道，所以才有了使人俗中见雅、以小见大的感觉。读这样的作品，不禁让我想到了当代诗词大家聂绀弩脍炙人口的《推磨》《清厕》等诗。我以为，张进京的《满庭芳·无题》等诗词，是颇得聂绀弩诗词之风流的。

在中国文学界，长期以来，流行着一种观点，就是旧体诗词不能或不适宜于表现现代人的生存体验。进京的创作实践表明，这种看法是错误的。诗写得好不好不在于采用什么诗体，而取决于诗人是否选择了合适的诗体。能用现代意识激活旧体诗词之类的传统形式，何尝不也是诗人的一种骄傲？

进京的旧体诗词内容丰富，涉笔广泛。他不像一些旧体诗词写手，要么就模仿古人，尽写那些在现代生活里已经远去的情绪，要么就把眼光局限在自己的一亩三分小农自耕田里，写写田园风光，写写退休赋闲，写写形势大好，如此而已。作为领导干部，张进京参与了行政管理、调查研究等许多实际工作，他把自己的社会实践和学习、工作感悟转化为激情洋溢的诗篇，表达出"民生不是寻常事，点点滴滴在心头"的关切之情。他以强烈的现实主义精神，书写社会与人生。他以深挚的情感抒发友情、亲情、同志情，赞美和讴歌扎根高原的建设者和服务基层、服务群众的医疗卫生工作者。张进京的诗词中还有不少寄情山水，记录行踪屐痕的作品。他写古田会议旧址、高台西路军纪念馆、武侯墓、湖湘大地，他写非洲、爱琴海、巴塞罗那、雅典……当然，他更多的还是写青海。他写三江源，昆仑山、青海湖、塔尔寺、三角城、孟达天池，他歌咏贵德梨花、民和桃花、西宁丁香花、柴达木枸杞……无论是礼赞美景，随物赋形，还是咏史怀古，感叹兴亡，他都在用自己的诗笔，描绘青海瑰丽的风姿，反映这里火热的生活，传达他对哺育自己成长的这一片热土的挚爱和眷恋。

进京的诗词语言生动活泼，富有文采，既不逾旧体诗词之矩，又显现出令人欣喜的新意和生机。他善于在诗词中运用现代口语、俚语乃至流行的网络语言。当然，光是引用口语入诗，还不能保证创作的成功，更重要的是要把各种生动的语言化到诗里头去，使鲜活的语言和鲜活的意象结合起来。"两个黄鹂鸣翠柳，一对鸳鸯戏沉浮""背手村巷，合掌凡刹，赏一檐雨，一弘歌，一壶茶""呦呦鹿鸣，鼓瑟吹笙。折诺之桂，吾心欢腾""山高草低见牛羊，野色苍茫落日黄"，这些都是融化了的古典诗词的语言；"前山后山皆农家，种麦种菜也种瓜""山路不曲也不弯，茅屋秋风已拆迁""到此休念旧字诀，山花山鸟我喜欢"，这些则是地地道道的现代口语；"今日阳光很儿童，不妨出门卖个萌""愿持洪荒力，剽姚学射虎"，这是大家都耳熟能详的网络流行语。进京经常把口语、俚语、网络用语和古典诗词常用的语言放在一起，却一点也不让人感到别扭。相反，倒是觉得很新鲜，也很典雅。他的许多诗句，既像信手拈来，又像清泉般地从胸中汩汩涌出，那么自然，又那么贴切。古人云：诗易工难化。看来，诗的语言也有一个"化"的问题，要达到随心所欲的"化"的境地，是很不容易的。我不是说，进京已经完全臻于"化"境，但我可以肯定，他是一直在往这个方向努力。

另外，我还觉得，进京使用语言是很大胆的。比如，在《儿童节晨起口占》一诗中，他不说"阳光明媚"或"阳光灿烂"，而说"今日阳光很儿童"，既显得别出心裁，又与整首诗的主题意蕴水乳交融。又如，"歌曲捕风上马也，舞蹈踢月下弦兮"，句中的"踢"字用得很妙，把"也"和"兮"两个文言虚字熔裁到一个对句中，更是耐人寻味。

如果说，旧体诗词是一片有待开拓的文学园地，那么，就进京个人而言，他的诗词创作也正处在一个需要再度发力、更上层楼的关键时期。诗词的艺术天地异常广阔，大到时代风云，国家大事，千秋伟业，小到一山一水，一草一木，一颦一笑，皆可入诗。诗词，既可以缅怀历史，也可以诗意地言说现在和未来；既可以对某种社会现象抒发悲悯和忧戚，也可以表达对人类生存状况的深层思考；既可以写弘扬正气的英雄赞歌，也可以写针砭时弊的讽喻诗。总之，只要放开视野，善于观察，诗思和诗情就会如大江之水汹涌而来。为此，我希望进京在以后的诗词创作中，能够对题材领域有新的拓展，使他的诗词承载更为广博、更为厚重的社会生活内容。进京的旧体诗词中，应景、酬赠一类的诗作占有一定比例。我不否认，应景、应酬诗有时不能不作，此类诗作也会有真情实感的自然流露，也能出好诗，但纵观中国诗歌史，应景、应酬尤其是应制之作的撰写，极易落入窠臼，出好诗难，出真诗难，故而我也希望进京在应景酬赠之作的写作上能够有所节制，索性集中精力，多写一些关注世态人心，表现当下生活，富含深意，能够表达自己饱满情感的诗词作品。

进京先生对旧体诗词一往情深。多年来，在繁忙的政务之余，他始终坚持读书、读诗、写诗，迄今已出过三本诗集。他的勤奋，他的执着，令我钦佩，同时也引发了我的一些思考：新诗旧诗都是诗，他们各有优长，应当互相补充，互相借鉴，互相促进。这样做，有利于文学艺术的繁荣昌盛，有利于满足人们多样化的精神文化需求。已故诗人臧克家说："我是一个两面派，新诗旧诗我都爱。"我很赞同他的观点。用既写新诗也写旧诗的两栖诗人邵燕祥的说法则是："新诗和旧诗应实行并行发展的'双轨制'。一方面，新诗要向传统诗词学习，要民族化；另一方面，旧体诗词也要向新诗学习，走现代化的道路。"作为读者，读腻了新诗之后不妨再来读一读旧诗。作为诗人，写惯了新诗之后不妨再写一写旧诗。诗体的转换对诗人既是一种挑战，也是一种磨炼。真正的大作家、大艺术家都是兼有多种本领、几副笔墨的，真正的大诗人亦应如是。

古韵新声歌婉转

铺开一卷多彩的青海非遗画轴

——序马有福《高原的鼓点》

　　大约是在 1997 年的秋天吧，青海电视台举行过一次面向社会公开招聘编辑、记者的活动。作为应试者的马有福在面试环节的淡定从容，给担任面试主考官的我留下了难忘的记忆。尽管面试涉及的问题并不多，但透过马有福简短、明晰的回答，我还是明显地感觉到，他是一个读书较多、知识面较宽，有着良好文学修养和基层生活经验，有着属于乡野的淳朴与自然的人。这样的人从事电视工作，可能会有一番作为。后来的实践完全证明了我的判断，马有福在电视台果然干得不错。他勤奋好学，吃苦耐劳，采写和编导了不少电视作品。其中，有些专题片和纪录片还获得了中国电视最高奖项之一的文艺星光奖。与此同时，有福也在不慌不忙地经营着自己的文学梦，创作了不少为人称道的文学作品。可以说，在电视和文学两个领域里，马有福都表现不俗，成绩斐然。作为有福的同事和朋友，我为他的不断进步而由衷地高兴。

呈现在读者面前的这本《高原的鼓点》，是马有福为同名电视专题片所撰写的解说词，也是他出版的第四本作品集。

电视专题片《高原的鼓点》，内容涵盖了青海非物质文化遗产中的民间艺术、传统手工技艺、民间舞蹈、传统戏剧等诸多方面。其中，既有卷帙浩繁、被称为"文化活化石"的英雄史诗《格萨尔王传》，有热烈奔放的玉树舞蹈，有世界上最长的狂欢节——纳顿，有熔唐卡、壁画、堆绣、雕塑于一炉的热贡艺术，有曼妙抒情的河湟"花儿"，也有绚烂多彩的民族建筑、民族服饰和民族食品……它是迄今为止我所看到的青海非物质文化遗产项目最为全面的展示，也是青海非物质文化遗产保护最为生动的影像原始档案。一个个精彩的画面，辅以流畅的解说和富有感染力的音乐，勾画出了青海非物质文化遗产的基本面貌，介绍了青海各民族人民世代相传的非遗资源和有代表性的传承人，揭示了非物质文化遗产价值之所在。它的拍摄和播出，对于拉近人们和非遗文化的距离，进而在对传统文化的凝视和回望中，不断确认自己的文化坐标和精神谱系，坚定"传承非遗文化，守护精神家园"的信念，无疑是很有意义的。特别是在一些传统文化项目濒临消亡，非遗保护面临诸多困难的今天，电视专题片《高原的鼓点》所表达的对文化根基、乡土气韵和家园情怀的真诚守望，显得愈加珍贵。

青海地域辽阔，外出拍片，一走就是几百上千公里。拍摄

铺开一卷多彩的青海非遗画轴

189

这样一部涉及众多地域、众多项目的专题片，其难度可想而知。其中不少画面，如坛城沙画，需要长时间运作，或者是在特定节日、特定场合才能拍摄。由于操作繁琐或者保护意识淡薄等因素的制约，在沟通、合作过程中未必都那么顺利。能够如愿完成拍摄，有福和他的创作团队实在是吃了大苦，出了大力。至今，一说起长达四年的艰苦拍摄，他们仍不胜唏嘘。

马有福的解说词写得平实质朴，没有华丽的辞藻和造作的语句，没有慷慨激昂的口号。事实证明，这种真诚朴素的创作语态和强烈悲悯的情感倾注，其实更能打动人心。

马有福的解说词也写得从容，写得平缓，写得舒展，不是梗概式的语焉不详，不是干巴巴的只有几条筋。他对每一项非物质文化遗产项目，包括其形态、内容、特色、所在地域、传承历史、传承人的情况，都不厌其烦地向观众娓娓道来。譬如，在说到撒拉族篱笆楼的时候，他先是讲了孟达拥有丰富的植物资源，它为篱笆楼的建造提供了取之不尽的材料，继而讲篱笆墙的优越性，随后又对篱笆楼的柱子、门、窗、楼梯、地板、走廊、栏杆、雕花、屋檐以及屋内的家具陈设逐一做了介绍。通过这样详细的讲述，一个普通的民居建筑便立体地呈现在观众面前。由这建筑，作者又生发出一些有关群众智慧和非遗传承的观点和看法。这显然是做了大量案头工作和实地采访，进行了深入学习和挖掘的结果。否则，他不可能向观众传递出那么多的信息和知识，更不可能从中梳理出观点和看法，展示出事物的多元价值、叙述的多重空间和可能性。

对河湟地区的农事祭祀活动，马有福也写得有声有色："春耕之前，农民们先是在院子里或大门前庄严地煨桑，并在桑烟上熏烤犁铧等农具，再在犁的木把上贴一块写有'吉'字的方形红纸。在做足了这些功课之后，他们就会驾一对牛、马等牲口在打碾场或门前的空地上象征性地犁一个圈。以此作为边界，然后再在它们中间犁一个'十'字，最后，他们还会在十字中心摆两个馒头，点三支香，煨桑磕头。"这段解说词，生动传神地表现了农民对于土地、对于传统农耕生活的敬畏，从中透露出来的，不仅是浓郁的生活气息，更有河湟地区农事活动的庄严感、仪式感和神圣感。

电视解说词的形态是千差万别的。就其文字形式来看，它在多数情况下呈现出片段零碎的特点，甚至给人以上不着天、下不着地，东一榔头、西一棒槌的感觉，同单纯的文学作品迥然有别。但马有福撰写的《高原的鼓点》则相对完整，不少地方是可以作为文学作品来阅读的。在这一点上，马有福与他的电视前辈刘郎倒是有一些相像。话又说回来，写得细腻、写得完整固然很好，但这中间还是有一个度的把握问题。解说词写得多了，写得满了，难免就会挤占画面的表现空间。毕竟，电视解说词是为"看"而写的，是为画面服务的，而不是自成系统、自我封闭的。对此，有福应当有所注意。

在"湟中县银铜器制作及鎏金工艺"一节中，当说到工匠们对自己手中制作的金属部件一锤一锤、反反复复地敲打时，作者情不自禁地发出了这样的赞叹："就这样敲打着敲打着，他们唤醒了金属的灵性，唤醒了内心的节奏，也催生了一个个产品部件。""他们用手中的这些工具，制服了铜银，学会了用铜银表达思想、传情达意，这是他们身上最了不起的本领。"类似这样恰到好处的抒情，既增强了片子的艺术性和文化品位，又深化了画面内在的含义，给了观众画面之外更多的信息。由此可见，一组优美的电视画面，能够体现出一种动人的意境，而一段优美的解说，同样可以传达出一种艺术的魅力。

《高原的鼓点》中有些解说词，似乎没有直接描述画面，但和画面还是有着一定的联系。譬如说，在说完互助酩馏酒的酿制过程之后，有这样一段解说词："他们就这样谨慎谦恭地侍弄着土地和庄稼，也这样顺其自然不温不火地对待着自己的孩子和手中的每一样食物。这烧酒的活儿自然也不例外。"这段解说词充满了韵味，饱含着深情，给人以听觉上的充分享受，从中凸显出整个片子的人文情怀，以及对土地的眷恋和对劳动者的礼赞。

写文章讲究"闲笔"，电视画面中也有所谓的"空镜头"。闲笔者，是指和文章题旨联接不是太紧的文字。《高原的鼓点》中便多有闲笔，它们就是那些与非物质文化遗产看似无关的街道、建筑、山川河流、花草树木、天光云影等等。它们的出现，不仅扩大了电视片的叙述空间，反映了片子涉及的地理环境、历史内容或心理情绪，更重要的是调节了片子的叙述节奏，增强了叙事的真实感和诗意感。故此，我说闲笔不闲。正是这些"闲笔"，往往更能彰显作家的功底。

马有福撰写的解说词，让我认识到了文学写作对电视解说的基础性影响。毫无疑问，电视解说的主要形式母体便是文学写作。源远流长的文学创作经验，丰富的表现手段和卓越的表现技巧，不能不给电视解说以巨大的影响。文字、词汇、语句构成的表达，毕竟是人类沟通的主要方式。缺乏起码的文学写作基础，不具备基本的文学写作能力，要从事电视解说词的写作，那无异于天方夜谭。《高原的鼓点》的文学性和可读性，不就是建立在马有福几十年如一日的潜心阅读和笔耕不辍之上吗？

电视是覆盖面很广、对受众影响巨大的现代化传媒，它应该在非遗文化的记录、传播和保护方面发挥自己的优势和作用。特别是在很多非遗项目处在消失边缘的时候，电视纪录片的创作者更应当加快步伐，进行抢救式的拍摄，以便留住文化，留住记忆，唤起人们的普遍关注，帮助和促进社会传承地方文化精神。

铺开一卷多彩的青海非遗画轴

惊心动魄的荒原求生实录

——读陈渠珍的《艽野尘梦》

《艽野尘梦》是一代传奇人物"湘西王"陈渠珍撰写的一部回忆录，写于 1936 年。书中记述了作者刻骨铭心、没齿难忘的一段涉藏地区经历。书名取自《诗经》"我征徂西，至于艽野"。显然，作者是以"艽野"指代青藏高原。"尘梦"则有往事历历、如烟如梦的含义。

1909 年，作为清朝一名武官的陈渠珍，随军入藏，抗英平乱，由昌都、江达、工部，至波密，四处转战，屡建奇功。驻藏期间，他与当地藏族群众、官员多有过从，并且幸运地结识了藏族女子西原。1911 年，武昌起义的消息传到西藏，西藏顿时陷入一片惶悚动荡之中，革命的、保皇的、趁火打劫的、乘机反叛的各方势力于此展开了激烈的角逐。在这种乱云飞渡的情况下，出于多方面的考虑，陈渠珍决定弃职东归。鉴于经昌都进入四川之路已经堵塞，陈渠珍和他带领的湘西士兵（还有少量的滇、黔籍士兵）100多人，不得不取道青海，渡哈喇乌苏河，入绛通沙漠，过通天河，经柴达木盆地绕回中原。却不料行进之中，因迷失道路而误入羌塘大草原，即现在人们都熟知的可可西里无人区（狭义的羌塘指藏北无人区，广义的羌塘则包含藏北无人区、可可西里无人区、昆仑山无人区等），盲人瞎马般地在无人区里东闯西颠，以致人困马乏，数月断粮，茹毛饮血，等到了兰州，出藏时的115人仅剩七人。

为《艽野尘梦》作注的藏学专家任志强先生在书的弁言中说："余一夜读之竟。寝已鸡鸣，不觉其晏，但觉其人奇，事奇、文奇，既奇且实，实而复娓娓动人，一切为康藏诸游记最。尤以工布波密及绛通沙漠苦征力战之事实，为西陲难得史料，比之《鲁滨逊漂流记》则真切无虚；较之以张骞班超等传，则翔实有致。"任志强先生的这一番话，真是说到家了。凡是读过《艽野尘梦》的人，相信都会对他的话表示认同。

《艽野尘梦》是纪实写真的回忆录，但它同样有着小说的情节曲折、细节丰富、故事引人入胜。仅以作者一行过羌塘无人区为例：时当冬季，海拔四五千米的高原异常寒冷，粮食吃完了，只好屠宰牲口，牲口没有了自然就不能再带行李，由此造成的只能是饥寒交迫，雪上加霜。这中间的很多细节，让人读来触目惊心，不胜唏嘘。比如说，火柴将尽，"每发火时先取干骡粪，揉搓成细末。再撕贴身衣上之布，卷成小条。八九人顺风向，排列成两行而立，相距一二尺，头相交，衣相接，不使透风。一人居中，兢兢然括火柴，燃布条，然后开其当风一面，使微风吹入，以助火势。布条着火后，置地上，覆以骡粪细末。须臾，火燃烟起，人渐离开……"像这样极富生活质感的描写，在《艽野尘梦》中可以说是比比皆是。同时，它又写得真实、深刻、冷峻，把绝地险境中人性的丑恶、文明底线的撕裂，都通过一个个具体的事件，入木三分地揭示出来。这里试举一例，就在陈渠珍一行举步维艰的时候，他们遇上了一小队蒙古喇嘛，人家看他们缺吃短喝，面有菜色，就给他们饱以酒食，赠予粮食，可他们中的一些士兵，吃了喝了人家的，不知感恩，反而密议袭击杀害喇嘛以夺其粮资。陈渠珍闻知其谋，只能空言劝谕，别无良策。次晨，兵士果然对喇嘛突然袭击。此次交火中，喇嘛死三人，四人逃去，"行李财物，既随骆驼飞去，即许赠糌粑二包亦口惠而实不至，至可痛心也。"作者说是痛心，其实应该说他们是"自作自受"。初上路时的众志成城，此刻已经荡然无存，依靠人性的本能来苦苦恪守的道德底线，只能让位于最原始的丛林法则。

《艽野尘梦》不仅写了一个极尽艰难、荒野求生的故事，而且为读者呈现了一个有血有肉、栩栩如生的藏族女子西原的形象。她机敏聪慧，坚毅果敢。在陈渠珍决定离开西藏的那个剑拔弩张的危急时刻，作为新婚不久的妻子，西原明知前路茫茫，凶多吉少，也明知一旦走出这一步，此生可能无缘再回西藏，但她依然毫不犹豫地站在了自己男人一边，帮助陈氏和随从逃出了拉萨。她善良，在饿极了的汉兵欲杀藏兵果腹，相对健壮的人要啃食同胞的节骨眼上，她不畏刀斧，挺身为弱者呼号。随后，又冒死带人去猎杀野驴野狼，只为保住羸弱者的性命。她忠贞，在波密战役的枪林弹雨中，她不顾漫天蝗虫一般的飞矢流弹和几步之外穷凶极恶的追兵，纵身跳下一丈多高的围墙，展开双臂，冲着自己的男人大喊："跳吧，我接住你。"在茫茫荒野上饿得快要倒毙的时候，她仍捧着仅存的一块肉对陈渠珍说："可以没有我，不能没有你。"她深明大义。临终前，她对自己跟从陈渠珍奔赴内地，一路上历经艰险的行动无怨无悔。她并不觉得是在付出或奉献，只把这些当作自己的本分。面对汹汹而来的死神，她想的不是自己，而是陈渠珍。她对他说："万里从君，相期终始。不图病入膏肓，中道永诀。然君幸获济，我死亦瞑目矣。"……西原，一个靓丽的身影，一颗高尚、勇敢的心灵，就这样深深地嵌进了读者的记忆。还有谁，比她，更能配得起"爱人"这个词汇？她，分明就是照亮荒野瘠壤的一炷灯火，就是《艽野尘梦》这个凝重、冷峭的故事中的一首诗。

《艽野尘梦》对涉藏地区自然环境、风土人情的描摹非常切当，非常到位。从这个意义上讲，《艽野尘梦》也是一份清末民初青藏高原风俗民情和人文地理的考察报告。这里，不妨随便摘引一段，供读者欣赏：

"自成都四日而至雅州，风景与内地同，自是以后，气象迥殊，山岭陡峻，鸟道羊肠，险同剑阁，而荒过之。沿途居民寥寥。师行于七月，时方盛暑。身着单服，犹汗流不止。过雅

197

州，则凉似深秋，均着夹衣。愈西愈冷，须着西藏毡子衣矣。
过大相、飞越诸岭，皆重峰叠嶂，高峻极天，俯视白云，盘旋
足下。大相岭，相传为诸葛武侯所开凿，故名。经虎耳崖，陡
壁悬崖，危坡一线；俯视河水如带，清碧异常，波涛汹涌，骇
目惊心。道宽不及三尺，壁如刀削。余所乘马，购自成都，良
骥也，至是遍身汗流，鞭策不进。盖内地之马，至此亦不堪矣。
行六日至泸定桥，为入藏必经之道，即大渡河下流也。夹岸居
民六七百户，河宽七十余丈，下临洪流，其深百丈，奔腾澎湃，
声震山谷。以指粗铁链七根，凌空架设，上覆薄板，人行其上，
咸惴惴焉有戒心……"

　　写得太好了！当代的众多游记，在描绘意象之高远上，有
几篇能与之相比？

　　《艽野尘梦》的文字，优美典雅，如行云流水，行之所当
行，止之所当止。全书不过 6 万来字，但这 6 万来字却都安顿
得很是地方，令人不禁有字字珠玑之叹。很难想象，行伍出身
的陈渠珍，文字驾驭能力会如此高超。后来，读了当年曾在陈
幕下任文书的沈从文先生的一段话，才知道陈渠珍其实是个文
武全才："他每天天不亮就起床，深夜还不睡觉，年近 40 也不
讨姨太太，平时极好读书，以曾国藩、王守仁自诩，看书与治
世时间几乎各占一半。"沈从文后来之所以走上文学道路，很
大程度上也是受了这位长官的影响。陈渠珍的文字，读者此前
已有领略。为了加深大家的印象，我还想再摘引一段："入室，

198

觉伊不见。室冷帏空，天胡不吊，厄我至此。又不禁仰天长号，泪尽声嘶也。余述至此，肝肠寸断矣。余书亦从此辍笔矣。"这一段话，写得多么百转千回，字字含情，催人泪下！今日读来，似乎仍能触摸到作者无限的痛楚。这里所说的"伊"，是指西原。到西安后，西原不幸感染天花，溘然长逝。一切都将好转之时，陪自己走过最艰难日子的那个人却不在了，这，如何能不叫人痛彻肺腑，万念俱灰！

　　而今书越出越多，古旧书也被抄来抄去，能"发掘"的好像都发掘了。像《艽野尘梦》这样原本籍籍无名的薄本小札，因为是私人笔记私家印本，又无关经国治世之大业，所以反被湮没。令人欣慰的是，近年来西藏、重庆等地的多家出版社相继出版了这本书。这不能不说是读者之幸。出版社是有眼光的，《艽野尘梦》确实是一部值得一读再读的书，也可能会是一部可以传世的书。尽管书中所讲的故事已很遥远，但现在的人们实在有必要听听这个故事。当然，也需要指出，由于时代和阶级的局限，作者在书中流露出的大汉族主义的观点和对辛亥革命的错误认识，应该实事求是地予以分析批判。

惊心动魄的荒原求生实录

千里湖山收笔底，一河碧水涌毫端

——读《贵德楹联选》

　　贵德县文联面向全国公开征集楹联作品，既是一项大胆的富有创意的实践，也是利用传统文体宣传贵德的一个不错的尝试。尽管在开始的时候不免有人怀疑，这样做行吗？外地人知道和了解贵德吗？他们欣赏贵德的山水人文吗？如此大范围、规模化的楹联征集，究竟能走多远？事实很快打消了人们的疑虑。广大楹联作者踊跃应征的行动，给了贵德县文联的同志以意想不到的欣喜。短短两个月时间，2000多件应征作品从全国各地纷纷涌来。作品的数量之多，总体质量之佳，完全超出了事前的预料。作者中，既有诗坛耆宿、楹联高手，也有文学新人、诗词爱好者。地域上，则几乎囊括了全国的各个省区。这样的葳蕤气象，为以往征文活动所罕见。

　　说这一活动富有创意，乃是因为，作为中国传统文化中的一枝绚丽的花朵，对联的优长是显而易见的。它体制短小，只有寥寥数语，但却文情并茂，以少胜多，如同诗之绝句，词之小令，最能凸显中文的灵慧和精妙。无论是咏物言志，还是写景抒情，都有很强的概括能力和表现能力。以这种形式宣传贵德的景物风情，无疑是找到了一个非常好的切入点。

中国历来有着为名胜古迹撰写、镌刻楹联的传统。这些名胜楹联多用于亭台楼榭、殿阁寺庙和名山大川。从这个意义上讲，贵德县的做法，其实也是对传统的一种继承。它使楹联这一古老的文体，又以一种新的方式重新回到我们的生活。可以设想，这些楹联一旦镌刻或悬挂于各个景点，必然能为贵德的山水增色，为景点添彩，发挥画册、文章等不能替代的作用。身临其境的游客，可以对景赏联；卧游书斋的读者，也不妨读联思景，想象贵德的美丽和美好，并从中获得思想的启迪、精神的愉悦和艺术的享受。

青海的旅游景点，自然景观居多。据我观察，不少景区的自然风光令人倾倒，美中不足的一点是，它们只停留于对自然之美的展示，而缺少对景区内涵更为深入、细致的挖掘。杭州西湖之吸引人，不仅仅是靠了它"浓妆淡抹总相宜"的山光水色，同时还有与其自然山水相互辉映的人文景观，其中也包括数量繁多、分布广泛的楹联。这就说明，主打自然风景游的景区，同样需要人文意象的装点和陪衬。而青海的景区中却绝少楹联，绝少对自然之美的解读、点化和升华，以致使人产生一览无余的遗憾，不能从中感受到更多的文化。贵德县文联开展的楹联征集活动，对促进文化与旅游的结合，可以说是进行了有益的探索，它将在一定程度上弥补青海景区存在的上述缺陷。

《贵德楹联选》一书，就是此次楹联征集活动产生的一个硕果。该书有以下几个特点：首先是视野开阔，收录面广。所收楹联，与贵德的自然人文景观十分契合。举凡梨乡、黄河、玉皇阁、千姿湖、石博园、丹霞地貌，县文化名人故居等均有涉及。其次是文字准确，文采飞扬。作为一种美好的文体，楹联有着悠久的历史。它发轫于五代十国，至明清两代最为兴盛。盛极一时的清代楹联，被学界誉为中国"古老文学传统末尾之处最灿烂的荣光。"直到现在，楹联不但没有失传，反而得到更大范围的普及。婚丧嫁娶、开学开业，常常都要用到楹联。一到春节，楹联更是铺天盖地而来。但恕我直言，铺天盖地的春联中，固然有好联，但其中相当一部分让人不敢恭维。它们要么是政治口号，缺乏文学意味；要么是内容上陈陈相因，充满了俗不可耐的陈词滥调；要么是不讲平仄对仗，完全失去了楹联创作应有的基本规范。

《贵德楹联选》一书，却让我对楹联写作现状刮目相看。书中收录的楹联，不能说每一副都很精彩。由于一些楹联作者没有到过贵德，他们对贵德的了解，完全依赖于网络资料，因而缺乏对贵德山水人文更为深刻的认识和更为真切的感受，其作品难免给人以泛泛、空疏之感。但可以肯定的是，书中的大多数作品，都具有丰富的思想蕴涵，具有诗意的美感和文学的韵味。它们有的气势恢宏，有的婉约纤巧，有的含蓄蕴藉，有的晓畅明达，有的像动人的诗篇，有的则似优美的山水画，有的如醉人的美酒，有的则是洗心的清泉。欣赏这样的作品，让人得到的是一种亲切、安稳而又温暖的阅读愉悦和审美体验。

如前所述，这些作品，是从2000多件应征作品中遴选出来的。笔者有幸参与了应征作品的评选，对于评选工作的认真、细致和公正，留下了深刻的印象。无论是初评还是复评，都经历了一个再三斟酌、反复比较的过程。复评之后，又不厌其烦地来了一次回头看，生怕评判有失公允，生怕会有遗珠之憾。对个别病联或有瑕疵的楹联，还做了必要的修改。作品的取舍，完全以其思想、艺术作为衡量标准，没有时下一些作品评选中令人腻味的圈子化，没有人情世故的掺和与搅扰。应该说，这是本书质量得以保证的一个重要原因。

再次是图文并茂，生动形象。书中配有大量与楹联内容或主题相关联的绘画作品。在视觉图像力量空前强大的读图时代，这既适应了大众阅读倾向的变化，也有利于以更为艺术、更为直观的呈现方式，吸引读者的关注。长联一页置一副，短联一页二至三副，显得疏朗而大方、简约而精致。看得出来，编者和出版社在书的装帧设计上的确是动了一番心思，下了一番功夫的。

书出版了，自然可喜可贺，但我希望此次楹联活动，不要因出书而画上句号。这些楹联还应该从书本里走出来，走入贵德的园林名胜、公共建筑，走进更为广阔的天地，发挥它们更大的效益，产生更为广泛的影响。

千里湖山收笔底，一河碧水涌毫端

墨蕴西海水　笔携昆仑风

——读张翔散文集《西望大泽》

　　我最早看到的张翔散文是《好大一棵树》。此文发表于1995年3月31日的《青海日报》。这是昌耀恢复正常的诗歌创作之后，第一篇较为详尽地报道昌耀先生创作情况以及出版书稿遇到难题的纪实性文学。那时候，人们对昌耀的认识还远不像今天这样清晰，但张翔却敏锐地觉察到了昌耀诗歌的魅力和价值。他以十分尊崇的语气，称颂昌耀为当代中国"一棵充满勃勃生机的诗歌大树""是以诗为生命的西部诗人。""他的诗以张扬生命在深重困境中的亢奋见长，感悟和激情融于凝重、壮美的意象之中，将饱经沧桑的情怀、古老开阔的西部人文背景、博大的生命意识，构成协调的整体。"由诗人昌耀的成就和遭际，作者进而又引申出一个耐人寻味的"昌耀现象"。这样，作品自然就具有了超越具体对象的普遍意义，写的虽是一人一事，但可以引发读者对多人多事乃至自身命运的思考。这一作品，传达出作者难能可贵的社会责任感和人文主义情怀，比之那些家长里短、杯水风波、情事艳遇、"为赋新诗强说愁"的书写，显然有着不同的品格和质地。

在昌耀先生去世之后，张翔又来到昌耀失意人生得到转换的地方——湟源县日月藏族乡下若药村，写下了《徜徉在诗人昌耀的第二故乡》。面对物是人非的村落，面对落成不久的昌耀诗歌纪念馆，作者禁不住发出了这样的感叹："谁也没有预见，在西部中国最为偏远的穷乡僻壤，在青海湟源的驿道旁，一棵诗歌的大树之根正在异乡的土地上顽强生长。然而，这里发生的一切，在50年之后，在诗人去世整整8年之后，才被这片土地和生活在这片土地上的人民所认识和关注，喜耶悲耶？只有时间，是最好的而且是惟一的见证……"这既表达了作者对诗人昌耀和"昌耀现象"始终不渝的关切、沉思乃至疼痛，同时，也把爱惜人才、敬重人才这样一个关系国家兴衰、事业成败的重大命题，郑重地提到了读者面前。

除了《好大一棵树》，张翔的另外几篇人物散文，也给我留下了深刻的印象。《一九七九的太阳》采用小说中人物描绘的手法，写初见水利工地爆破队长保寿的印象，写保寿与山下麦田里的姑娘对唱花儿时的得意和放旷，写他二进隧洞排除哑炮的奋不顾身……几个片断，几帧剪影，就把一个农村青年的形神点染无遗。乃至最后，当保寿不幸被对面峡谷开山放炮中飞溅过来的一颗石头击中太阳穴，而倒在他经常唱花儿的那个山崖上时，作品给予读者的就不仅仅是感动，更有久久难以释怀的叹惋唏嘘。文章简洁有力，布局精巧，保寿的音容笑貌跃然纸上，一点不输那些洋洋洒洒的长篇大文。《旷世乡愁》是一篇写宗喀巴大师生平事略的散文，同样有着小说的笔法，琐琐细细，生动传神，以至可以作为大师的小传来读。而乡愁——宗喀巴大师对家乡和亲人的无限思念，大师的母亲盼儿归来的望眼欲穿，则堪称该篇作品的"文眼"。

在《大美》一文中，作者写了几个普普通通的青海人和他们的故事：以诚信赢得他人尊重和顾客信赖的韩海珉；个体导游、十六岁的小姑娘马丽娜；脸蛋上映着高原红，始终不忘记担当家的责任的乐都山区农家子弟高占喜；玉树地震中以其出色表现而感动了无数人的才仁当周。张翔笔下的这几个人物，是那么有血有肉有温度，让人不禁为之动容。凡人小事的叙述角度，精神世界的深入挖掘，娓娓道来的讲述方式，构成了一束熠熠生辉的大美之光，烛照和温暖着读者的心田。即使在今天这个物质膨胀的时代，这些草根百姓的行为举止和高尚情怀，依然会让有情操的人们热血奔涌。

"新闻结束的地方，就是文学出发的地方。"张翔当记者多年，他的许多散文作品都脱胎于新闻，但分明又不同于新闻。这种不同着重表现在：张翔不满足于简单、平面地叙说对某一事物的认识和感受，而总是要对实地采访和实地体验获得的感受、材料下一番改造、加工、重塑的功夫，对叙写对象进行多侧面、多维度的聚焦，努力挖掘事物的丰厚内涵，追求一种文章的厚度、广度和深度,使其不致停留于新闻层面。譬如,在《西望大泽》这篇书写青海湖的散文中,作者就纵横腾挪涉笔甚广,既写了历代文人墨客对青海湖的礼赞和歌颂,写了与青海湖有关的昆仑神话和融入大湖万顷波涛的六世达赖,还写了缘起青海湖和环湖草原的两支传唱不衰的歌曲——《在那遥远的地方》和《金瓶似的小山》。自然与人文交相辉映,历史与现实融为一体,这样一来,作品就不再是一面客观反映现实的镜子,而是一面穿越现实表层深入肌理的"内窥镜",具有了文学的品位、文化的含量和历史的纵深感。又如《土豆歌谣》,一开头就不同凡响:"因为与土豆相依为命的经历,使我对土豆的感情无以复加,以至于从心底里称呼土豆为我们的'娘亲'。"而后,通过回望孩提和学生时代,土豆对于他的成长所产生的作用和力量,巧妙地把话题转入土豆播种和收获时的动人场景。再之后,又写了出身于农村的一些作家、诗人、企业家、大学生走出黄土地以后,依然怀念家乡,怀念土豆,并以写诗作赋的方式,表达对土豆的感念和感恩。最后,还讲了一个靠吃土豆长大,靠种土豆脱贫,为经营土豆而与土豆结下不解之缘的青海农民的故事。特别值得称道的是,在展开以上内容的时候,作者总是把自己摆进去,用个人的情感和活动作为引线,于不动声色之间就把故事讲完了。同时,他也总是综合运用抒情、议论、描摹、渲染、烘托等各种表现手段进行浓墨重彩的表达,而不局限于对事实的陈述。譬如说,他写土豆播种和收获的那段文字,就充满了场景再现的画面感,充满了浓郁的乡野气息和生

墨蕴西海水　笔携昆仑风

活情趣。尽管，饱满的细节以及场景的画面感并非散文的核心要素，但适当地运用和穿插，对于充实作品的内容，提升作品的审美品位，仍然有着很大的作用。

张翔祖籍陕北，但他生在青海，长在青海。可以说，青海是他真正的故乡，更是他的精神原乡。他深爱青海的一山一水一草一木，他时刻关注着青海一点一滴的变化，她的美好，她的伤痛，她的快乐。他把对生活的观察和思考，对脚下这一片土地的热爱和眷恋，都熔铸在了自己的新闻和文学作品之中。他的散文，几乎都是在写青海。《花儿为什么这样红》《再读母亲河》《燃烧的巴颜喀拉》《北山之秋》……这一个个镌刻着青海印记的标题，便已透露出张翔的审美取向和情之所钟。他写青海湖，写塔尔寺，写黄河源头生态环境的变迁，写察汗河满山遍野的杜鹃花，写河湟谷地色彩绚丽的田园风光，写粗犷而又妩媚的北山之秋……他挖掘青海的文化和历史，书写青海的风物与人情，其情殷殷，其意拳拳。说他是青海高原一个不知疲倦的歌者，似乎并不为过。

早年基层生活的磨砺，二十多年的记者生涯，阅读与行走的相互伴随、相得益彰，为张翔带来了不同一般的生活体验和心灵触动。许多被人们司空见惯的景物，在他笔下，都被赋予了新的惊喜和新的意义。似乎可以这样说，《西望大泽》的厚实和丰满，是通过张翔坚持不懈地行走和阅读而呈现给读者的。为此，我们有理由相信和期待，张翔的读书、寻访和体察，始终在路上；他的行走和书写，一定能够结出更为丰硕的果实。

还想说的一点想法是：张翔的不少散文篇幅偏长。长有长的必要和好处，但以散文的特点而言，我倒是觉得，精粹、凝练的散文更值得提倡。这既与大数据时代的生活节奏相适应，也符合散文的创作规律，还有利于作家"惜墨如金"，写得更为简洁，更有节制。我愿以此与张翔共勉。

墨蕴西海水　笔携昆仑风

聚合戈壁瀚海的雄健和苍凉

——序刘玉峰《大柴旦印象》

　　我与刘玉峰相识已经 30 多年了。我们的关系，可以用兄弟加朋友来形容。20 世纪 70 年代，他在海西蒙古族藏族自治州州委办公室工作，我在州委宣传部工作，彼此见面的机会很多。玉峰年轻时就有作家梦，喜欢读书，时不时还写点文章，一有新作就兴冲冲地拿给我看。尽管，他那时的作品还略显稚嫩，但他对文学的执着、专注和认真，却真是让我感动。

　　玉峰 10 岁时随父母来到德令哈，他的少年和青年时代都是在德令哈度过的。他对柴达木怀有很深很深的感情，对柴达木人历经艰难依旧奋斗不息的精神怀有永恒的敬意。在海西州委和州文化工作站工作期间，他有机会走了柴达木的许多地方，了解和搜集了不少生动鲜活的故事。那一段人生阅历和生活积累，成了刘玉峰最重要的写作资源。即便后来离开了柴达木，刘玉峰仍经常回来，不知疲倦地在柴达木奔走，用心去感受她的脉动、她的变化，用笔去书写她的美好、她的伤痛、她的忧乐。诚如他在《乡愁》一文中所说的那样："客居北京以后，也创作过一些描写北漂生活的文学作品，可是写来写去，总是觉得双脚没有落地，心里空落落的。彷徨了一段时间之后，终于恍然大悟，让我踏实的地方还是柴达木那片土地。无论我走得多远，生命的根依然在那片土地。那片土地给了我灵感，给了我勇气。那片土地像一座灯塔，照亮了回家的路，也照亮了创作之中的迷茫。"因为思想感情是指向柴达木的，创作题材也便自然而然地集中到了柴达木。玉峰决心要把柴达木作为自己在文学创作上的一口深井，挖掘、挖掘再挖掘，不断地从中汲取营养。

近年来，刘玉峰陆续推出了《往西是当金山》《布哈河》《东山坡上的骆驼》三部长篇和多部中短篇小说、散文作品集和电影、电视剧文学本。写得多，产量高，当然值得赞许，这说明玉峰很勤奋、很努力，但我更看重的还是刘玉峰作品的思想、艺术质量和他在文学创作上严肃认真、精益求精的态度。《往西是当金山》和《布哈河》是对柴达木 20 世纪五六十年代那一段拓荒历史的钩沉和反思。《东山坡上的骆驼》讲述的则是新中国成立初期青藏公路建设中驼工的故事。依照玉峰的年龄，写那个年代发生的事情，必然会有一些困难。最大的困难是如何真正进入当时的历史语境，准确地再现那一特定历史时空下的人物和他们的行动。我知道，为了这几部长篇的写作，玉峰查阅了大量的历史资料，访问了许多了解或亲历新中国成立之

聚合戈壁瀚海的雄健和苍凉

211

初到 20 世纪五六十年代历史的人，并专程去马海、莫河体验生活，身临其境地了解那里的自然环境和当年农工、驼工的情况。正是由于案头功课做得比较充分，实地调研比较扎实，因而避免了现代意识和历史本来面目之间可能产生的抵牾，在作品中较好地还原了柴达木一个时期轰轰烈烈的拓荒历史，再现了历史情境中人物的生存状态，写出了历史和人性的复杂性，表达了对人与自然关系的反思，和对极左政治影响下蔑视科学，无视自然规律，随心所欲、盲目蛮干等做法的否定和谴责。冷静的现实主义手法，真实的细节描写，字里行间所呈现的强烈的画面感，也都大大增强了作品的思想容量和文学品位，使得刘玉峰的文学创作跃升到了一个新的层面。《往西是当金山》能够获得青海省第十一届精神文明建设"五个一工程"奖，证明了玉峰的文学创作已经在业界形成影响并引发关注。

散文集《大柴旦印象》正是在这样的大背景下应运而生，他秉承了刘玉峰一贯的写作风格，在承袭现当代文学描写地域风情的优良传统的同时，着意采集地方山水的灵秀，聚合戈壁瀚海的广漠和苍凉，写得自然朴素，写得情深意浓，也写得形式多样，不拘一格。其中，一些作品写得真实可感，地域特色浓郁。如《一棵树的传奇》，分明就是一曲悠扬舒缓的生命之歌。一棵普普通通的杨树，长在万木葱茏的地方，丝毫不足为奇。但在绿色十分稀缺的戈壁荒原，一棵树，就是一道亮丽的风景。作者通过讲述这一堪称绿色传奇的故事，生动地表现了柴达木自然环境的严酷，以及人对绿色的憧憬和期盼，对树木的关爱和呵护，进而讴歌了柴达木人的绿色情怀和绿色梦想；一些作品借景抒情，情景交融，在叙写自然景物的同时，恰到好处地抒发了作者的感情，如《红柳花》，在写了马海当年灿若云霞的红柳之后，作者禁不住发出了这样的感慨："倘若那片亿万年形成的高原景观没有毁灭，在发展绿色旅游的今天，那片得天独厚的红柳林，不知要吸引多少人去观赏。如果真是那样，马海该多么热闹。"这种因境生情的表现手法，既符合散文的文体特征，也有利于作品主题的深化。还有一些作品，则采取了一种摇曳多姿、与散文传统迥然有别的言说方式，表现出一种自然洒脱、流动不羁的行文风度。如《西风穿过魔鬼城》一文，在描述了南八仙千姿百态的风蚀残丘之后，作者忽然笔锋一转，又写了在魔鬼城中发生的一个扑朔迷离的故事。阅读过程中，我一直在想，魔鬼城中居然会发生这样的事情。读到最后，我才恍然大悟，原来，这不是一个真实的故事，而是作者以魔鬼城为特定环境编织出来的一个剧本梗概，这就分明是用电视剧的笔法来写散文了，与其说是另类，毋宁说它也是一种写法上的探索与创新。

　　以往，虽然也见到过书写大柴旦的文学作品，但那都是些散篇断章。现在，能有这样一本专写大柴旦，聚焦大柴旦，全景式地勾勒大柴旦的自然生态、风物人情、历史文化的书，可以说是填补了历史的一个空白。它对于人们更好地了解和认识大柴旦，了解和掌握大柴旦发展演变的轨迹，无疑会产生积极的影响。书中写到的许多地方，我都去过；写到的一些人，我

213

也熟悉，因而读来格外亲切。玉峰的散文，将我的心又一次带回了柴达木，带回了那一片令人刻骨铭心、没齿难忘的土地，让我听到了伊克柴达木湖水拍岸的阵阵涛声，看到了达肯大坂山红旗峰上的皑皑白雪。

略感不足的是，书中的有些篇章还写得有点肤浅和浮泛，没有完全展示出一个地域的沟壑裂纹或一种景物的神韵风采。另外，虽然也写了一些人，但多是寥寥几笔，失之过简。如果作者能将讲述的视线，更多地延伸到人，延伸到大柴旦芸芸众生中那些创造了奇迹而又默默无闻的人物，从他们真实的故事里去寻找大柴旦的发展脉络，那就更好了。另外，从玉峰以往作品的阅读中，我感觉他更擅长于长篇小说的创作，也应该在长篇小说创作中做出更好的成绩。毕竟，在所有文学表达的方式中，长篇小说是信息量最大，表现方式最灵活，故事性最强，也最受读者欢迎的文学体裁。也只有长篇小说，才能最有效地反映柴达木波澜壮阔的开发建设历史，才能承载得起柴达木故事的厚重和丰赡。

柴达木是一片厚重的土地，在这片土地上发生过许多有幸或不幸、沉雄或凄美、壮烈或苍凉的故事，也理应产生更为厚重、更有社会意义和文学价值，可以让人思考、咀嚼和回味的作品。这样的重任已经历史地落在了真正热爱和眷恋柴达木的作家肩上。我衷心地希望玉峰和其他有志于书写柴达木的作家朋友树立艺术追求的大目标，用十年磨一剑的从容和自信，沉下心来，写出无愧于时代、无愧于柴达木的优秀作品，特别是小说作品。

长天春水鹤归来

——电视纪录片《黑颈鹤成长日记》观后

由祁连山国家公园青海省管理局出品、摄影家张景元担纲主创的大型生态纪录片《黑颈鹤成长日记》，于今年6月5日20时在央视纪录频道播出（9月7日20时重播）。6月5日是世界环境日，在这一天的黄金时段播出该剧，足见央视对《黑颈鹤成长日记》的推崇。

该片以祁连山国家公园湿地的一个黑颈鹤家庭作为关照对象，完整地记录了雄鹤高山和雌鹤夏雨来至夏季繁育地后从交配、筑巢、产卵、哺育到迁徙离开的全过程，生动地展示了祁连山国家公园的自然之美、生命之美、原真之美和生态保护成果。该片的摄制和播出，对于唤起更多的人热爱自然、关注生态、爱护环境、保护野生动物，无疑都会产生积极影响。更不用说，这种纪录片还有重要的史料价值。随着时间的推移，视

215

频中的画面会显得弥足珍贵。

从成千上万只黑颈鹤中选取一个家庭作为聚焦对象，这既符合文学艺术以小见大、窥一斑而知全豹的特点和规律，也在很大程度上去除了片子的难以承受之重，避免了内容的庞杂，避免了空泛压倒细节、抽象大于具体等纪录片常见的一些毛病。在我看来，这是该片好看的一个重要原因。尽管，拍摄对象的选择是一个艰难漫长、颇费周折的过程，但《黑颈鹤成长日记》的创作者仍然义无反顾地避易就难。

《黑颈鹤成长日记》的题材、主题都很好，但对一部电视纪录片来说，仅仅有一个好题材、好主题是远远不够的。要想拍出一部好片子，还必须考虑采用合适的叙事方式。叙事方式的演进，是伴随着技术手段、创作观念和观众欣赏水平等一系列变化而变化的。多年以前，画面加解说曾经是我国纪录片的主导叙事方式，后来，访谈加解说又成为纪录片常见的一种叙事方式。从20世纪90年代开始，纪实的创作观念逐渐兴起，纪录片的创作中也相应地出现了客观纪录的创作方式。这是一种类似故事片创作的方式，以人物故事渗透创作者对主题的多元化解读，与故事片不同的只是：纪录片是同步取材，而且这种"材"是生活中真实存在的，不是虚构和扮演的。

《黑颈鹤成长日记》正是采取了这样的叙事方式。它不是主题先行，让所有拍摄的素材都成为论证主题的工具；它没有使用大段大段的解说这种过强的主观形式，使画面或多或少地沦为解说的附庸、图解的手段；它也没有用平淡的议论、空洞的说教或直抒胸臆的颂扬，将现成的思想或结论强加给观众。它从始至终都是通过镜头的运动，把一个黑颈鹤家庭连同周边其他野生动物的生活情状、悲欢离合，一点一滴却又淋漓尽致地呈现在观众眼前，进而引发观众的思考和回味。片子中那种扑面而来的生活原生态，绝不是肤浅直白的议论或说教所能取代的。

《黑颈鹤成长日记》的创作者显然是把节目好看当作了创作的重要着眼点。在叙事情节化，有故事也有细节方面，他们做出了极大努力。这样做，既符合目前纪录片创作的发展方向，也使片子有了吸引人的魅力，好看，耐看。该片中的很多情节和细节，诸如雄鹤和雌鹤在求偶圆舞曲中热烈地对歌欢唱，以博取对方的欢心；它们对子女关爱有加，白天一直照料孩子觅食，晚上自己才紧着吃点东西；幼鹤小雪和小雨锲而不舍地练习飞行，为日后的长途迁徙创造条件，积蓄力量；高山、夏雨和小雨离开海子湿地之前，专程来到小雪从高压线上掉落的地方，久久盘桓，长时间地鸣叫，而后几度低空飞旋，与故地和死去的小雪依依告别，等等，无不让人印象深刻，过目难忘。这些故事元素或情节元素的植入，以及同期声、自然声的运用，都较好地起到了强化作品真实性、可视性的作用。

这种客观记录的叙事方式，对创作者提出了更高要求。它要求创作者深入生活，切实体验生活，甚至要把自己完全融入被拍摄者的生活，从中发现和提炼细节、情节乃至故事。《黑颈鹤成长日记》的创作者是这样做的。他们用三年的日月拍摄此片，除去黑颈鹤离开的时间，摄制组与黑颈鹤朝夕相处的日子长达 230 多天。230 多天里，他们每天带着上百公斤的设备，跟随黑颈鹤一家在沼泽湿地里"漫游"，少则走 3 公里至 5 公里，多则 10 公里左右。我从被拍摄的黑颈鹤在镜头面前的从容淡定，从创作者抢拍到的那一个个精彩瞬间，从幼鹤小雪遭遇不幸后，主创人员万般焦灼的神态和紧急送医的行动，不难想见，《黑颈鹤成长日记》的创作者和拍摄对象已经建立了多么深厚的感情，也不难想见，他们在拍摄现场是多么协调一致，紧张工作，全身心地捕捉任何一个需要拍摄的镜头。

《黑颈鹤成长日记》是祁连山国家公园青海省管理局与他们的首席签约摄影师张景元合作完成的。张景元长期从事广播电视和文化工作，具有纪录片创作的深厚功力和娴熟的摄像技巧，更具有令人感佩的敬业精神。我记忆犹新的是，多年以前，在对黑河大峡谷的拍摄中，张景元和他的创作团队起早贪黑、风餐露宿，在 30 天的行程中翻越了 37 座大大小小的山岭，遭遇了不可胜数的困难和风险。30 天下来，素材带拍了一大堆，人却瘦了一圈。退出工作岗位以后，张景元依然精神饱满地奔波于他所挚爱的祁连山野，拍摄了不少好照片，获得了大量的纪录片创作素材。《黑颈鹤成长日记》就是他多年辛苦劳碌的一个结晶，也是他纪录片创作中引人瞩目的一大亮点。

《黑颈鹤成长日记》的创作实践又一次证明，青海本土的作家艺术家们，了解和熟悉自己脚下的这一片土地，懂得这片土地给予自己的一切和自己对这片土地肩负的责任。这是任何一个外来者都无法企及的条件和优势。从这个意义上讲，在他们的笔或镜头之下产生文学艺术精品，应该是顺理成章、天经地义的。

人称"高原仙子"的黑颈鹤，是生活在青藏高原和云贵高原的一种珍稀物种，1876年被发现于青海湖畔，1990年被定为青海省省鸟。青海人对黑颈鹤有着一种特殊的感情，青海影视人与黑颈鹤更是缘分不浅。20世纪80年代，老一辈电视工作者王怀信和他的创作团队，用了三年时间，寻觅、追踪和拍摄黑颈鹤。他们辗转奔波于青海、甘肃、宁夏、陕西、四川、贵州、云南、西藏八个省区，考察了大小湖泊、湿地24处，拍出了一部极具警示意义和科学考察及艺术观赏价值的影片《黑颈鹤之乡》，为遏制当时黑颈鹤种群的濒危状态作出了积极的贡献。40年之后，张景元和他的创作团队继承和发扬老一辈影视人的优良传统，也是用了三年时间，将一个黑颈鹤家庭引人入胜的故事搬上了央视屏幕。两部纪录片的拍摄，着力点有所不同，前者重在展现黑颈鹤的行踪和栖息环境，后者重在展现黑颈鹤在国家公园恬然、安适乃至"诗意的栖居"，虽然这诗意中也饱含成长的艰辛和痛失"亲人"的苦楚。两相对照，我们既为40年间黑颈鹤栖息环境的明显改善和种群数量的显著增加而欣慰（20世纪80年代，中国黑颈鹤的种群数量不足1000只，1996年仍被列为《中国濒危动物红皮书》中的濒危等级，目前已增至17000只），也为青海影视人一以贯之的精品意识和奋斗精神而骄傲。

百姓情怀与奋斗精神的深情演绎

——评电影《牧民省长尕布龙》

电影《牧民省长尕布龙》已于 5 月 20 日与全国观众见面。
该片以平实质朴而又引人入胜的表现形式，呈现了被中宣
部授予"时代楷模"称号的优秀共产党员、青海省原副省长、
省人大常委会原副主任尕布龙的感人形象，展示了他在青海高
原几十年如一日的坚守，演绎和诠释了他令人动容的百姓情怀、
奉献精神和奋斗精神。

尕布龙作为一名省级领导干部，他的身上当然有很多故事，
但这些故事的日常性、重复性和平淡性，与电影创作需要的跌
宕起伏的情节，强烈的戏剧冲突距离还是比较大的。这样的题
材不仅难以类型化，连实现基本的剧情化都很困难。正因为这
样，不少对这一题材有过兴趣的业内人士几经踌躇，最终都放
弃了这一颇具挑战意味的题材。电影《牧民省长尕布龙》的创

作者们知难而进，勇挑重担，较好地完成了这一看似很难完成的任务，将尕布龙的形象成功地搬上了银幕。

写好人物是叙事性作品的重心。恩格斯提出的创造"典型环境中的典型人物"，今天依然是一个标杆，衡量着创作者的识见与功力。《牧民省长尕布龙》注意对真实的青海省情、浓郁的高原风情，亦即主人公赖以活动的典型环境的提炼和渲染，更注重对人物的刻画，力求塑造出一个鲜活、立体、丰满的人物形象。影片通过以家做旅馆、吊庄移民、精准扶贫、抗雪救灾等典型事件，着意强化了人与自然、人与自我的冲突，直观而感性地表现了尕布龙对理想信念的坚守，对初心使命的践行和对人民群众的拳拳赤子之心。同时，他又通过草原上的载歌载舞，与群众分享羊肉面片的平易近人，面对抗雪救灾中牺牲战士的热泪横流，和对妻子的深情关爱，对女儿的殷殷嘱托，表现出尕布龙作为一个生命个体的多重面相，作为一个同志、一个丈夫、一个父亲身上所具有的人情味与烟火气。通过深入挖掘人物平凡中的不凡，展现人物温暖鲜活的音容笑貌，《牧民省长尕布龙》实现了与观众的共情共鸣，让观众能更好地亲近人物，接受和理解影片所传递的理念和精神。

20世纪八九十年代，中国电影在人物传记片、英模片领域创造了骄人的业绩，涌现了《焦裕禄》《孔繁森》《离开雷锋的日子》等一批优秀作品。新世纪之后，虽然也有《杨善洲》《我的左手》《老阿姨》等佳作问世，但根据英模故事改编的影片，似乎还没有像《雷锋》《焦裕禄》等作品那样，一经播出，便在全社会产生了广泛甚至轰动性的影响。这一问题的产生，既有客观上的原因，也有创作者主观上的原因。客观原因是文化的多元发展，国人的审美变迁等带来了观众的分流，主观原因则是英模片的创作的确也出现了某些程式化、套路化的倾向，银幕上的英模形象往往空洞化、概念化，使人有可敬而不可亲、可亲而不可学的感觉。可以这样说，英模片的创作一度陷入了困境。我以为，《牧民省长尕布龙》已经在很大程度上实现了对英模片创作困境的突破，它是继《守岛人》（根据"人民楷模"王继才先进事迹改编的电影）之后，我在最近几年看过的又一部可圈可点、品位不俗的英模题材电影。

《牧民省长尕布龙》的成功，展现了现实主义创作所蕴含的巨大力量。本片主创团队进行了扎实的调查研究，实现了对创作素材最大程度的搜集和掌握。团队几度赴尕布龙的家乡和他工作过的地方采风，同许多熟悉尕布龙的干部群众交谈。扮演尕布龙的演员黄品沅在拍摄之前便参加了草原生活的体验和全片的剧本阅读。通过与影片中原型人物的"对话"，深入探寻影片主人公的生活轨迹和精神世界，从而较好地进入了角色，融入了故事。他和其他演员用朴素自然的表演，为这部电影增添了强烈的感染力。

刘郎与更嘎才旦 1992 年合写的歌曲《青海人》，热情奔放、铿锵有力，再现了青海的雄浑和苍凉，唱出了青海人的志气和心声。以这首歌作为该片的主题歌，不仅十分契合，而且意味深长。尕布龙是青海人的杰出代表，讴歌尕布龙，其实也是在讴歌青海人。

电影是一种遗憾的艺术,《牧民省长尕布龙》自然也不例外。在我看来，它的缺憾主要是：出任西宁市南北山绿化指挥部常务副总指挥的十年，是尕布龙生命途程中的一段华彩乐章，也是他心里有群众并且有山水的生动体现。由于在绿化工作中成绩突出，尕布龙于2001年获得了全国首届"母亲河奖"，他是当年西北地区唯一获此殊荣的人。对于这样一段值得铭记和颂扬的史实和功业,《牧民省长尕布龙》却语焉不详，一笔带过。这不能不说是该片的一点美中不足。

榜样的力量是无穷的。经济的发展和社会的进步，离不开先进典型、英模人物的带动和辐射。影视创作应当给予英模人物以更多的关注和聚焦，讲好他们的故事，弘扬他们的精神，用激动人心的影像叙事，丰富和发展英模题材影视的创作模式，努力推出一批令观众叫好的精品力作。

223

纪录片是时间的艺术

——观电视纪录片《格萨尔的英雄草原》有感

　　世界上最长的史诗《格萨尔》，千百年来一直回荡在青藏高原的山山水水之间。它拥有史诗的厚重和深邃，拥有百科全书的详备和广博。遗憾的是，多年以来，对它，虽然也有过零星的、片段的影视呈现，但始终缺少一部内容丰赡、形式与之匹配、影响广泛的影视作品。由上海市委宣传部、青海省委宣传部、上海广播电视台和青海广播电视台联合出品的中国第一部全面展示格萨尔史诗的大型电视纪录片，无疑弥补了这一缺憾。

　　在我看来，这部纪录片的成功，首先得力于作品深刻、厚重的思想内涵与浑然一体的艺术表现形式的相互融合，同时，也得力于主创团队不急不躁，不慌不忙，数年如一日地坚持和守望；这部纪录片的价值，则体现在创作者对《格萨尔》理解的深度和表达的完美上。它显然已经突破了新闻纪录影视纯纪录的局限，摒弃了就事论事的平面和表面的叙述方式，在真实反映生活的前提下，主创团队阅读了大量的相关文献、书籍，对选题进行了深入开掘，进行了艺术的提炼和形象化的概括，对该片所要追求的影像品质、叙事风格进行了深入探讨；它也显然有别于这样一类纪录片：主题先行，又基本上是解说词从头灌到底，拍摄的素材很大程度上是为了论证主题的正确。解说词、字幕、同期声乃至航拍、情景再现等表现手段在该片的综合运用，客观再现和虚拟再现等叙事技巧的相互交叉，全方位的叙事视角等等，都赋予该片以更多的影视性成分和人文性成分，使片子灵动而不板滞，鲜活而不枯燥。

　　纪实性是纪录片存在的基础。纪录片不同于故事片。故事片事先都有完备的剧本，所有的场景和镜头都是人为安排的。纪录片事先没有剧本，所有的场景几乎都是自然状态的（情景再现除外），是摄制人员在现场从一切有利的角度去抢拍正在进行着的事物。拍摄的好坏，直接影响着纪录片的成败。正是从这个意义上，人们得出了一个结论："纪录片是拍出来的。"《格萨尔的英雄草原》的前期采访和拍摄用了一年多的时间。拍摄期间，上海广播电视台纪实频道的五个摄制组先后十多次进入涉藏地区腹地采访拍摄，几乎把青海、西藏、四川、甘肃所有与格萨尔传说有关的地方都走了个遍。每次短则一个月，长则两个月。途中经历过路面塌方，车上没水没粮，在零下十几度的草原搭简易帐篷和衣而眠等各种困难，更不用说因语言不通

225

而带来的误解了。我从荧屏和摄制组成员讲到的一些荧屏背后的故事中，就完全可以想见，该片的主创团队是多么入戏，多么协调一致、紧张工作，全身心地投入到正在拍摄的情景中去。他们又是多么地眼观六路、耳听八方，注意吸收来自方方面面的信息，生怕与该拍摄的东西失之交臂，生怕被拍摄的事物稍纵即逝。不妨举个例子吧，片子中有一个格萨尔时代兵器的展示。观众哪会知道，它的拍摄原来是有一段故事的：摄制组的同志从网上查到，玉树藏族自治州有个叫达那寺的寺院，珍藏了不少传说中的格萨尔时代兵器、配饰等物。虽然路途遥远，路况极其不好，他们仍然义无反顾地到了那个人烟稀少的地方，并且如愿拍到了寺院此前从未向外人展露过的宝贝。这样的闻风而动，这样的不畏艰险，怎么能不拍出好片子呢？也正是由于摄制组不厌其烦、一趟又一趟地奔赴草原实地拍摄，青藏高原四季不同的大美风光，扑面而来的生活原生态和煨桑、赛马等迷人的民俗风情才得以在荧屏上一一展现。

《格萨尔的英雄草原》中用了比较多的人物采访同期声。以采访作为片子重要的结构元素，作为贯穿全片的线索，应该说是该片的一大特点。对于《格萨尔》这样一部卷帙浩繁，体量极大，内容博大精深，涉及民族、宗教、历史、地理等方方面面知识的活态史诗，没有专家学者和格萨尔艺人的不时出镜，没有他们的解读和阐释，老实说，许多地方观众未必都能看得明白。可以肯定，在拍摄过程中，创作者一定是花了很长时间去各地采访，与被采访者交流、沟通与磨合，逐渐形成一种融洽自然的氛围。否则，众多的被采访者在镜头面前就不会这样亲切自然，一如平日，整个片子也不会像现在这样圆润顺畅。

后期制作中从文稿到剪辑，到配乐，又花了一年多时间，又经历了无数的推敲、斟酌与推倒重来。连同头一年的准备工作，《格萨尔的英雄草原》的拍摄实际上用了三年时间。三年磨一剑，这把剑会是什么品貌、什么质量，应该是不言自明的；一个个镜头背后，有着怎样的辛酸和不易，也应该是不言自明的。

该片的主创团队是一支学历高、年纪轻的队伍，平均年龄只有 35 岁。他们的勤于学习、敏于观察、长于思考，他们的吃苦耐劳、敢于拼搏、能打硬仗，他们身处快节奏的时代却不一味地追求速度，不单纯地以快取胜的淡定和从容，无不显示出新一代电视人的气象和风采，以至使人不能不产生"后生可畏"的感叹。

《格萨尔的英雄草原》的创作实践再一次证明，纪录片是时间的艺术。苦和累是纪录片的标配，时间与片子的质量则往往成正比。没有创作者较长时间的投入、琢磨和积累，没有深入细致的采访，却要异想天开地弄出一部震惊四海的纪录片作品，怎么可能呢？

如果我们的影视工作者都能充分认识到纪录片是时间的艺术，也都能像《格萨尔的英雄草原》的主创团队那样，舍得花时间，舍得下功夫，那么，我相信，我们的纪录片创作就一定会有令人欣慰的成绩。

一部影像化的青海解放史

——评文献纪录片《定昆仑》

青海广播电视台拍摄的四集文献纪录片《定昆仑》在多个频道播出之后，得到了观众的广泛好评。作为一部反映历史的主旋律纪录片，《定昆仑》在重大革命历史题材内涵的挖掘、把握和呈现上，显然作出了很大的努力。可以毫不夸张地说，这是迄今为止反映青海解放这一题材内容最为丰富、史料最为翔实、表现最为完整的一部文献纪录片，是一部影像化的青海解放史，填补了青海重大革命历史题材影视创作的空白。

《定昆仑》彰显了信仰之美，展现了初心使命和崇高精神。它以流畅的画面，将那些看似碎片化的历史片段——串织起来，梳理、回顾和展示了人民解放军解放青海和新中国成立初期青海肃清匪特，巩固新生的人民政权，建立各级党组织，恢复经济、发展生产等各项工作，引领今天的观众走进 70 年前战火硝烟的峥嵘岁月，了解和感受中国共产党为人民谋幸福、为民族谋复兴的崇高信念，了解和感受人民军队听党指挥、无所畏惧、一往无前的赤胆忠心，了解和感受革命前辈用生命和鲜血践行理想信念，以及在为理想和信念而战的道路上不懈奋斗、勇于牺牲的精神境界和价值追求，让观众在领悟党和人民的奋斗史中深刻理解中国共产党赢得胜利是历史的选择、人民的选择。在对这一历史时期涌现的重要战例、重大事件、英雄业绩、感人故事的讲述之中，纪录片《定昆仑》的创作者通过对历史主流与本质的准确把握，阐述党的光荣传统、宝贵经验和伟大成就，揭示过往历史的当代价值，让观众弄清楚我们从哪里来，到哪里去，弄清楚我们今天的岁月静好，是有人在替我们负重前行的结果，从而达到用历史的成就激励人、用历史的经验启迪人、用历史的教训警示人的创作初衷和社会效果。

《定昆仑》注重历史文献、历史档案及影像资料的潜心挖掘和充分运用，始终不渝地坚持了资料使用上的"老镜头、老照片、老文献、老环境"这一多少有点麻烦的"四老"原则。这样做，虽然会给创作带来许多难以想象的困难，但它却从根本上维护了文献纪录片应有的真实感，使朴实无华的屏幕传达滋生出一种强大的说服力和一种令观众迅速接受以至被感动的艺术效果，从而避免了片子走向政论或一味依赖解说的问题。这里需要强调的是，"挑选"和"运用"是个极为重要的概念。一方面是"老镜头、老照片、老文献、老环境"本身的表现力，另一方面则是镶嵌与联结的得当。由于挑选运用得恰到好处，

一部影像化的青海解放史

因而许多老镜头、老照片、老文献、老环境在屏幕上顿然焕发异彩，收到了以一当十的视听效果。

在影视资料相当匮乏的情况下（这是不难理解的，在那个战火纷飞的年代，文献资料留存有着很大的条件限制），《定昆仑》比较多地采用了人物采访同期声。被采访者既有当年参战的解放军指战员，也有战争所在地区的群众和部分国民党军队中的参战士兵，还有做历史研究的专家学者。通过他们的讲述和解读，并辅以大量珍贵的影像资料和技术手段，来还原和再现 70 年前那一段惊心动魄的铁血岁月。

近年来，不少纪录片采用了时空穿梭、情景再现、三维动画等表现手法，从而突破了以往纪录片创作的某些局限，满足了观众对画面生动性的要求。在条件许可的情况下，采用这样一些多元和升级的表现手段，无疑能够为片子增色。同时，我还固执地认为，不管手法如何翻新，纪录片的一些传统表现方式，如跟踪拍摄、人物采访等，不会因为岁月的推移、时代的发展而老旧或过时。我的这一看法在《定昆仑》中又一次得到了验证。因为找对了人，讲对了故事，当年战争亲历者以及他们的战友、后代口述历史的震撼力，我觉得并不弱于情景再现。不妨举个例子，片中关于军阀马步芳临近覆灭时的横征暴敛，四处抓兵，通过不同当事人或目击者的讲述，就在我的眼前，形成了一幅鲜明而又真切的画面：没完没了地征税和要粮要草，弄得百姓家徒四壁，苦不堪言；疯狂地抓壮丁，迫使一些人砍掉了自己的手指头，或者弄瞎自己的眼睛。一旦抓不到要抓的壮丁，就把他家里人捆绑吊打，甚至给他们揭背花、钉竹签……凡此种种，由亲历者的嘴里"说"出来，比用演员扮演的方式"演"出来，更有艺术张力，也更令人感动。

我之所以要不厌其烦地举出这一例证，无非是想借此说明，深入采访，让被采访者以口述形式讲述历史，对于电视纪录片来说，该有多么重要！哪怕只是一个简略的镜头或一句朴素的话语，也都可以在整体叙述的上下挤压下产生超越它本身的艺术感染力。

多种表现手法的综合运用，多维度、多视角地观察和勾勒，凸显了电视这一视觉艺术的特点和优势，张扬了纪实美学的特征，让观众跟随影像，瞬间回到那个风云变幻的历史年代。《定昆仑》的创作实践证明，一些观众之所以对文献纪录片会有刻板、生硬的印象，原因并不在于历史与文献的题材特征本身，而在于传统创作思维中的手法单调，只是一味地堆积和罗列历史资料，从头到尾地依赖解说。一旦摒弃了这种带有惯性的创作思维和做法，文献纪录片依然可以引人入胜。

《定昆仑》的解说准确、流畅、简洁、富有文采，较好地起到了阐释主题、提挈全片的作用。一些观众不熟悉的历史，通过解说，得以正确理解；一些司空见惯的普通场景，由于解说的点化，和所反映的问题产生了巧妙的联系，画面的意义因此得以升华。

革命历史题材纪录片要为当代观众所关注，特别是要被年轻观众所接受，就要尊重艺术规律，将深刻的道理和浓烈的情

一部影像化的青海解放史

感结合起来，用生动的故事，特别是能够带出历史命运、折射人的精神面貌的故事打动人。毫无疑问，人物所折射出来的精神面貌，永远是历史叙述中最动人的部分。该片虽然也有一些生动感人的故事，比如，人民解放军强渡黄河过程中军民鱼水情的故事，人民政府争取、感化昂拉千户项谦的故事，双树村建立青海第一个农村党支部的故事，部落头人康万庆与解放军精诚合作、密切配合的故事等，但纵观全片，故事好像还挖掘、讲述得不够，这就难免会影响到片子的传播效果。一些重大历史事件的遗漏，影像资料的欠缺，仅有的图像资料因年代久远而不大清晰，等等，也都是该片存在的缺憾和不足。虽有一些瑕疵，但就总体而言，《定昆仑》仍不失为一部题材重大、主题鲜明、内容饱满、艺术上不乏追求的优秀纪录片。一个年轻的创作团队，能够克服重重困难，将一部反映历史的主旋律纪录片拍出来，并确保其在政治上和史实上不出现任何问题，已经是很不容易了。据我所知，该片从前期的选题策划、稿本撰写、现场拍摄到后期制作，用了四年的时间。摄制组先后奔赴甘肃、宁夏、陕西、青海等省区寻访拍摄。片子的解说词一改再改，后期制作也是不厌其烦，反复推敲。可以说，青海广播电视台是以很大的决心，很高的标准，在打磨这一部作品。

《定昆仑》的成功拍摄，既给我们进行重大革命历史题材影视创作，讲好中国故事、青海故事以深刻启示，也使我们对青海电视创作队伍的培养和提高，对电视精品的创作和生产，焕发了激情，增强了信心。

三江源的视听呈现和文明礼赞

——电视纪录片《我住江之头》叙事策略浅析

  《我住江之头》主题鲜明，内容饱满，角度新颖，画面精美，是一部不可多得的优秀纪录片作品，也是"中国故事、国际表达"的一部典范之作。一经播出，便形成了万众争睹的收视热潮，赢得了良好的观众口碑和热烈的话题效应。

  写实主义、现实精神和纪实性的具象叙事一直是纪录片的美学特征。写实是纪录片最主要的特点，也是观众对纪录片最大的期待。《我住江之头》以平实的观察视点、细致的记录过程，真实、完整、立体地展现了地处青海高原腹地的三江源的自然之美、生命之美、文化之美，记录和呈现了三江源地区人与自然尤其是人与野生动物和谐共生的价值理念和友好状态，热情地讴歌了各民族群众尊重自然、顺应自然、关爱生命、爱护家园的高尚情怀和感人事迹。

纪录片虽然与故事片有着真实与虚构的本质不同，但借鉴和采用戏剧化的叙事策略记录和反映生活则是其常用手法。故事化的纪录片素材结构方式通常有两种，一种是从始至终表现一个完整的故事，另一种则是运用多个小故事表现一个主题。《我住江之头》采用的是第二种方式，即每一集都讲述一两个或三四个小故事，以小故事交叉的板块式结构来打破传统叙事中按照时间顺序线性叙事的格局。事实证明，对故事性的孜孜以求，不仅没有妨碍该片所要表现的主题，反而使得片子更灵动，更丰满，更能激发受众的观影热情，调动受众的观影兴趣。

除第一集《生命》以外，其余各集的故事都与人有关，且由一系列相对连贯的情节构成。发掘个人行动的独特性、情节性，并将其发展成一个故事段落，再由几个故事共同构成单集主题，成为《我住江之头》组织叙事的有效手法。我粗略地算了一下，该片讲了不下十个故事，这些故事几乎涵盖了牧区生活的方方面面，也都与生态文明建设息息相关。限于文章的篇幅，我不能对这些故事一一展开分析，只举其中的两个例子吧。其一是吴永林二十年如一日地在青海湖畔守护普氏原羚的故事。《我住江之头》多角度、多层次地展现了吴永林对珍稀动物普氏原羚的无限深情和悉心呵护，并将其救助、保护普氏原羚的历史追溯自然顺畅地穿插于整体叙事之中。当吴永林直面镜头，不无动情地讲述自己保护普氏原羚的感受时，那种发自肺腑的真挚情感，那种朴实无华的语言表达，都让观众为之动容。吴永林，这个野生动物守护神的形象，由此而深入人心。

其二是玉树藏族自治州昂赛乡牧民竞相学习自然摄影的故事。它犹如一部跌宕起伏的电影，从长江之头的照片拍摄，到长江入海口的上海摄影展；从蜚声海内外的野生动物摄影家奚志农，到拍出许多优秀摄影作品和珍贵画面的牧民摄影师，一场与自然、生态联系紧密的自然摄影队伍及其创作活动，最终收获了无数感动。无须神采飞扬的编剧或是演技精湛的职业演员，这些真实故事的出现已足以撼动人心。摄影培训班上年龄最小的英平康卓全神贯注听讲的神情，特别是她在作品获奖后喜极而泣的特写镜头，更为该片的影像叙事大大增色。

《我住江之头》的拍摄是有很大难度的，难度不仅表现在拍摄环境的艰苦、拍摄范围的广大，也不仅表现在野生动物出没无常，对它们的拍摄往往需要长时间的观察和等待，同时还表现在对拍摄对象遴选和磨合的坎坷艰难上。该片的拍摄用了五年时间，五年，一段不算短暂的日月。其间，摄制组与拍摄对象一起生活，建立了亲密的朋友关系，为后续的拍摄奠定了相互信任的感情基础。我从片子中人物神态的自然、表述的从容以及各种野生动物的自由不羁，能够深切地感受到记录主体在拍摄过程中所秉承的"不干预"（对拍摄对象）原则和所坚持的主位（对象主体）叙事立场。凡此种种都充分说明，在纪录片的创作主体和播出渠道更为开放、多元的融媒体语境下，《我住江之头》的创作者依旧将纪录片视为社会的文化标杆、"国家的家庭相册"，始终坚守文化使命和专业品质，坚持精益求精、一丝不苟的创作态度，发扬吃

三江源的视听呈现和文明礼赞

大苦、耐大劳的精神和作风，努力创作出受众喜爱的具有传播力、影响力的纪录片作品。在我看来，这种追求，这种努力，才是该片实现突破、凤凰涅槃的根本所在，也是最值得从事纪录片创作的同志借鉴和学习的地方。

片名《我住江之头》清丽含蓄，耐人寻味。如果说，宋词中的这个"我"，只是"日日思君不见君"的小我，那么，纪录片中的"我"，则显然是包括"江之头"所有植物、动物和人在内的大我了。

"两弹一星"精神的艺术再现

——观电视纪录片《代号221》

　　两弹一星是新中国建设成就的重要象征，也是中华民族的光荣和骄傲。

　　中国的核事业是集体的事业。其辉煌和光荣属于英雄的群体，属于英雄群体中的每一个人。钱三强、赵九章、邓稼先、王淦昌、钱学森、周光召等一批科学家在两弹研制中，无疑作出了巨大的贡献，创造了彪炳史册的不朽功勋，起到了重要的领头作用。他们的名字，他们的英雄业绩，他们的家国情怀已经被广为传颂。相比较而言，那些为两弹研制和中国核工业发展而默默无闻、无私奉献的工人、干部、科技工作者，则不为大众所熟悉。为此，探寻、呈现、致敬这些在两弹研制中功不可没的无名英雄，就成为文艺工作者义不容辞的责任。由国家广电总局牵头，青海省广播电视局、上海广播电视台纪录片中心联合制作的大型纪录片《代号221》以位于青海金银滩草原的221两弹研制基地为聚焦对象，回望了中国核工业在源起、研发和试验等方面取得的重大成就，展现了成千上万名不见经传的普通人在两弹研制中的辛勤劳作和动人风采。该片在中央电视台、上海广播电视台、青海广播电视台相继播出之后，受到了广大观众的青睐和业界的好评。

这是一部题材重大、内涵丰富的纪录片。这样一个重大题材，最有说服力地表现了新中国从贫穷落后走向强盛的历程。这一历程是创造辉煌的历程，也是一个艰难曲折的历程。观看这样的纪录片，有助于加深人们对那段历程、那个年代的认识。是的，我们要记住那个年代，因为"如果60年代以来，中国没有原子弹，没有氢弹，没有发射卫星，中国就不能叫有影响的大国，就没有现在这样的国际地位。这些方面反映了一个民族的能力，也是一个民族一个国家兴旺发达的标志"（邓小平语）。我们更要记住的，是那个年代的精神——那种即便饿着肚子也要圆强国之梦的忘我精神，那种在奋斗中使中国人真正站起来的不屈精神。在我看来，这正是纪录片《代号221》之所以富有吸引力、感染力的思想源头。换句话说，该片虽然讲述的是尘封的历史，但观众的接受却不乏新鲜感或强烈的现实感。这说明《代号221》也是一部与当下现实联系很紧并且富有联想空间的纪录片。

纪录片《代号221》的叙事方式显示了相当浓重的"传统性"。它没有单纯地堆砌史料，没有浅白的议论和直抒胸臆的颂扬，没有居高临下地给观众讲道理，没有留下哗众取宠的痕迹，也没有以花样翻新来显示所谓的"叙述革命"。可以说，它的叙述从始至终都是踏踏实实的，以揭示真相及张扬精神为其终极目的。它以平民化的微观视角来重现两弹研制的艰辛历程。通过一个个镜头的运动，让那些两弹研制的亲历者，从工人到厂长，从牧民到干部，从邮递员到科技工作者，均以其个体视角、切身感受来讲述那一段峥嵘岁月，讲述艰苦环境下人的奋斗和牺牲精神，还原那一段风云激荡的历史。这种以平民视角、具象化手段表现重大题材的叙事方法，不仅拓宽了影像书写的表现力，而且使片子细腻生动，有了故事，有了情节性的因素，因而也就有了作品应有的丰盈和张力。比之那些抽象大于具体、空泛压倒细节的片子，我倒觉得，《代号221》这样的纪录片更符合电视的本性，也更有可视性和亲和力。

　　以往见到的聚焦两弹研制的纪录片，人物的活动天地多在221基地之外。纪录片《代号221》的一大进步是，它让许多两弹研制的亲历者重回基地现场。尽管这样做，会给纪录片创作带来许多无法想象、无法预料的困难和问题，但为了还原当年史、事、人的真实面貌，主创团队还是义无反顾地坚持了这一做法。实践证明，这样做的荧屏效果是显著的，它不但弥补了以往图像资料不足的缺憾，而且在很大程度上强化了作品的真实性和现场感。毕竟，现场是两弹研制这一客观事物存在的空间状态，人物一旦进入现场，自然就会触景生情。通过他们的讲真事，动真情，进而拉近与观众的距离，使观众的触景生

239

情成为可能，也能较好地满足观众的以下期待：看到当年两弹研制的独特环境和仪器设备，领略保密制度的种种细节，见证中国用算盘算出原子弹的奇观……

人物采访同期声在该片运用较多。人物采访与三维动画、历史再现及原始影像的交错使用、相辅相成，使中国核工业创业者、建设者"干惊天动地事，做隐姓埋名人"的信念与操守、心志与情怀，得到了令人动容的呈现。

《代号221》是由青海广播电视局和上海纪录片中心联合制作的一部电视纪录片。青海拥有纪录片制作的丰富资源和创作热情，上海在创作队伍、创作理念、技术装备等方面有着显而易见的优势，两地相互携手、通力合作，自然能够取长补短，实现资源共享、互利双赢。上海可以借此拓展纪录片创作的题材领域，并在艰苦环境下锤炼主创团队吃苦耐劳的作风。青海可以借此宣传自己，扩大青海的影响，同时锻炼和提高本土创作队伍，生产出高质量的影视作品，更好地满足广大群众日益增长的精神文化需求。

随着解密信息的不断丰富和核工业题材创作的愈加成熟，相信两弹题材，包括虚构作品和非虚构作品都一定能再出佳作。

记录生活，讴歌大美

——电视纪录片《大湖·青海》观后感

由青海广播电视台和北京三多堂传媒公司联合拍摄的大型文化纪录片《大湖·青海》，是近年来青海题材纪录片创作取得的又一丰硕成果。该片在中央广播电视总台和青海广播电视台相继播出之后，受到广泛的热议和好评。

《大湖·青海》重在呈现生活。第一集《生灵》着重表现青海湖及环湖地区的生灵，展示生命孕育和希望滋生的过程，反映人与自然的和谐相处。第二集《家园》通过对祭海、过春节、跳"於菟"等民俗风情和守护水源、转场搬迁、搭建牛毛帐篷等事件的铺陈，生动地展示了青海农牧民生活的图像和生活的情境，颂扬了他们对家园的热爱、守望和建设。第三集《世界》主要记录了环青海湖国际公路自行车赛和天佑德车队车手张志善等人紧跟时代步伐、大胆抉择、勇于创新、

241

勇于追梦的心路历程，从中传达出这样的讯息：而今的青海，正在改变昔日的遥远和封闭，向整个世界敞开了大门。三集纪录片就这样由自然而人文、由生命而生活、由家园而世界，完成了它颇具匠心、环环相扣的演绎，为观众呈现出一个真实、多元、立体的青海。《大湖·青海》有着丰富的镜头语言，每集之中又都能看到大小景别的适时切换，微距与鸟瞰的转换乃至质朴真切的空镜。

很多纪录片，都有一个具有承载力或牵动力的核心事件。有了这个核心事件，作品所要表达的话题，连同话题的各个环节，都可以通过这一核心事件串联起来。《大湖·青海》没有这样的核心事件，但它并非杂乱无章的生活现象的堆砌，它的叙事依然有条不紊。何以如此？原因就在于这部纪录片的创作者另辟蹊径，他们为作品找到了一个具有延伸价值和发展空间的生长点，找到了一个如同格律诗中能够牵一发而动全身的"诗眼"。从这个点入手，再用"扯棉絮"或"滚雪球"的方法，越扯越长，越滚越大。就在这"扯"与"滚"之中，把需要反映的问题都囊括进来。青海湖显然就是《大湖·青海》最适宜展开和延伸的生长点。片子从青海湖切入，逐步向周边以至更远的地方辐射，进而形成一个有机的、逻辑合理的叙事结构。初看，你会觉得这部纪录片很"散"，忽而海南，忽而海北，忽而又到了黄南或海西。细细一想，又觉得它不"散"不行，没有这个"散"，就肯定不会有作品取材上的广泛自由，也不会有内容上的饱满充实。好在有大湖的牵引和制约，时空跨度

242

虽大，片子所要表达的中心思想仍然是集中而又明晰的。这个中心思想就是，表现青海在坚持生态优先、推动绿色发展、促进人与自然和谐共生中的追求和努力，讴歌青海人尊重自然、保护自然的生态文明意识和开拓进取、顽强拼搏的精神。这，应该就是《大湖·青海》的"神"。这一内在的"神"恰恰就蕴含于作品外在的"形"外在的"散"上。如此说来，《大湖·青海》其实是形散而神不散。

纪录片以人为核心，它的主题是人，是人的生存状态、生存方式和文化积淀，人的性格和命运，人和自然的关系。《大湖·青海》自始至终都把注意力放在人的身上。在小人物、微切口、大情怀的制作模式下，创作团队精心选择了十多个普通人作为纪录对象，并以"短、平、快"的叙事策略，从容不迫地讲述着他们的故事和他们的命运。无论是甘子河畔的野生动物协管员尖木措，还是不管刮多大风、下多大雨都要按时转场的牧人马拉加和他的爱人卓玛；也无论是十里八乡小有名气的牧民摄影家乔丹，还是对普氏原羚关爱有加的吴永林，都给观众留下了深刻的印象。尽管，他们身份不同、年龄不同、职业不同，但他们都有着对生活的热爱、对事业的专注、对家园的一往情深和对梦想的执着追求。平常的事件，鲜活的细节，让这些人物可感可知、可以触摸。简陋的着装，淳朴的笑容，未经雕琢的平白语言，无意间的回眸一瞥乃至面对镜头时的一丝扭捏，被定格在没有摆拍的镜头里。凡此种种，都是摄制人员在现场的记录。它既体现出创作团队客观、写真、严谨的创作追求，也于无形之

243

中拉近了片子同观众的距离,实现了润物细无声的传播效果。

当然,凡事都有个"度"的把握问题。纪录片固然需要有具体的人、具体的事,需要有对于个体生命和个体表现的观照与描述,但在有限的篇幅和长度之内,作品中的人物并不宜过多。如果说,《大湖·青海》还有缺点和不足的话,那么,在我看来,这个缺点就是,它涉及的人物似乎多了一些。人物多了,就不容易浓墨重彩地集中刻画,其中有些人物,就不免会给人以匆匆而过、意犹未尽的感觉。

20世纪90年代,青海电视台拍摄过一部纪录片《青海湖之波》,该片获得了1994年度全国"五个一工程"入选作品奖。时隔二十多年之后,青海广播电视台又与北京三多堂传媒公司联袂打造了这部得以在中央广播电视总台纪录频道黄金时段播出的《大湖·青海》。两部片子都以青海湖和周边地区作为聚焦对象,在思想意蕴和艺术表现上也都不乏可圈可点之处。它们的成功,以无可辩驳的事实证明了青海确实是纪录片创作的富矿区,这里有取之不尽、用之不竭的创作素材。有志于纪录片创作的人们,在这精彩纷呈的土地上,是可以大有一番作为的。作为地处青藏高原的民族地区,青海有着与其他许多地方迥然不同的地域、民族特色。紧紧抓住我们的特色来做文章,就能扬长避短,创作出具有土特产味道的节目。而往往是这样的节目,才最有可能冲出小峡,走进不同地域人们的精神世界。毫无疑问,打特色牌,以特色取胜,永远是我们实施精品战略、繁荣文艺创作的不二选择。

《青海湖之波》从策划、拍摄到制作完成，用了两年多的时间，《大湖·青海》则用了三年。这样严肃认真、精益求精，舍得花时间、舍得下功夫的创作态度，这样顽强执着、锲而不舍的精神和作风，对纪录片创作是至关重要的，对纪录片创作者的启示作用和借鉴意义，也应该是不言而喻的。

鸟啼云天外　鱼跃大湖中

——观生态纪录片《青海湖生命之歌》有感

　　前不久，由青海省广播电视局牵头策划，青海省广播电视局、青海湖景区保护利用管理局与张景元创作团队合作完成的大型生态纪录片《青海湖生命之歌》荣获国家广电总局第三季度优秀纪录片推荐，并在青海省纪录片栏目"光影纪实"展播。该片于 2023 年 9 月 8 日在央视纪录频道黄金时段播出。这是继《黑颈鹤成长日记》之后张景元的纪录片作品又一次登陆央视。《青海湖生命之歌》以青海湖的自然风貌与生命景观为聚焦对象，生动地表现了各类飞禽走兽的栖息环境和栖息状态，呈现了人与自然和谐共生、高原大地生态环境持续向好的喜人景象。人与自然、生态与发展的主题贯穿全片，作者对西部天地和生灵万物的热爱、敬畏之心跃然屏上。虽然时长只有45分钟，但仍然是一场不可多得的视听盛宴。

纪录片是叙事的艺术，叙事是纪录片最核心、最本质的课题。《青海湖生命之歌》非常注重叙事，注重以跟踪拍摄为主的方法来讲故事，注重用纪实性的段落来表现动物。跟踪拍摄的好处不仅在于可以完整地纪录事件的发生、发展过程，更为重要的是，跟踪拍摄可以抓拍到精彩的、稍纵即逝的瞬间。由于历史的原因，中国纪录片受政论片和专题片的影响较大，不少作品习惯性地陷入过实、过满、过硬的窠臼，只注意信息和观点的传达，不注意化宏观为微观，化道理为故事，不注意为观众营造情景交融、虚实相生的高层次审美意境，从而难以避免在铺陈扬厉背后所隐伏的抽象和空泛。在我看来，《青海湖生命之歌》的一大优长，就是摒弃了这种习惯性的、传统性的做法。它突出了电视的特点和优势，尽量通过画面来展示野生动物的栖息状态，没有过多的繁冗的解说，更没有居高临下的说教。同时，它也恪守电视片真实客观的纪实原则，不过多地追求表现手段的新颖，不醉心于营造漂亮唯美的画面。它按照候鸟进入青海湖的时间顺序，不疾不徐地将它们向观众一一道来。

拍摄青海湖的纪录片已经出过不少，但从对青海湖生命拍摄的完整和细腻程度来看，《青海湖生命之歌》应该是首屈一指的。不管是天上飞的、地上跑的、水中游的，悉数进入了它的镜头。从中，我们既看到了普通鸬鹚、斑头雁、鱼鸥和棕头鸥这些构成青海湖繁殖水鸟主体的"四大家族"，看到了黑颈鹤、赤麻鸭、凤头䴙䴘，看到了普氏原羚、藏狐、兔狲、鼠兔，看到了湖中翩然游弋的裸鲤（湟鱼），也看到了青海湖湿地生长的细菌、藻类、浮游生物，还看到了青海湖周边草原生长的各种植物。总而言之，是看到了一个活力充沛、生生不息的青海湖动植物世界，看到了一个完整的、万物相连的美好的生态系统。正是从这个意义上，我们完全可以说，《青海湖生命之歌》不失为一部直观形象的青海湖物种大全，一支雄浑博大的青海湖生命交响曲。候鸟和野生动物自由自在的栖居，它们每年夏季都会上演的种族繁衍、生命轮回的众多故事，演绎出青海湖有声有色的生命活剧，也形成了这部纪录片激荡人心的神韵和风采。

青海湖是体现大美青海气质、颜值和生态文明建设成效的重要窗口。在展现青海湖大自然美景、动植物奇观的同时，《青海湖生命之歌》也用一定的篇幅，生动地表现了青海人在青海湖环境保护和青海湖国家公园建设中的倾情投入，展现了青海湖几十年来发生的巨大变迁。讲变迁，它没有用任何标语口号式的大词、大话，而是平实客观地说："封湖育鱼30年，裸鲤数量逐年恢复。""青海湖水位持续上涨，平均水位上升超过3米。""西皮岛和鸟岛本来是个半岛，由于水位持续抬升，现在又成了名副其实的岛屿，再现了60年前碧波浩渺、横无际涯的大湖景观。"即使这样，在归纳水位上升的原因时，它还不忘强调"全球气候变暖，流域降水偏多"这一自然因素。不喊口号，不说大话，反而使《青海湖生命之歌》充满了纪录片最为珍贵的真实魅力。

像《青海湖生命之歌》这样的纪录片，当然会对青海产生良好的宣传效应，但我觉得，张景元们创作的着眼点和着力点不是宣传而是叙事。这样做的结果便是，避免了宣传的色彩大于叙事的精彩，使作品从始至终充盈着一股打动人心的艺术力量。鲁迅先生说过的一句话是十分耐人寻味的："我以为一切文艺固是宣传，而一切宣传却并非全是文艺。"

细节是文艺作品的血肉，纪录片能不能让观众看得津津有味，很大程度上取决于这个作品有没有大量的精彩的细节。细节的独特性和唯一性可以大大增强纪录片的观赏性和感染力。缺少细节的纪录片难免会产生抽象的、概念化的弊端，从而消损作品的艺术魅力。《青海湖生命之歌》具有非常生动、非常准确的细节呈现，从中体现出创作者对野生动物丰满的观察和独特的发现，体现出他们在艺术创作中可贵的精心、匠心和用心。

我能从片子中感觉到，张景元和他的创作团队在这部纪录片的创作过程中，始终秉持着这样一个创作理念：只冷静观察而尽量减少对被拍摄对象的介入和干扰，努力追求对现实生活的原生态反映。这样的叙事视角，必然会呈现出非常生动的场景、非常丰富的细节，非常真切的画面。

不妨举几个例子：

其一，白腰雪雀不会凿洞，鼠兔将自己的洞穴提供给白腰雪雀免费居住，白腰雪雀为了报答鼠兔的善意，便心甘情愿地充当鼠兔的卫士，一旦遇到一些不安全因素，白腰雪雀就会及时地向鼠兔呼叫示警，传递信息。

其二，海鸥采取调虎离山的策略，引开斑头雁夫妇的注意力，另外一只或几只海鸥则蜂拥而上，瞬间将斑头雁的一窝幼鸟抢食一空。

其三，一只兔狲妈妈独自养育着 4 个孩子，因而不得不从早到晚、山上山下地来回奔波，每天多则捕获猎物 11 次，少则 7 次。只有这样，才能维持 4 个孩子的生存。

所有这些珍贵的动物素材，可以说是前所未见。它们赋予动物以鲜明的性格和性情，使得一个个动物都灵慧可人，见情见性，从而大大增强了片子的观赏性和趣味性。野生动物出没无常，像这样一些非常难得乃至可遇而不可求的场景，没有长时间的跟踪、观察和等待，恐怕是很难发现，很难捕捉的。

至于镜头的简洁流畅，4K 画面的雅致空灵，解说的感情充沛，音乐音效的幽悠闲适，在这部片子中也都有非常好的体现。它们从不同的角度，以各自不同的方式，参与了该片的叙事。

纪录片也是时间的艺术，是创作者博观约取、厚积薄发的结果。这一点，在张景元们的创作实践中再一次得到验证。据我所知，从 2004 年开始，景元便涉足于野生动物类作品的拍摄。至 2015 年，他用了 11 年的时间，锲而不舍地拍摄青海湖大天鹅，与青海湖景区保护利用管理局合作完成了《青海湖·天鹅湖》的电视艺术片创作，并且出版了同名画册。从 2015 年起，张景元又开始了第二部动物类纪录片的拍摄。2015至2022年间，他用了7年时间跟踪拍摄一对黑颈鹤夫妇，最终形成了《黑颈鹤成长日记》这部广受好评的纪录片。多年来的摄影和纪录片创作，不仅使张景元和他的创作团队有了很好的摄像训练和表达经验，具备了善于捕捉细节、叙述事件、把握节奏、谋篇布局的能力，同时，也养成了他们摒弃浮躁、吃苦耐劳、坚韧顽强、勇往直前的精神和作风。好作品不是天上掉下来的，也不是扛上摄像机到一个地方晃悠一阵儿就能轻易得来的，它一定是创作者笃定恒心、倾注心血打磨出来的。比之专业素养的磨砺和业务水平的提高，这种精神和作风无疑更值得电视从业者学习。

《青海湖生命之歌》是由青海本土的创作团队独立完成的作品，这让我感到特别高兴和鼓舞。外地创作团队有他们的优势和长处，本土创作团队显然也有"他者"无法企及的诸多天时地利人和的优越条件。《黑颈鹤成长日记》和《青海湖生命之歌》以无可辩驳的事实告诉人们：别人可以做到的，青海影视人通过努力，也一定可以做到。

张景元在三十年的漫长岁月中，用他手中的摄像机和相机，一次又一次地聚焦青海高原的方方面面，以大爱之心关注这里的生态环境、世态人情，将灵光幻影巧妙地融合于雪域大美。近年来，他的纪录片创作更给人以风采卓然、渐入佳境的感觉。我们期待张景元有更多的优秀作品问世，这不仅是因为他有这样的实力和积淀，也因为青海的自然之美、人文之美是永远拍不完的。

251

一曲荡气回肠的田园牧歌

——观电视纪录片《跑马溜溜的云上》

2021 年 2 月春节期间，央视纪录频道在黄金时段播出了由青海省广播电视局策划支持创作的系列纪录片《跑马溜溜的云上》。我和许多观众一样，怀着极大的兴趣，观看了这部纪录片。

《跑马溜溜的云上》无疑是近年来青海题材纪录片创作取得的又一重大收获。这部作品不仅有美丽的草原风光，跃然于眼前的牧区生活场景，更有人物情怀的温润入心。

应该说，拍这样一部纪录片是很不容易的。这不仅是因为青海地域辽阔，在几个相距遥远的地方辗转奔波十分辛苦，也不仅因为青海地处高原，拍摄过程中会遇到高原反应、气候不适等各种困难，更重要的是因为，拍摄对象也就是创作客体的甄别和遴选不是一件轻而易举的事情，它需要反反复复地寻觅，需要做一番认真的踏踏实实的调查研究工作。在我看来，这个片子的成功，首先得力于对"牦牛教授"南杰、"热心社长"才迦和"现代牧羊女"卓玛三位拍摄对象的正确选择。这样的选择，完全符合艺术创作以小见大的特点和规律。几个人物有着很强的代表性和典型性。通过聚焦这几户人家的日常生活和生产活动，讲述他们顺应自然、珍爱生命、在遵循传统的同时又紧跟时代步伐的故事，就能较为全面地反映青海牧区的变迁和牧民思想观念、生活方式、生产方式的巨大变化，也更有利于调整以往惯常使用的宏大叙事和深度思辨的视角与手法，拉近与受众的心理距离。拍摄对象有了，能不能取得他们的高度信任，这对创作者来说往往是更大的挑战。没有对创作客体的一腔真诚，没有长时间的交友共处，信任和默契是很难建立的。我从片子中人物从容、自然、真实、生动的表现中，看到了创作团队在与创作客体磨合互动中所做出的努力和取得的成效。

《跑马溜溜的云上》内蕴深厚、内容饱满。创作者没有猎奇的心态，没有任何的夸张和渲染。他们用客观真实的摄像镜头，平静而敬畏地跟踪和记录了三户牧民的生活和劳作，展示了充满田园诗意的牧人生活，展示了草原牧民独特的生活方式、生产方式和精神世界，展示了他们对于自然、对于草原、对于家园的款款深情和深入骨髓的乡愁，也展示了他们对现代化生活的向往和追求。从中，我们闻到了清香的绿草味，闻到了浓郁的奶茶味。我们看到了草原的纯然与灵秀、丰富与广阔，看到了一个真实的青海牧区，看到了藏族、蒙古族等少数民族群众的真实生活。纪录片中，创作者精心撷取的视觉符号俯拾皆是。这里不妨举个例子：尕吉代替父亲才迦去参加牦牛大赛，他一心想在大赛中崭露头角，却没有想到会遭遇牦牛中途"罢工"的尴尬。就在这时，尕吉竟脱口而出地感叹了一声："估计会在抖音上看到自己。"一句内心独白，加上尕吉焦灼而又无奈的神态，既使观众有了如临其境的感觉，也恰到好处地表现了这样一个事实：现代传播工具，其实已经普及到了中国的每一个角落。

《跑马溜溜的云上》对于人对自然的尊崇、人与野生动物亲密无间的生动展现，对浸润在牧民日常生活中的草原文化和生态文明理念的深情讴歌，给我留下了难以磨灭的印象。在藏族、蒙古族牧民群众的眼里，周围的山川草木、身边栖息的野生动物都是与人类一样有生命、有能力影响自然和人类的地区主宰，时时处处都要小心呵护和供养。他们对自然的崇拜，对生灵的敬畏，不仅是一种原始的虔敬意识，也是一种植根于生命深处的情感。艰苦、繁忙、迁徙、辗转的游牧生活，构成了波澜壮阔的草原历史和绚烂的游牧文明，也形成了牧人万物有灵，人和万物必须和谐共生的观念。南杰家的母牛被狼咬死，南杰虽然也为它的意外死亡而难过，但他并不因此怨恨狼。因为他明白，狼也是一种生命，狼也有自己的孩子，狼的生命也需要延续。于是，他们便主动把被狼咬死的牛的肉在野外放一些供狼和秃鹫等动物食用。同样的道理，牧民才迦也会在冬季到来之前，将自家种植的牧草放在山上，供野生动物过冬食用。凡此种种，都很好地表现了牧民群众对传统文化的坚守和对生态环境保护的自觉。

我在海西蒙古族藏族自治州工作过比较长的一段时间，对于牧区生活有一定程度的了解。近年来，也因参加一些地方的文学活动而多次去过草原。我亲眼看到的青海牧区，尤其是牧民的生活，就像《跑马溜溜的云上》所记录的一样，既有跟群放牧、为牛羊药浴、转场搬迁等传统做法，也有开汽车，骑摩托、穿西装、外出打工、照相留影、借助无人机寻找丢失的牛羊、给羊戴上电子耳标实行全程追踪等颇具现代色彩的生活场景和牧事活动。我在观看《跑马溜溜的云上》的时候，有着一种旧梦重温的亲切之感，也有一种面对进步和发展油然而生的欣悦之情。

　　该片解说词凝练、流畅、富有文采、对画面起到了很好的点化和诠释作用。音乐对情绪的渲染、氛围的烘托，同期声的大量运用等，都在很大程度上强化了这部纪录片的真实性，提升了片子的艺术品位。

　　当前的牧区，尽管生态环境在日益改善，牧民生活惬意，经济富裕，但依然面临发展中出现的一些新的问题，牧民在社会转型中也经历着一些新的挑战乃至忧虑、苦涩，如牲畜超载带来了草原的退化；网围栏破坏了生态循环，使得马这样的大型动物和一些野生动物生存艰难；留守儿童、留守老人也像农村一样成为一些牧区生产建设的主力军，由此而造成某种"青黄不接"的尴尬，等等。如果草原题材的纪录片创作能对这些问题有所关注，那无疑会增强作品的思想深度和艺术厚度。当然，一部片子有一部片子的定位，一部片子也有一部片子所承担的使命，对于《跑马溜溜的云上》来说，我的这个意见，也许是一种苛求了。

一曲荡气回肠的田园牧歌

255

国家公园的影像叙事

——评电视纪录片《青海·我们的国家公园（第二季）》

由青海省广电局策划，青海省广电局与上海齐格文化传播公司联合摄制的大型生态人文纪录片《青海·我们的国家公园（第二季）》于 2024 年 8 月 13 日至 15 日在央视纪录频道的黄金时段播出。在"第一季"播出取得巨大成功，产生广泛影响的基础上，《青海·我们的国家公园（第二季）》的创作者再一次将镜头聚焦于青海湖、昆仑山、祁连山三大国家公园，深度挖掘并展现它们的生态奥秘、悠远的历史脉络及现代自然文化理念的深邃内涵。同时，深入研究并努力适应全媒体传播特点，创新叙事策略，寻找新的阐释角度，拓展国家公园的叙事空间，从而创作出具有品牌影响力的"第二季"作品。

《青海·我们的国家公园（第二季）》以独特的视角，优美的画面，诗意的表达，全面、立体地呈现了国家公园的自然之美、人文之美、原真之美，以及人与自然和谐共生的美丽画卷，表现了青海大力推进生态文明建设，构筑国家生态安全屏障的生动实践，揭示了保护生物多样性，给子孙后代留下珍贵自然遗产的重大意义。饱含冲击力的视听语言，不辞辛苦地现场拍摄，不仅为观众充分还原了青海国家公园特有的辽阔与宁静、野性与温柔，更持续不断地回答了"什么是国家公园"的问题。该片在央视的播出，无疑对宣传青海的高质量发展起到积极的推动作用，也将对人们认知建设国家公园的意义起到有力的阐释作用。

说起国家公园，人们首先想到的一定是自然生态，是无言的白云、如洗的蓝天、巍峨的雪山、凛冽的冰川、深邃的峡谷、广袤的草原、宽广的河流、清澈的湖泊，是展翅翱翔的飞鸟，是草地上、森林里藏匿的动物、昆虫和许许多多微小的生命。所有这些，在《青海·我们的国家公园（第二季）》中都有细腻、精到的呈现。随意采撷片子中的几个片段，便能使人感知其镜头的魅力，使人不由得与自然产生共情。但仅仅呈现这些是不够的。该片最大的优长，是在展示青海国家公园自然之美、生态之美的同时，还穿插了不少人物的活动（每一集都有3-4个人物贯穿其中）。它并非单纯的自然观照，同时还融入了人文观照，和对人与自然和谐共生这一故事元素的深入开掘。其中的人物，可以说是形形色色，既有草原牧民、生态管护员、作家、画家，也有滑翔伞爱好者、滑雪运动员、天体物理学家、地质学家、遥感工程师。这些人物，作为支撑纪录片主题表达的一个个支点，需要创作团队从宏阔的现实生活中去一一寻找和挖掘。寻找和挖掘下的功夫越大，纪录片就越是鲜活生动、引人入胜。正是因为采用了以人叙事、以人物为载体的表现手法，通过上述人物的出镜、言说和解读，传递出对于国家公园的认知和感悟，这部纪录片才有了它现在的思想深度和艺术深度。

《青海·我们的国家公园（第二季）》比较多地采用了人物画外音，即被拍摄者主观陈述的叙事方式。如果说，解说是第三人称全知全能的上帝视角，那么，人物画外音就是第一人称的限知视角。两种视角各有所长。第三人称的解说可以叙述纪录片画面没有表达的内容，提炼纪录片的主题，升华记录者的思想境界。因为不受时空限制，所以它显得比较自由开阔；第一人称的视角则由内而外，由人及物，以"我"的独白和对话推动纪录片情节发展，揭示人物的内心活动，展示情绪的张力，突出现场的真实感，增强纪录片的感染力和趣味性。二者交相为用，相辅相成，不仅显示出一种叙事的灵动和机智，而且避免了解说词的滔滔不绝，强势驾驭画面，导致宣传色彩过浓的问题。由此可见，以多维度的视角去认知和解读国家公园，在其解读过程中引人遐想，发人深思，也是《青海·我们的国家公园（第二季）》的一大成功之处。我注意到，第一人称的叙事，在《青海·我们的国家公园（第二季）》中，不仅用得多，其作用和功能也不尽相同，有时是当事人从个人专业或职业角度对国家公园的阐释，有时是对某一具体场景、具体事物的辨析，有时则是当事人触景生情地抒发某种感想。

试举几例，以便加深我们对《青海·我们的国家公园（第二季）》多维叙事视角的理解：

其一，先是滑翔伞爱好者星吉祥以"画外音"的形式，抒发自己乘坐滑翔伞凌空飞翔的美好感受："离开了地面，扶摇直上，你会有一种与高山相连的速度感，与鸟儿们齐飞的节奏感。"接着，便出现了第三人称的解说："天地与我并生，而万物与我为一。这种超凡境界的探求，吸引着古往今来的人们，遨游昆仑，向上飞行。"前面的内心独白是个人对滑翔的体会，后面的解说则是把滑翔的意义升华到了一个新的层次。二者互相印证，互为补充，缺少了其中的任何一项，都难免让人产生表达不够丰盈、不够完美的遗憾。

其二，遥感工程师也是攀岩爱好者的张帅旗，站在湟鱼洄游的布哈河边，感慨道："其实我们就像逆流而上的湟鱼一样，都在攀登属于自己的山峰。"随后跟进的第三人称解说是这样说的："追随湟鱼逆流而上的攀登者们，也将面临挑战，在此湍流攀岩，他们必须放手一搏。"不同视角的观照，既丰富了叙事的层次，也让观众感受到了逆流攀登者与国家公园，与高山、河流、大湖之间那种密不可分的关系。

《青海·我们的国家公园（第二季）》的解说恰切生动，富有哲理，也富有情致，只是不像"第一季"那样金句频出。

国家公园是生态文明和美丽中国建设的标志性工程，也是纪录片取材的天然富矿。青海的影视创作应该发挥国家公园示

259

范省建设这一优势，主动进取，积极作为，努力构建全方位、多层次、立体化的国家公园影像表征系统，丰富青海国家公园的视听意涵。既可以像《青海·我们的国家公园》这样以大体量、系列片的方式，对国家公园及其内部生物乃至生态系统进行整体描绘和记录，使其成为青海的一张靓丽的名片；也可以将镜头聚焦某一个公园、某一种代表性动植物，着眼微观，打造"小品"，使其化身为讨喜的符号，成为一种情感和价值的承载。

后 记

我的生活方式比较单一，甚至有点儿单调，不打扑克，不玩麻将，也不擅长体育和娱乐活动。最大的爱好就是看书。在职的时候，苦于公务繁忙，时间有限，许多想看的书看不了，只能利用节假日和外出开会的闲余时光恶补一阵。退休以后，时间比较宽松，算是对以前所欠的书债做了一些偿还。沉浸于以读书为主的晚年生活，不仅从中获得了极大的乐趣，也自然而然地形成了我对外在喧嚣和功利的淡泊态度。我觉得这样挺好。人的精力是有限的，有所为就必然有所不为。

收在这本书里的文章是我近些年来陆陆续续写的一些散文随笔。为了读者阅读方便，我将它们分为三个部分，第一部分为记事，着重写了在我生命途程中占有重要位置的柴达木的一些事；第二部分为写人，写了我认识并熟悉的几位领导、同事和朋友，还有我的父亲。当然，人和事的区分也不是特别严格。像《从"青海人"到"青海情"》一文，虽然写的是两首歌的创作，但着墨更多的其实还是人，是歌的作者。

我写他们，不是为了圆我的作家梦，也不是为了刷存在感，而是想以文字的形式，保留我对经历过的岁月的记忆，保留我对许多人和事的缅怀和敬意，并且以此养成对生活细嚼慢咽的习惯，养成用笔墨表达生活丰盈生活进而享受生活的习惯。

书的第三部分为文艺随笔，是我在读书、观影过程中一些心得、感悟的记录。多年以来，承蒙青海省委宣传部、青海省广电局、青海电视台、青海省影视艺术家协会同志们的信赖和厚爱，我有机会参与了他们的一些选题策划和作品研讨工作。诸如此类的活动，会激发我对有关选题或作品的思考与研究，进而也会催生出一些评论文章。书中的几篇影视评论，多是经由这样的渠道产生的。

年过八十，还能出书。我为此而深感欣慰，深感自豪。

年过八十，"须尽白，发半秃，齿双缺，而觞咏之兴犹未衰。"这既是我当下的写照，也是自我勉励之词。

感谢青海人民出版社，感谢责编田梅秀女士和装帧设计周涛先生，没有他们的厚爱和支持，就没有读者眼前的这本书。

感谢我的朋友、著名电视艺术家刘郎为本书作序并取名。他的殚精竭虑、字斟句酌令我感动，他的序言是对我莫大的鼓舞和有力的鞭策。

感谢张海峰先生于百忙中拨冗为本书题写书名。

感谢我的家人在文稿搜集、整理等方面给予我的支持与帮助！

春望山楹，石暖苔生。在这万物滋长，一切美好都在悄然发生的日子里，很高兴和读者朋友一起，于墨韵书香中迎接又一个盛夏的到来。

2025 年 4 月